# A MULHER DE TRINTA ANOS

Título original: *La Femme de Trente Ans*
Copyright © Editora Lafonte Ltda. 2021

Todos os direitos reservados.
Nenhuma parte deste livro pode ser reproduzida por quaisquer meios existentes sem autorização por escrito dos editores e detentores dos direitos.

Direção Editorial  *Ethel Santaella*

REALIZAÇÃO

**GrandeUrsa Comunicação**

Direção  *Denise Gianoglio*
Tradução  *Otavio Albano*
Revisão  *Luciana Maria Sanches*
Capa, Projeto Gráfico e Diagramação  *Lorena Alejandra Zuniga Munoz*

```
Dados Internacionais de Catalogação na Publicação (CIP)
         (Câmara Brasileira do Livro, SP, Brasil)

   Balzac, Honoré de, 1799-1850
      A mulher de trinta anos / Honoré de Balzac ;
   tradução Otavio Albano. -- São Paulo : Lafonte, 2021.

      Título original: La femme de 30 ans
      ISBN 978-65-5870-227-6

      1. Ficção francesa I. Título.

21-92099                                          CDD-843
```

Índices para catálogo sistemático:

1. Ficção : Literatura francesa    843

Cibele Maria Dias - Bibliotecária - CRB-8/9427

**Editora Lafonte**
Av. Profª Ida Kolb, 551, Casa Verde, CEP 02518-000, São Paulo-SP, Brasil
Tel.: (+55) 11 3855-2100, CEP 02518-000, São Paulo-SP, Brasil
Atendimento ao leitor (+55) 11 3855- 2216 / 11 3855 - 2213 - atendimento@editoralafonte.com.br
Venda de livros avulsos (+55) 11 3855- 2216 - vendas@editoralafonte.com.br
Venda de livros no atacado (+55) 11 3855-2275 - atacado@escala.com.br

# A MULHER DE TRINTA ANOS

## HONORÉ DE BALZAC

Tradução
Otavio Albano

Brasil, 2021

Lafonte

# SUMÁRIO

CAPÍTULO I
PRIMEIRAS FALTAS . . . . . . . . . . . . . . . . . . . . . . . . . . . 7

CAPÍTULO II
SOFRIMENTOS DESCONHECIDOS. . . . . . . . . . . . . . .69

CAPÍTULO III
AOS TRINTA ANOS. . . . . . . . . . . . . . . . . . . . . . . . . . . .87

CAPÍTULO IV
O DEDO DE DEUS. . . . . . . . . . . . . . . . . . . . . . . . . . . 107

CAPÍTULO V
OS DOIS ENCONTROS . . . . . . . . . . . . . . . . . . . . . . 119

CAPÍTULO VI
A VELHICE DE UMA MÃE CULPADA . . . . . . . . . . 164

# CAPÍTULO I
# PRIMEIRAS FALTAS

No início do mês de abril de 1813, houve um domingo cuja manhã prometia um daqueles belos dias em que os parisienses viam pela primeira vez no ano as calçadas sem lama e o céu sem nuvens. Antes do meio-dia, um cabriolé puxado por dois elegantes cavalos, vindo da Castiglione, entrou na rua de Rivoli e parou atrás de várias carruagens estacionadas junto ao portão recém-aberto diante da esplanada dos Feuillants. Esse ágil veículo era conduzido por um homem aparentemente enfermo e preocupado; os cabelos grisalhos mal lhe cobriam a fronte amarelada, envelhecendo-o antes do tempo; ele atirou as rédeas ao lacaio que seguia sua carruagem e desceu para tomar nos braços uma jovem cuja delicada beleza atraiu a atenção dos desocupados que passeavam na esplanada. Colocando-se de pé no estribo do coche, a mocinha consentiu que a agarrassem pela cintura e colocou os braços em volta do pescoço de seu guia, que a pousou na calçada sem amarrotar a armação de seu vestido de repes verde. Um amante não teria tido tanto cuidado. O desconhecido devia ser o pai dessa jovem que, sem agradecer, tomou-lhe o braço com familiaridade, conduzindo-o bruscamente pelo jardim. O velho pai percebeu os olhares maravilhados de alguns rapazes, e a tristeza estampada no rosto dele desapareceu por um instante. Embora há muito tempo já tivesse passado da idade em que os homens deviam se contentar com os enganosos prazeres da vaidade, ele se pôs a sorrir.

— Creem que você é minha esposa — disse ao ouvido da jovem, endireitando-se e caminhando com uma lentidão que a desesperou.

Parecia se enaltecer pela filha e, talvez, gostasse mais do que ela dos olhares que os curiosos lançavam aos seus pezinhos calçados em elegantes botinhas castanho-avermelhadas, à sua encantadora cintura delineada por um vestido com gola rendada e ao seu viçoso pescoço, que o colarinho não escondia por completo. Os movimentos do caminhar erguiam ocasionalmente o vestido da jovem, deixando ver, por cima das botinhas, o contorno de uma perna finamente moldada por uma meia de seda rendada. Assim, mais de um pedestre ultrapassou o casal para admirar ou rever o rosto jovem rodeado por alguns cachos de cabelos castanhos, cuja brancura e rubor eram realçados tanto pelos reflexos do cetim rosa que forrava um elegante chapéu, como pelo desejo e pela impaciência que cintilavam em todas as feições dessa linda pessoa. Uma doce malícia estimulava seus lindos olhos negros e amendoados, arrematados por sobrancelhas bem arqueadas e longos cílios, perdidos em suave pureza. A vida e a juventude exibiam seus tesouros nesse rosto espirituoso e no busto ainda gracioso, apesar da cinta apertada sob o seio. Insensível às homenagens, a moça olhava com certa ansiedade para o Palácio das Tulherias[1], sem dúvida o destino de seu destemido passeio. Faltavam 15 minutos para o meio-dia. Por mais que fosse cedo, várias mulheres — todas querendo se exibir muito bem-vestidas — voltavam do palácio, não sem virar a cabeça com ar desgostoso, como se estivessem arrependidas de ter chegado tarde demais a um cobiçado espetáculo. Algumas palavras desprendidas do mau humor daquelas belas e desapontadas caminhantes, captadas no ar pela graciosa desconhecida, inquietaram-na de maneira singular. O velho espiava, com um olhar mais curioso do que zombeteiro, os sinais de impaciência e medo que se debatiam no semblante encantador da companheira, observando-a talvez com um cuidado excessivo, para não transparecer preocupações paternas.

Esse domingo era o 13º do ano de 1813. Dois dias depois, Napoleão partia para a fatal campanha em que iria perder sucessivamente Bessières e Duroc, ganhar as memoráveis batalhas de Lutzen e Bautzen, ver-se traído pela Áustria, pela Saxônia, pela Baviera e por Bernadotte e disputar a terrível batalha de Leipzig. O magnífico desfile ordenado pelo imperador seria, por um bom tempo, o derradeiro a despertar a admiração dos parisienses e estrangeiros. A velha guarda realizaria pela última vez as afetadas

---

1 O Palácio das Tulherias (Palais des Tuileries, em francês) foi erigido em 1564 em um local ocupado anteriormente por uma fábrica de telhas (*tuiles* em francês, daí seu nome). Funcionou como residência real de numerosos soberanos até sua destruição por um incêndio em 1871. (N. do T.)

manobras cuja pompa e precisão chegavam, às vezes, a surpreender até mesmo o próprio gigante, que então se preparava para o duelo com a Europa. Um sentimento triste levava às Tulherias uma multidão reluzente e curiosa. Todos pareciam adivinhar o futuro e, talvez, pressentissem que mais uma vez a imaginação se veria obrigada a refazer o quadro daquela cena, quando esses tempos heroicos da França adquirissem, como hoje, matizes quase inacreditáveis.

— Vamos mais rápido, meu pai — dizia a jovem, com um ar provocador, arrastando o velho. — Já ouço os tambores.

— São as tropas entrando nas Tulherias — respondeu ele.

— Ou desfilando, todo mundo está voltando! — retrucou ela com uma aflição infantil que fez o velho sorrir.

— O desfile não começa antes de meio-dia e meia — disse o pai, que caminhava quase colado à impetuosa filha.

Ao ver o movimento que ela fazia com o braço direito, poder-se-ia dizer que o utilizava para correr. Sua mãozinha, coberta por uma luva, esfregava com impaciência um lenço, como o remo de um barco singrando as ondas. Às vezes, o velho sorria; às vezes, no entanto, expressões preocupadas entristeciam momentaneamente seu rosto ressequido. Seu amor por essa bela criatura o fazia admirar o presente e, ao mesmo tempo, temer o futuro. Ele parecia dizer a si mesmo: "Hoje, ela é feliz, mas continuará sempre assim?". Pois os velhos têm tendência a prover com suas mágoas o futuro dos jovens. Quando pai e filha chegaram ao pátio do pavilhão, acima do qual tremulava a bandeira tricolor e por onde os caminhantes cruzam do Jardim das Tulherias ao Carrossel[2], as sentinelas exclamaram com uma voz grave: — Ninguém mais pode passar!

A mocinha se ergueu na ponta dos pés e pôde ver, de relance, uma multidão de mulheres enfeitadas ocupando os dois lados da velha arcada de mármore por onde o imperador deveria sair.

— Está vendo, meu pai, saímos tarde demais.

---

2 O Carrossel (Place du Carrousel, em francês) é uma praça de Paris situada, atualmente, em frente ao Museu do Louvre. O nome do local se deve às manobras que os militares faziam montados em cavalos. Foi planejada para servir como entrada monumental do Palácio das Tulherias. (N. do T.)

Seu beicinho emburrado mostrava a importância que ela dera à presença naquele desfile.

— Então, Julie, vamos embora, você não gosta que lhe pisem nos pés.

— Vamos ficar, meu pai. Daqui ainda posso ver o imperador. Se ele morrer durante a campanha, nunca o terei visto.

O pai estremeceu ao ouvir essas palavras, pois a filha tinha a voz embargada; olhou para ela e pensou ter notado sob suas pálpebras semicerradas algumas lágrimas, causadas mais por frustração do que por uma tristeza legítima, cujo segredo, para um velho pai, é fácil de adivinhar. De repente, Julie enrubesceu e soltou uma exclamação, cujo significado não foi compreendido nem pelas sentinelas, nem pelo velho. Ouvindo o grito, um oficial que corria pelo pátio em direção à escadaria se virou subitamente, avançou até a arcada do jardim e, reconhecendo por um instante a jovem escondida atrás das grandes barretinas de pele dos granadeiros, ordenou que fosse suspensa — para ela e o pai — a ordem que ele mesmo dera; então, sem se preocupar com os murmúrios da elegante multidão que cercava a arcada, gentilmente chamou a encantadora moça para perto de si.

— Agora compreendo a irritação e a ansiedade de minha filha, pois não sabia que você estava de serviço — disse o velho ao oficial, com um tom ao mesmo tempo sério e debochado.

— Meu senhor — respondeu o jovem — se vocês querem um bom lugar, não vamos perder tempo conversando. O imperador não gosta de esperar, e fui instruído pelo marechal a ir avisá-lo.

Enquanto falava, tomara o braço de Julie com certa familiaridade e a conduzia rapidamente em direção ao Carrossel. Julie notou com surpresa uma enorme multidão que se comprimia no pequeno espaço entre as muralhas cinzentas do palácio e as balizas unidas por correntes que perfazem grandes quadrados de areia no meio do pátio das Tulherias. O cordão de sentinelas, organizado para deixar a passagem livre ao imperador e seu Estado-Maior, tinha grande dificuldade de conter a ansiosa multidão, que zumbia como um enxame.

— Então vai ser mesmo um espetáculo lindíssimo? — indagou Julie, sorrindo.

— Tome cuidado! — gritou o oficial, agarrando Julie pela cintura e a erguendo com força e agilidade, a fim de movê-la para perto de uma coluna.

Sem esse brusco movimento, sua parente curiosa teria se chocado com a traseira de um cavalo branco com uma sela de veludo verde e dourado que o Mameluco de Napoleão[3] segurava pelas rédeas, quase sob a arcada, dez passos atrás de todos os cavalos que esperavam os grandes oficiais, companheiros do imperador. O jovem colocou pai e filha junto à primeira baliza à direita, diante da multidão e, com um aceno da cabeça, apresentou-os aos dois velhos granadeiros que os rodeavam. Quando o oficial voltou ao palácio, um ar de satisfação e alegria em seu rosto tomou o lugar do súbito pavor que o recuo do cavalo lhe causara; Julie apertara sua mão em segredo, tanto para agradecer o pequeno favor que ele acabara de prestar, como para dizer: "Finalmente vou vê-lo!". Chegou até mesmo a inclinar levemente a cabeça como resposta à saudação respeitosa que o oficial fizera, tanto a si como ao pai, antes de desaparecer rapidamente. O velho, que parecia ter deixado os dois jovens juntos de propósito, manteve-se sério, um pouco atrás da filha, mas a observava furtivamente, tentando lhe proporcionar uma falsa segurança ao parecer absorto na contemplação do magnífico espetáculo oferecido pelo Carrossel. Quando Julie dirigiu ao pai o mesmo olhar de uma aluna preocupada com seu professor, o velho respondeu com um sorriso de bondosa alegria, porém seu olhar aguçado seguira o oficial até a arcada e nenhum acontecimento daquela rápida cena lhe escapara.

— Que belo espetáculo! — disse Julie em voz baixa, apertando a mão do pai.

O aspecto pitoresco e grandioso do Carrossel nesse momento fez com que a mesma exclamação fosse proferida por milhares de espectadores, cujos semblantes estavam todos estupefatos de admiração. Outra fileira de pessoas, tão comprimida quanto aquela em que o velho e a filha se encontravam, ocupava, perfazendo uma linha paralela ao palácio, o apertado espaço pavimentado que acompanha o gradil do Carrossel. Essa multidão acabava por ilustrar com vivacidade, dada a variedade de trajes femininos, o enorme quadrilátero formado pelas construções das Tulherias e a grade recém-instalada. Os regimentos da velha guarda que deveriam passar em revista ocupavam o vasto terreno, dispondo diante do palácio imponentes alas azuis com dez fileiras de profundidade. Para além do pátio, e no

---

3 Os Mamelucos da Guarda Imperial eram uma unidade de cavalaria que servia a Napoleão I, formada por soldados escravos do Oriente Médio. (N. do T.)

Carrossel, encontravam-se vários regimentos de infantaria e cavalaria prontos para desfilar sob o arco triunfal que adornava o centro do gradil, e em cujo topo se via, àquela época, os magníficos cavalos de Veneza. A fanfarra dos regimentos, colocada sob as galerias do Louvre, estava oculta atrás dos lanceiros poloneses de serviço. Grande parte do pátio continuava vazia, como uma arena preparada para os movimentos desses corpos silenciosos, cuja massa, disposta com a simetria da arte militar, refletia a luz do sol nas ponteiras triangulares de dez mil baionetas. O ar, agitando os penachos dos soldados, fazia-os ondular como as árvores de uma floresta curvadas sob um vento impetuoso. Essas velhas tropas, silenciosas e cintilantes, ofereciam mil contrastes de cores, graças à diversidade de uniformes, adornos, armas e cordões. Esse imenso quadro, miniatura de um campo de batalha antes do combate, estava poeticamente emoldurado, com todos os detalhes e desníveis peculiares, pelos altos e majestosos edifícios, cuja imobilidade parecia ser imitada pelos chefes e soldados. O espectador comparava involuntariamente os paredões de homens àquelas muralhas de pedra. O sol da primavera, que lançava sua luz em abundância tanto sobre os muros brancos erguidos na véspera, como sobre as amuradas seculares, iluminava com toda a força as inúmeras figuras sombrias, que contavam os perigos passados enquanto aguardavam os perigos futuros. Os coronéis de cada regimento andavam para cima e para baixo diante dos frontes formados por esses homens heroicos. E, por trás das altivas massas pintadas de prata, azul, púrpura e ouro, os curiosos conseguiam perceber os estandartes tricolores presos às lanças de seis incansáveis cavaleiros poloneses que, como cães conduzindo um rebanho ao longo de um campo, circulavam incessantemente entre as tropas e o público, para impedir que alguém ultrapassasse o pequeno espaço que lhe era concedido próximo ao portão imperial. Com tais movimentos, alguém poderia se imaginar no palácio da Bela Adormecida. A brisa primaveril, que passava pelas longas barretinas de pele dos granadeiros, comprovava a imobilidade dos soldados, tanto quanto o murmúrio abafado da multidão acusava seu silêncio. Às vezes, o som de uma árvore de campainhas[4] ou de uma leve

---

4 Instrumento musical militar composto por um suporte ricamente decorado com pingentes e símbolos orientais, as chamadas campainhas. Foi amplamente usado pelas fanfarras napoleônicas. (N. do T.)

batida dada inadvertidamente em um tambor, ecoado pelo palácio imperial, fazia lembrar os distantes trovões que anunciam uma tempestade. Um entusiasmo indescritível surgia na ansiosa multidão. A França estava para se despedir de Napoleão, à véspera de uma campanha cujos perigos eram previstos até pelo mais simplório cidadão. Tratava-se agora, para o Império Francês, de uma questão de ser ou não ser. Esse pensamento parecia animar tanto a população da cidade como a população armada, que se comprimiam, igualmente silenciosas, no pátio onde pairavam a águia e o gênio de Napoleão. Tais soldados, a esperança da França, tais soldados, sua última gota de sangue, também ocupavam um papel importante na agitada curiosidade dos espectadores. Entre a maior parte dos assistentes e dos militares, faziam-se despedidas, talvez eternas — mas todos os corações, mesmo os mais hostis ao imperador, enviavam ao céu ardentes votos pela glória da pátria. Os homens mais cansados da luta que começara entre a Europa e a França, sem exceção, abandonavam seus ódios ao passar sob o Arco do Triunfo, percebendo que, no momento do perigo, Napoleão era toda a França. O relógio do palácio bateu meia hora. Naquele instante, o zumbido da multidão cessou e o silêncio se tornou tão profundo que teria sido possível ouvir a voz de uma criança. O velho e a filha, que pareciam recorrer unicamente a seus olhos, distinguiram então o som das esporas e o ressoar das espadas que repercutiram sob o sonoro pátio do palácio.

Um homenzinho bastante gordo, vestindo um uniforme verde, culotes brancos e botas de montaria, surgiu de repente, trazendo à cabeça um chapéu de três pontas tão prestigioso quanto ele próprio. A larga fita vermelha da Legião de Honra tremulava em seu peito. Uma pequena espada pendia de seu flanco. O homem era notado por todos os olhos e, ao mesmo tempo, de todos os pontos da praça. Imediatamente, os tambores ressoaram, as duas fanfarras começaram uma melodia cuja expressão combatente se propagava por todos os instrumentos, da mais suave das flautas ao bumbo. A esse beligerante chamado, as almas estremeceram, as bandeiras saudaram e os soldados apresentaram suas armas, em um movimento sincronizado e constante, que agitava os fuzis da primeira à última fileira do Carrossel. Palavras de comando surgiam de ala em ala, como ecos. Gritos de "Viva o imperador!" se difundiam pela multidão entusiasmada. Por fim, tudo se agitava, vibrava, fremia. Napoleão estava montado a cavalo. Esse movimento imprimiu vida às massas silenciosas, deu voz aos instrumentos, impulsionou os estandartes e as bandeiras, trouxe emoção a todos os rostos. Os muros das altas galerias do velho palácio também pareciam gritar: "Viva o imperador!". Não se tratava de algo humano, era pura magia, um simulacro do poder divino ou, melhor, uma efêmera imagem desse reinado tão fugaz. O homem rodeado por tanto amor, entusiasmo, devoção e desejos, para quem o sol afastara as nuvens do céu, permaneceu em seu cavalo, três passos à frente do pequeno esquadrão dourado que o seguia, com o grão-marechal à sua esquerda e o marechal-de-campo à direita. Dentre tantas emoções por ele despertadas, nem um único traço parecia se comover em seu semblante.

— Ah! Meu Deus, sim! Em Wagram, em meio ao fogo, ou em Moscou, entre os mortos, ele se mostra sempre tranquilo, como Baptiste[5]!

Essa frase, em resposta a inúmeros questionamentos, foi proferida pelo granadeiro que se encontrava ao lado da jovem. Por um momento, Julie ficou absorta na contemplação daquela figura, cuja calma indicava uma segurança absoluta de seu poder. O imperador se inclinou na direção de Duroc e lhe disse uma frase curta, que fez o grão-marechal sorrir. As manobras começaram. Se até então a moça dividira a atenção entre o rosto impassível de Napoleão e as fileiras azuis, verdes e vermelhas das tropas, nesse momento ela passou a se ocupar quase exclusivamente — em meio aos movimentos rápidos e constantes executados pelos velhos soldados — de um jovem oficial que corria a cavalo entre as linhas móveis, voltando altivo e incansável ao grupo à frente do qual brilhava o distinto Napoleão. Esse oficial montava um soberbo cavalo preto e se destacava na colorida multidão com um belo uniforme azul-celeste dos ordenanças do imperador. Suas insígnias reluziam de tal forma sob o sol, e incidiam clarões tão fortes na borla de sua barretina estreita e longa, que os espectadores acabaram por compará-las ao fogo-fátuo, a uma alma invisível encarregada pelo imperador de animar, de conduzir aqueles batalhões cujas armas tremulantes lançavam chamas e, a um único sinal de seus olhos, dividiam-se, reuniam-se, circulavam como as águas de um abismo ou passavam diante dele como as altas, longas e aprumadas ondas que o oceano bravio dirige a suas margens.

Quando as manobras terminaram, o ordenança galopou a toda

---

5 Provável referência a Jean-Baptiste Girard (1775-1815), general e barão francês que lutou nas guerras revolucionárias do país. Era conhecido pela calma em combate. (N. do T.)

velocidade e parou diante do imperador, à espera de seu comando. Nesse instante, encontrava-se a 20 passos de Julie, diante do grupo imperial, em uma postura muito semelhante à que Gérard dera ao general Rapp, no quadro da Batalha de Austerlitz[6]. A jovem pôde, então, admirar seu amado em todo o esplendor militar. O coronel Victor d'Aiglemont, de apenas trinta anos, era alto, bem-apessoado, esguio, e suas atraentes proporções se destacavam melhor do que nunca ao empregar sua força para conduzir um cavalo cujo dorso elegante e flexível parecia se curvar sob o corpo dele. Seu semblante másculo e moreno possuía o inexplicável encanto que uma perfeita regularidade de traços transmite a rostos jovens. A testa era larga e alta; os olhos abrasadores, sombreados por sobrancelhas grossas e cílios longos, destacavam-se como duas ovais brancas entre duas linhas pretas; o nariz apresentava a graciosa curvatura de um bico de águia; o púrpura dos lábios era intensificado pelas sinuosidades do inevitável bigode negro; as faces, amplas e fortemente coradas, apresentavam tons castanhos e amarelos que denotavam vigor extraordinário; o rosto, como aqueles marcados pelo signo da bravura, ostentava os traços que o artista de hoje busca quando quer representar um dos heróis da França imperial. O cavalo banhado em suor, cuja cabeça agitada expressava acentuada impaciência, com as duas patas dianteiras afastadas e paradas na mesma linha sem que uma ultrapassasse a outra, fazia flutuar os longos pelos de sua espessa cauda, e sua devoção oferecia uma imagem semelhante àquela que o mestre tinha pelo imperador. Ao ver seu amado tão ocupado em captar os olhares de Napoleão, Julie vivenciou um instante de ciúme, perguntando-se se ele já a tinha olhado da mesma maneira. De repente, uma ordem é pronunciada pelo soberano, Victor espora os flancos do cavalo e sai a galope, entretanto a sombra de uma baliza sobre a areia assusta o animal, que se amedronta, recua e empina tão bruscamente que o cavaleiro parece correr perigo. Julie solta um grito e empalidece; todos olham para ela, curiosos; ela não vê ninguém — seus olhos estão fixos naquele cavalo por demais impetuoso, que o oficial castiga enquanto corre para levar a cabo as ordens de Napoleão. Essas cenas impressionantes consumiram Julie de tal forma que, sem se

---

6 Referência ao quadro *A Batalha de Austerlitz*, do pintor francês François Gérard (1770-1837), em que o general Rapp é retratado com o braço estendido, mostrando a Napoleão o exército inimigo derrotado. (N. do T.)

dar conta, ela se agarrara ao braço do pai, revelando-lhe seus pensamentos involuntariamente, pela pressão inconstante dos dedos. Quando Victor estava prestes a ser derrubado pelo cavalo, apertou o pai com ainda mais força, como se ela própria estivesse a ponto de cair. O velho olhava com uma ansiedade sombria e dolorosa o rosto juvenil da filha, e sentimentos de pena, ciúme e até mesmo pesar tomaram conta de todas as suas rugas. Porém, quando o brilho incomum nos olhos de Julie, o grito que ela acabara de emitir e o movimento convulsivo de seus dedos terminaram de revelar o amor secreto que ela nutria, certamente ele deve ter tido algumas tristes epifanias acerca do futuro, pois seu rosto assumiu uma expressão sinistra. A essa altura, a alma de Julie parecia entregue ao oficial. Um pensamento mais cruel do que todos os anteriores amedrontou o velho, contraindo as feições de seu rosto resignado, quando viu d'Aiglemont, ao passar diante dos dois, trocar um olhar de cumplicidade com Julie, que tinha os olhos úmidos e cuja pele adquirira uma extraordinária vivacidade. Abruptamente, ele carregou a filha para o Jardim das Tulherias.

— Mas, meu pai — disse ela — há regimentos na praça do Carrossel que ainda vão fazer manobras.

— Não, filha, todas as tropas já desfilaram.

— Acho que o senhor se enganou, meu pai. O senhor d'Aiglemont teve que fazê-las avançar...

— Mas, minha filha, não estou me sentindo bem e quero partir.

Julie não teve dificuldade em acreditar no pai quando olhou para seu rosto, abatido pelas preocupações paternas.

— Está se sentindo muito mal? — perguntou ela com indiferença, apesar de estar preocupada.

— Cada dia a mais não é uma bênção para mim? — respondeu o velho.

— Não venha me perturbar novamente falando de sua morte. Eu estava tão alegre! Por favor, afugente esses pensamentos sombrios e desagradáveis!

— Ah! — exclamou o pai soltando um suspiro. — Crianças mimadas! Os mais bondosos corações são, às vezes, bastante cruéis. Dedicamos-lhes nossa vida, pensando somente em vocês, sacrificando nossas vontades aos seus caprichos, nós as adoramos, damos nosso próprio sangue, isso não significa nada? Ai de mim! Na verdade, aceitam tudo com indiferença.

Para receber seus sorrisos e seu amor insolente, seria preciso ter o poder de Deus. E, por fim, aparece outro qualquer! Um namorado, um marido, arrebata-nos seu coração.

Julie, espantada, olhou para o pai, que caminhava lentamente, lançando-lhe olhares melancólicos.

— Você se esconde de nós — ele continuou — mas talvez também de si mesma...

— Do que está falando, meu pai?

— Acredito, Julie, que você tenha segredos para mim. Está amando! — disse o velho com firmeza, ao perceber que a filha enrubescia — Ah, esperava vê-la fiel a seu velho pai até a morte, esperava conservá-la junto a mim, feliz e radiante! Admirá-la como era até pouco tempo atrás. Ignorando seus impulsos, poderia ter acreditado em um futuro de paz para você; mas agora é impossível para mim ter qualquer esperança de felicidade para sua vida, pois você ama o coronel mais do que deveria amar o primo. Não posso mais duvidar disso.

— E por que deveria ser proibida de amá-lo? — exclamou ela com uma intensa expressão de curiosidade.

— Ah, minha Julie, você não me entenderia — respondeu o pai, suspirando.

— Diga assim mesmo — continuou ela, deixando escapar um sinal de rebeldia.

— Pois bem, filha, escute-me. Muitas vezes, as moças imaginam cenas nobres e encantadoras, figuras completamente idealizadas, e constroem ideias fantásticas sobre os homens, os sentimentos, o mundo; então, inocentemente, atribuem a um personagem as virtudes com que sonharam, e a ele se entregam; amam essa criatura imaginária refletida no homem de sua escolha; porém, mais tarde, quando não é mais possível se livrar do infortúnio, a enganosa imagem que compuseram, seu primeiro ídolo, transforma-se enfim em um odioso esqueleto. Julie, preferiria descobrir que você está apaixonada por um velho do que vê-la amando o coronel. Ah, se eu pudesse conduzi-la a dez anos adiante em sua vida, você daria valor à minha experiência. Conheço Victor: sua alegria não tem alma, é uma alegria de quartel; ele é um esbanjador e não tem talentos. É um daqueles homens que o céu criou para comer e digerir quatro refeições por dia, dormir, amar a primeira que aparecer e guerrear. Ele não compreende a vida. Seu bom coração — pois ele possui um bom coração — talvez o leve a dar todo o seu dinheiro a um infeliz, a um colega; ele é displicente, não é dotado da delicadeza de coração que nos torna escravos da felicidade de uma mulher; é ignorante, egoísta... Há muitos poréns.

— No entanto, meu pai, ele deve ter tido inteligência e meios para ter chegado a coronel...

— Minha querida, Victor continuará coronel por toda a vida. Ainda não conheci ninguém que parecesse digno de você — disse o velho pai, com uma espécie de entusiasmo. Parou por um momento, olhou para a filha e acrescentou: — Mas, minha pobre Julie, você ainda é muito jovem, muito frágil, delicada demais para suportar as tristezas e dificuldades do casamento. D'Aiglemont foi mimado pelos pais, assim como você, por sua mãe e por mim. Como pode esperar que vocês cheguem a se entender, tendo temperamentos tão diferentes, com tolerâncias tão irreconciliáveis? Você será vítima ou tirana. Ambas as opções trazem igual quantidade de infortúnios à vida de uma mulher. Mas você é gentil e modesta, será a primeira a ceder. Enfim — disse ele com a voz alterada — você tem sentimentos tão graciosos que não serão reconhecidos, e então... — Não concluiu a frase, as lágrimas o dominaram — Victor — retomou ele, depois de uma pausa — irá ferir as ingênuas qualidades de sua jovem alma. Conheço os soldados, minha Julie, estive no exército. É raro que o coração dessa gente triunfe sobre os hábitos adquiridos, seja pelas desgraças que viveram, seja pelas casualidades de sua vida de aventuras.

— Então o senhor quer, meu pai — respondeu Julie, em um tom entre a seriedade e a zombaria — que eu me case pensando no senhor, e não em mim?

— Casar-se pensando em mim! — exclamou o pai, com um movimento de surpresa. — Em mim, minha filha, cuja voz tão amigavelmente rabugenta você deixará de ouvir em breve. Sempre vejo filhos atribuindo um sentimento pessoal aos sacrifícios que os pais fizeram por eles! Case-se com Victor, minha Julie, e um dia você lamentará amargamente sua nulidade, sua falta de ordem, seu egoísmo, sua indelicadeza, sua falta de aptidão para o amor e outros milhares de desgostos que ele lhe causará. Então, lembre-se de que, sob estas árvores, a voz profética de seu velho pai ressoou inutilmente em seus ouvidos!

O velho se calou, flagrara a filha balançando a cabeça com um ar contrariado. Os dois deram alguns passos em direção ao gradil onde a carruagem estava estacionada. Durante a caminhada silenciosa, a jovem examinou furtivamente o rosto do pai e, pouco a pouco, foi abandonando a expressão desgostosa. A profunda dor gravada naquela fronte encurvada para o chão lhe causou-lhe forte impressão.

— Prometo-lhe, meu pai — disse ela com uma voz suave e embargada — de não mencionar o nome de Victor até que o senhor tenha mudado de opinião a respeito dele.

O velho olhou para a filha com espanto. Duas lágrimas que rolavam por seus olhos caíram em meio às faces enrugadas. Ele não pôde beijar Julie diante de toda a multidão ao redor, mas apertou a mão dela com ternura. Quando voltou a subir na carruagem, todos os pensamentos de preocupação que haviam se acumulado em sua fronte desapareceram completamente. A atitude um tanto triste da filha o preocupava muito menos do que a alegria inocente, cujo segredo Julie deixara escapar durante a revista das tropas.

Nos primeiros dias de março de 1814, pouco menos de um ano depois do desfile do imperador, uma carruagem transitava pela estrada que liga Amboise a Tours. Ao passar pela cúpula verde das nogueiras que ocultavam os correios de La Frillière, o carro era conduzido com tamanha rapidez que, em um instante, chegou à ponte sobre o rio Cise — onde ele deságua no Loire — e ali parou. Um tirante acabara de se romper, resultado do movimento impetuoso que, por ordem de seu senhor, um jovem condutor imprimira a quatro dos vigorosos cavalos que havia na repartição. Assim, por mero acaso, as duas pessoas que se encontravam no interior da carruagem tiveram tempo para contemplar, em pleno amanhecer, um dos mais belos locais que as atraentes margens do Loire podem oferecer. À direita, o viajante aprecia todas as sinuosidades do Cise, que flui como uma cobra prateada sobre o verde das pradarias, onde os primeiros brotos da primavera já revelavam suas cores de esmeralda. À esquerda, o Loire aparece em toda a sua magnificência. Os inumeráveis ângulos das pequenas ondas, produzidas por uma brisa matinal tanto quanto fria, refletiam o brilho do sol nos vastos lençóis estendidos pelo majestoso rio. Aqui e ali, viçosas ilhas se sucediam na vastidão das águas, como as contas de um colar. Do outro lado do rio, os mais belos campos da região da Touraine revelam seus tesouros a perder de vista. Ao longe, o olhar só encontra limites nas colinas do rio Cher, cujos picos, naquele instante, desenhavam linhas luminosas no azul transparente do céu. Através da tenra folhagem das ilhas, ao fundo da paisagem, Tours parecia emergir do seio das águas, assim como Veneza. Os campanários da antiga catedral se elevam nos ares, onde se confundem com as fantásticas criações de algumas nuvens esbranquiçadas. Para além da ponte em que a carruagem parara, o viajante percebe, adiante, ao longo do Loire até Tours, uma cadeia de rochas que, por capricho da natureza, parece ter sido colocada ali para conter o rio, cujas águas minam constantemente a pedra, espetáculo que sempre causa assombro nos visitantes. O vilarejo de Vouvray parece aninhado nas gargantas e deslizamentos dessas rochas, que começam a traçar uma curva diante da ponte do Cise. Depois, de Vouvray a Tours, as assustadoras fendas da dilacerada colina são habitadas por uma população de viticultores. Em mais de um local há três níveis de casas, esculpidas na rocha e unidas por perigosas escadas talhadas diretamente na pedra. Acima de um telhado, uma jovem de saia vermelha corre no jardim. A fumaça de uma chaminé sobe entre os galhos e folhagens de uma parreira. Lavradores cultivam campos perpendiculares. Uma velha, sentada tranquilamente sobre um fragmento de rocha erodida, gira sua roca de fiar sob as flores de uma amendoeira e observa os viajantes passarem logo abaixo, rindo-se de seu espanto. Ela não se preocupa nem com as rachaduras no solo nem com as ruínas suspensas de um velho muro, cuja fundação é contida apenas pelas raízes retorcidas de uma cobertura de hera. O martelo dos tanoeiros reverbera nas abóbadas de lagares[7] elevados. Enfim, por toda parte a terra é cultivada e fértil, justamente onde a natureza recusou a terra à indústria humana. Assim, nada se compara, no curso do Loire, ao rico panorama que a Touraine apresenta aos olhos do viajante. O tríptico dessa cena, cujos aspectos estão apenas indicados, proporciona à alma um espetáculo singular, que será guardado para sempre na memória; e, quando um poeta dele desfruta, seus sonhos muitas vezes vêm lhe reconstruir de maneira excepcional seus efeitos românticos. No momento em que a carruagem

---

7 Um lagar é uma estrutura escavada na rocha que, antigamente, servia para se produzir vinho. Atualmente, designa o local onde se separa a parte líquida da sólida, tanto da uva, como da azeitona. (N. do T.)

chegou à ponte sobre o Cise, várias velas brancas surgiram entre as ilhas do Loire, trazendo uma nova harmonia a esse gracioso local. O cheiro dos salgueiros que margeiam o rio acrescentava perfumes penetrantes ao toque da brisa úmida. Os pássaros faziam ouvir seus verborrágicos concertos; o canto monocórdio de um pastor de cabras lhes acrescentava uma espécie de melancolia, enquanto os berros dos barqueiros anunciavam certa agitação ao longe. Lânguidos vapores, caprichosamente parados ao redor das árvores espalhadas nessa vasta paisagem, conferiam-lhe um último encanto. Era a Touraine em toda a sua glória, a primavera em todo o seu esplendor. Essa parte da França, a única que os exércitos estrangeiros não haveriam de perturbar, era naquele momento a última que permanecia tranquila, e poder-se-ia dizer que desafiava a Invasão[8].

Uma cabeça coberta por um quepe da polícia surgiu de dentro da carruagem assim que ela parou de andar; em instantes, um impaciente militar abriu ele mesmo a portinhola e saltou em plena estrada como se estivesse prestes a recriminar o condutor. A destreza com que o lacaio, natural da Touraine, consertava o tirante rompido tranquilizou o coronel, conde d'Aiglemont, que voltou à portinhola, esticando os braços como se alongasse os músculos adormecidos; ele bocejou, olhou a paisagem e pousou a mão no braço de uma jovem cuidadosamente envolta em um casaco de pele.

— Vamos, Julie — disse ele, com a voz rouca — acorde para observar a região! É magnífica.

Julie pôs a cabeça para fora da carruagem. Um gorro de marta lhe cobria a cabeça, e as dobras do casaco felpudo que a envolvia escondiam tão bem suas formas que só era possível ver seu rosto. Julie d'Aiglemont já não se parecia mais com a jovem que, alegre e animada, correra para o desfile das tropas nas Tulherias. Sua face, ainda delicada, fora privada dos tons rosados que, antigamente, conferiam-lhe um brilho tão intenso. Os cachos negros dos cabelos despenteados pela umidade da noite realçavam a brancura opaca de seu semblante, cuja vivacidade parecia entorpecida. No entanto, os olhos dela brilhavam com um entusiasmo sobrenatural; mesmo assim, logo abaixo das pálpebras, nas faces cansadas, era possível

---

8 A Invasão de 1814 marca a derrota de Napoleão diante das forças europeias e o fim do Império Francês. (N. do T.)

notar manchas arroxeadas. Ela examinou com indiferença os campos do Cher, o Loire e suas ilhas, Tour e os extensos rochedos de Vouvray; depois, sem a menor vontade de admirar o adorável vale do rio Cise, prontamente se refugiou no interior da carruagem e disse, com uma voz que, ao ar livre, parecia extremamente exausta: — Sim, é fascinante. — Como se pode ver, para seu infortúnio, ela triunfara sobre a vontade do pai.

— Julie, você não gostaria de morar aqui?

— Ah! Aqui ou em outro lugar — respondeu ela, com desdém.

— Está se sentindo mal? — perguntou-lhe o coronel d'Aiglemont.

— De maneira nenhuma — respondeu a jovem com um entusiasmo momentâneo.

Olhou para o marido, sorrindo, e acrescentou: — Estou com sono.

O galope de um cavalo ecoou subitamente. Victor d'Aiglemont soltou a mão da esposa e voltou a cabeça para a curva que a estrada fazia naquele ponto. No exato instante em que Julie deixou de ser contemplada pelo coronel, a expressão de alegria que ela transmitira ao rosto pálido desapareceu como se certo brilho tivesse deixado de iluminá-lo. Sem o desejo de rever a paisagem nem a curiosidade de saber quem era o cavaleiro cujo cavalo galopava com tanta fúria, reacomodou-se no fundo da carruagem e seus olhos se fixaram nas ancas dos cavalos sem exibir nenhum tipo de sentimento. Tinha um ar tão aturdido quanto o de um camponês bretão ouvindo a pregação de seu pároco. Um jovem rapaz, montado em um cavalo de raça, emergiu de repente de um bosque de álamos e espinheiros em flor.

— É um inglês — disse o coronel.

— Ah, meu Deus! Realmente, general — respondeu o condutor. — É da estirpe de rapazes que, como se diz, querem devorar a França.

O desconhecido era um daqueles viajantes que estavam no continente quando Napoleão deteve todos os ingleses em retaliação ao atentado cometido contra os direitos humanos pelo gabinete de Saint-James, violando o Tratado de Amiens[9]. Submetidos aos caprichos do poder imperial, nem

---

9 O Tratado de Amiens foi um acordo de paz firmado em 25 de março de 1802, na cidade francesa homônima, pondo fim às hostilidades entre França e Reino Unido durante as Guerras Revolucionárias Francesas. Com seu rompimento, apenas um ano depois, iniciam-se as Guerras Napoleônicas. (N. do T.)

todos esses prisioneiros permaneceram na residência onde foram capturados, nem naquelas em que, a princípio, tiveram a liberdade de escolher. A maioria dos que agora viviam na Touraine viera transferida de várias partes do império, onde sua estadia parecera comprometer os interesses da política continental. O jovem prisioneiro que, nesse momento, espantava o tédio matinal, era uma vítima do poder burocrático. Dois anos antes, uma ordem do ministério das Relações Exteriores o arrancara do clima de Montpellier, onde a quebra da paz o surpreendera quando tentava se curar de uma doença pulmonar. No instante em que o rapaz reconheceu o militar na pessoa do conde d'Aiglemont, apressou-se em evitar seus olhares, virando bruscamente a cabeça na direção dos campos do Cise.

— Todos esses ingleses são insolentes, como se o mundo fosse deles — murmurou o coronel. — Felizmente, Soult[10] lhes dará uma lição.

Quando o prisioneiro passou diante da carruagem, olhou para o interior. Apesar da rapidez de seu olhar, pôde então admirar a expressão de melancolia que conferia ao rosto pensativo da condessa certa atração indefinível. Há muitos homens cujo coração é intensamente afetado pelo simples aspecto de sofrimento em uma mulher: para eles, a dor parece ser uma promessa de constância ou amor. Totalmente absorta na contemplação de uma almofada da carruagem, Julie não prestou atenção nem ao cavalo nem ao cavaleiro. O tirante havia sido pronta e firmemente reparado. O conde voltou a subir na carruagem. O condutor fez o possível para recuperar o tempo perdido e, com rapidez, guiou os viajantes pela pista que contorna as rochas suspensas onde amadurecem os vinhos de Vouvray, onde surgem inúmeras belas casas e onde, ao longe, pode-se ver as ruínas da célebre abadia de Marmoutier, o retiro de São Martinho.

— O que esse macilento milorde quer de nós? — exclamou o coronel, virando a cabeça para se certificar de que o cavaleiro que seguia a carruagem desde a ponte do Cise era o jovem inglês.

Como o desconhecido não estava violando nenhuma regra de cortesia ao seguir pela beira da pista, o coronel se recolheu a um canto da carruagem depois de lançar um olhar ameaçador para o inglês. Mas, apesar de

---

10 Nicolas Jean-de-Dieu Soult (1769-1851), também conhecido como duque da Dalmácia, foi um militar e político francês, responsável pela invasão de Portugal e pelo fechamento dos portos europeus à Inglaterra. (N. do T.)

sua antipatia involuntária, ele não pôde deixar de notar a beleza do cavalo e a elegância do cavaleiro. O rapaz tinha um daqueles rostos britânicos cuja pele é tão fina, tão suave e branca que, às vezes, parecem pertencer ao delicado corpo de uma moça. Ele era loiro, magro e alto. Seu traje tinha o refinamento e a singularidade que distinguem os seletos membros da recatada Inglaterra. Ao ver a condessa, ele parecia corar mais por pudor do que por prazer. Julie ergueu os olhos na direção do estrangeiro apenas uma vez, mas acabou por fazê-lo por imposição do marido, que quis lhe mostrar as pernas do cavalo puro-sangue. Os olhos de Julie encontraram então os do tímido inglês. A partir desse momento, o cavaleiro, em vez de conduzir o cavalo próximo à carruagem, seguiu-a a certa distância. A condessa mal olhou para o desconhecido. Ela não notou nenhuma das perfeições humanas ou equinas que lhe foram apontadas e retornou para o fundo da carruagem depois de esboçar um leve movimento de sobrancelhas como sinal de aprovação ao marido. O coronel voltou a cochilar, e o casal chegou a Tours sem trocar uma única palavra e sem que as belas paisagens do cenário em movimento atraíssem uma única vez a atenção de Julie. Quando o marido adormeceu, a senhora d'Aiglemont o fitou inúmeras vezes. No último olhar que lhe dirigiu, um solavanco fez com que um medalhão preso a seu pescoço por uma gargantilha de luto caísse sobre seus joelhos, e o retrato do pai apareceu subitamente. Ao vê-lo, lágrimas até então reprimidas verteram de seus olhos. Talvez o inglês tenha visto os traços úmidos e brilhantes que essas lágrimas deixaram por um instante nas faces pálidas da condessa, mas que o ar logo secara. Encarregado pelo imperador de levar ordens ao marechal Soult, que devia defender a França da invasão inglesa no Bearne[11], o coronel d'Aiglemont aproveitava a missão para salvar a esposa dos perigos que ameaçavam Paris naquele momento, levando-a para a casa de uma velha parenta sua em Tours. Em pouco tempo, a carruagem passava pela pavimentação da cidade, cruzando a ponte e entrando na rua principal até parar diante da antiga propriedade onde morava a ex-condessa de Listomère-Landon.

A condessa de Listomère-Landon era uma daquelas velhas encantadoras de tez pálida, cabelos brancos e um sorriso delicado que parecem

---

[11] Antiga província francesa situada nos Pireneus, na fronteira com a Espanha. (N. do T.)

ter anquinhas no vestido e usar uma touca cuja moda é desconhecida. Retratos septuagenários do século de Luís XV, essas mulheres são quase sempre muito carinhosas, como se ainda fossem capazes de amar; mostram-se menos piedosas do que devotas, e são ainda menos devotas do que parecem; sempre exalando pó de arroz, contam histórias muito bem, conversam ainda melhor e riem mais de lembranças do que de anedotas. A atualidade lhes desagrada. Quando uma velha criada veio anunciar à condessa (ela logo retomaria seu título) a visita de um sobrinho que ela não via desde o início da guerra na Espanha, ela tirou prontamente seus óculos e fechou a *Galeria da Antiga Corte*[12], seu livro favorito; recuperou, então, certa agilidade para chegar até o patamar da escadaria enquanto os dois esposos subiam os degraus.

A tia e a sobrinha se entreolharam rapidamente.

— Bom dia, minha querida tia — exclamou o coronel, agarrando e beijando a velha precipitadamente. — Trago-lhe uma jovem para cuidar. Venho lhe confiar meu tesouro. Minha Julie não é vaidosa nem ciumenta, tem a doçura de um anjo... E espero que não acabe se estragando aqui — adicionou ele.

— Seu brincalhão! — respondeu a condessa, lançando-lhe um olhar debochado.

Com certa graça e amabilidade, ela foi a primeira a avançar para beijar Julie, que permanecia pensativa, mostrando-se mais constrangida do que curiosa.

— Então vamos nos conhecer, minha querida? — retomou a condessa. — Não tenha medo de mim, eu tento não parecer tão velha diante dos jovens.

Antes de chegar ao salão, a condessa já havia — como era costume nas províncias — mandado preparar o almoço para seus dois hóspedes, entretanto o conde interrompeu o falatório da tia dizendo em um tom sério que não poderia lhe conceder mais tempo do que o necessário para a troca dos cavalos. Assim, os três parentes entraram no salão rapidamente e o coronel mal teve tempo de relatar à tia-avó os acontecimentos políticos e militares que o obrigavam a pedir asilo à jovem esposa. Durante a narrativa, a tia

---

12 Espécie de enciclopédia das famílias nobres das cortes de Luís XIV e XV, editada no fim do século 18. (N. do T.)

olhava alternadamente para o sobrinho, que falava sem ser interrompido, e para a sobrinha, cuja palidez e tristeza lhe pareceram causadas por essa separação forçada. Tinha o ar de quem pensava: — Ai, ai, como esses dois jovens se amam.

Nesse instante, o estalar de um chicote ressoou no antigo pátio silencioso, cujo calçamento era contornado por trechos de relva; Victor beijou mais uma vez a condessa e saiu em disparada.

— Adeus, minha querida — disse ele, beijando a esposa, que o seguira até a carruagem.

— Ah, Victor, deixe-me acompanhá-lo até um pouco mais longe — disse ela com uma voz carinhosa — não gostaria de deixá-lo...

— Não pode pensar assim.

— Bom, então adeus — respondeu Julie. — Já que prefere desse modo.

A carruagem partiu.

— Então você ama muito meu pobre Victor? — perguntou a condessa à sobrinha, interrogando-a com um daqueles olhares oniscientes que as velhas lançam aos jovens.

— Ai de mim, minha senhora! — respondeu Julie — Não é preciso amar um homem para desposá-lo?

Esta última frase foi acentuada por um tom de ingenuidade que delatava, ao mesmo tempo, um coração puro ou profundos mistérios. Ora, era muito difícil a uma mulher amiga de Duclos e do marechal de Richelieu[13] não tentar adivinhar o segredo daquele jovem casal. A tia e a sobrinha estavam nesse momento na soleira do portão da cocheira, ocupadas em vigiar a partida da carruagem. Os olhos de Julie não expressavam o amor que a condessa pensava ver. A boa senhora era da região da Provença e suas paixões haviam sido intensas.

— Então você se deixou levar pelo patife do meu sobrinho? — perguntou ela à sobrinha.

A jovem estremeceu involuntariamente, pois o tom e o olhar daquela

---

13  Charles Duclos (1704-1772), escritor, e Louis François Armand de Vignerot du Plessis (1696-1788), o duque de Richelieu, militar e estadista, eram conhecidos libertinos do século 18. Especula-se que tenham sido a inspiração para o romance *As Ligações Perigosas* (*Les Liaisons Dangereuses*), do autor francês Choderlos de Laclos (1741-1803). (N. do T.)

velha elegante pareceram lhe anunciar um conhecimento profundo do caráter de Victor, talvez até maior do que o dela. Assim, a senhora d'Aiglemont, inquieta, envolveu-se em uma desajeitada dissimulação, o primeiro refúgio dos corações ingênuos e sofredores. A senhora de Listomère se contentou com as respostas de Julie, mas pensou, satisfeita, que sua solidão estava prestes a ser distraída por algum segredo de amor, já que a sobrinha parecia ter alguma intriga interessante a lhe revelar. Quando a senhora d'Aiglemont se viu no grande salão, decorado com tapeçarias com molduras douradas, sentada diante de uma enorme lareira, protegida da brisa da janela por um biombo chinês, sua tristeza não pôde mais ser dissipada. Era difícil fazer com que a alegria surgisse em meio a painéis tão antigos, entre móveis centenários. Ainda assim, a jovem parisiense sentia uma espécie de prazer em adentrar aquela solidão profunda, no silêncio solene das províncias. Depois de trocar algumas palavras com a tia, a quem escrevera certa vez um informe de casamento, ela permaneceu em silêncio, como se estivesse ouvindo alguma ópera. Foi só depois de duas horas de um silêncio típico de la Trappe[14] que percebeu sua grosseria para com a tia, ao lhe responder de maneira tão fria. A velha senhora respeitara os caprichos da sobrinha com o instinto cheio da compaixão que caracteriza as pessoas mais antigas. Nesse instante, a viúva tricotava. Na verdade, ausentara-se várias vezes para cuidar de certo quarto verde onde a sobrinha iria dormir e os criados da casa colocavam as bagagens; porém, agora, ela reassumira seu lugar em uma grande poltrona e observava a jovem furtivamente. Envergonhada por ter se entregado à sua irresistível meditação, Julie tentou se desculpar zombando de si mesma.

— Minha querida, nós conhecemos a dor das viúvas — respondeu a tia. Era preciso ter 40 anos para notar a ironia que os lábios da velha exprimiram. No dia seguinte, a condessa d'Aiglemont melhorara bastante, chegou mesmo a conversar. A senhora de Listomère já não precisava se desesperar em domesticar aquela recém-casada que, a princípio, considerara uma criatura selvagem e estúpida; falou-lhe das alegrias da região, dos bailes e das casas que podiam visitar. Durante esse dia, todas as perguntas

---

14 Referência à Abadia de Soligny-la-Trappe, cidade a noroeste da França, conhecida por abrigar a Ordem Trapista, congregação religiosa católica de monges eremitas que fizeram voto de silêncio. (N. do T.)

da tia eram também armadilhas que, por um antigo hábito da corte, ela não poderia deixar de tecer, no afã de tentar adivinhar seu caráter. Julie resistiu a todos os convites feitos nos dias seguintes para buscar distrações fora da casa. Assim, apesar do desejo de ostentar orgulhosamente a bela sobrinha, a velha senhora acabou desistindo de tentar mostrá-la para a sociedade. A jovem encontrara um pretexto para sua solidão na tristeza da dor causada pela morte do pai, por quem ainda portava luto. Ao cabo de oito dias, a viúva passou a reverenciar a doçura angelical, a graciosa modéstia e o espírito indulgente de Julie e, desse dia em diante, começou a nutrir um prodigioso interesse pela misteriosa melancolia que corroía aquele jovem coração. A condessa d'Aiglemont era uma daquelas mulheres nascidas para ser amáveis e que pareciam carregar a felicidade consigo. Sua companhia se tornou tão doce e tão preciosa para a senhora de Listomère que ela se afligia com a ideia de se separar da sobrinha. Bastou um mês para que se estabelecesse uma amizade eterna entre as duas. A velha notou, não sem surpresa, as mudanças ocorridas na fisionomia da senhora d'Aiglemont. As cores intensas que iluminavam sua tez esmaeceram pouco a pouco, e seu rosto adquiriu tons opacos e pálidos. Ao perder seu brilho original, Julie se tornava menos triste. Às vezes, a viúva despertava em sua jovem parente explosões de alegria ou gargalhadas efusivas, que logo eram reprimidas por algum pensamento inoportuno. Ela percebeu então que nem a memória do pai nem a ausência de Victor eram a causa da profunda melancolia que lançava um véu sobre a vida de sua sobrinha; tinha, por isso, tantas suspeitas desagradáveis que lhe era difícil chegar à verdadeira causa daquele mal, pois talvez só fosse possível conhecer a verdade por acaso. Um dia, enfim, Julie revelou aos olhos atônitos da tia um completo esquecimento do casamento, uma loucura de jovem arrebatada, uma fraqueza de espírito, uma ingenuidade típica da primeira idade, com o espírito delicado e ao mesmo tempo tão profundo que distingue os jovens na França. A senhora de Listomère resolveu então sondar os mistérios daquela alma cuja extrema naturalidade equivalia a uma dissimulação impenetrável. Aproximava-se a noite, e as duas senhoras estavam sentadas diante de uma janela que dava para a rua, quando Julie retomara um ar pensativo, no momento em que um homem a cavalo passava.

— Eis aí uma de suas vítimas — disse a velha senhora.

A senhora d'Aiglemont olhou para a tia com um misto de espanto e preocupação.

— Trata-se de um jovem inglês, um cavalheiro, o honorável Arthur Ormond, filho mais velho de Lorde Grenville. Sua história é interessante. Veio para Montpellier em 1802, na esperança de que o ar dessa região, para onde fora enviado pelos médicos, curasse-o de uma doença pulmonar que colocava sua vida em risco. Como todos os seus compatriotas, ele foi detido por Bonaparte durante a guerra, pois esse monstro não é capaz de ficar sem combates. Para se distrair, o jovem inglês começou a estudar sua doença, supostamente fatal. Sem se dar conta, tomou gosto pela anatomia, pela medicina; apaixonou-se por essas artes, o que é bastante extraordinário em um homem nobre, mas nos lembremos de que nosso regente[15] se interessava muito por química! Em suma, o senhor Arthur fez progressos surpreendentes, até mesmo para os professores de Montpellier; o estudo serviu de consolo em seu cativeiro e, ao mesmo tempo, ele se curou completamente. Dizem que ficou em absoluto silêncio por dois anos, respirando com dificuldade, deitado em um estábulo, bebendo leite de uma vaca vinda da Suíça e vivendo à base de agrião. Desde que chegou a Tours, não fala com ninguém, é orgulhoso como um pavão; entretanto você certamente o conquistou, pois provavelmente não é por minha causa que ele passa sob nossas janelas duas vezes por dia desde que você está conosco... Seguramente, ele a ama.

Estas últimas palavras despertaram a jovem como em um passe de mágica. Deixou escapar um gesto e um sorriso que surpreenderam a tia. Longe de refletir a instintiva satisfação sentida até mesmo pela mulher mais severa ao saber que faz alguém infeliz, o olhar de Julie se mostrou entediado e frio. Seu rosto indicava um sentimento de repulsa que beirava o horror. Tal proscrição não era típica de uma mulher apaixonada que exclui todo o mundo em benefício do amado; essa mulher sabe rir e brincar; não, Julie se parecia, naquele instante, com alguém a quem a lembrança de um perigo muito presente ainda faz sofrer. A tia, plenamente convencida de que a sobrinha não amava o marido, ficou surpresa ao descobrir que ela não amava ninguém. Estremeceu ao ter que identificar em Julie um coração

---

15 Referência a Filipe II (1674-1723), duque de Orleans e regente da França até a maioridade de Luís XV. (N. do T.)

desencantado, uma jovem cuja experiência de um dia, de uma noite talvez, fora suficiente para reconhecer a nulidade de Victor.

"Se ela o conhece, tudo está acabado", pensou ela, "meu sobrinho logo sofrerá os inconvenientes do casamento."

Propôs-se então a converter Julie às doutrinas monárquicas do século de Luís XV; porém algumas horas mais tarde ficou sabendo, ou melhor, adivinhou a situação bastante incomum na sociedade que era a causa da melancolia da sobrinha. Julie, subitamente pensativa, retirou-se para o quarto mais cedo do que de costume. Depois que a criada a ajudou a se despir, preparando-a para dormir, ela continuou diante do fogo, recostada em um divã de veludo amarelo, uma peça de mobília antiga, tão favorável aos aflitos quanto às pessoas felizes; chorou, suspirou, refletiu; depois se sentou a uma mesinha, procurou papel e começou a escrever. As horas passaram rapidamente, as confidências que Julie depositara naquela carta pareciam lhe custar muito, cada frase suscitava longos devaneios; de repente, a jovem desatou a chorar e parou de escrever. Nesse momento, os relógios bateram duas horas. Sua cabeça, pesada como a de um moribundo, curvou-se sobre o peito e, subitamente, quando tornou a erguer o rosto, Julie avistou a tia junto a si, como uma personagem que se desprendera da tapeçaria nas paredes.

— Qual é o problema, minha pequena? — perguntou a tia. — Por que ficar acordada até tão tarde e, principalmente, por que chorar sozinha, na sua idade?

Sem esperar por permissão, sentou-se ao lado da sobrinha e espiou a carta começada.

— Estava escrevendo para seu marido?

— E lá sei onde ele está? — respondeu a sobrinha.

A tia pegou o papel e leu. Trouxera seus óculos, sinal de premeditação. A inocente criatura a deixou pegar a carta sem fazer nenhum comentário. Não se tratava de falta de dignidade, nem qualquer misterioso sentimento de culpa que lhe roubava toda a energia; não, sua tia estava presente em um daqueles momentos de crise em que a alma se encontra sem saída, em que tudo se mostra indiferente, tanto o bem como o mal, tanto o silêncio como a confidência. Tal qual uma jovem virtuosa que subjuga um amante com o desdém, mas que, à noite, sente-se tão triste e tão abandonada que acaba por desejá-lo, no anseio de ter um coração em que depositar seus sofrimentos, Julie permitiu, em silêncio, que o selo impresso pela delicadeza em uma carta aberta fosse violado, e permaneceu pensativa enquanto a tia a lia.

"Minha querida Louisa, por que exigir tantas vezes o cumprimento da promessa mais imprudente que duas jovens ignorantes podem fazer uma à outra? Você me escreve com frequência, perguntando por que não respondo aos seus questionamentos há seis meses. Se não entendeu meu silêncio, hoje poderá adivinhar o motivo, quando souber os segredos que estou prestes a revelar. Eu os teria enterrado para sempre no fundo de meu coração, se você não tivesse me anunciado que se aproxima seu casamento. Você vai se casar, Louisa. Esse pensamento me faz estremecer. Case-se, pobrezinha, e em poucos meses, um de seus mais dolorosos remorsos advirá da lembrança de como éramos no passado, como naquela noite em Écouen, quando, sob os enormes carvalhos da montanha, contemplávamos o belo vale que tínhamos a nossos pés e admirávamos os raios do sol poente, cujos reflexos nos envolviam. Sentadas sobre uma rocha, em um êxtase sucedido pela mais doce melancolia. Você foi a primeira a descobrir que aquele sol longínquo nos falava do futuro. Éramos tão curiosas e loucas naquela época! Você se lembra de todas as nossas extravagâncias? Nós nos beijávamos como dois amantes, costumávamos dizer. Juramos uma à outra que a primeira a casar contaria com todos os detalhes os segredos das núpcias, os prazeres que nossas almas infantis imaginavam tão inebriantes. Essa noite será seu desespero, Louisa. Naquele tempo, você era jovem, bonita, sem preocupações, simplesmente feliz; um marido lhe transformará, em poucos dias, no que já sou: feia, sofredora e velha. Dizer-lhe o quanto me orgulhava, envaidecia e alegrava por me casar com o coronel Victor d'Aiglemont seria uma loucura! Além disso, como poderia lhe dizer essas coisas? Não me lembro mais de mim mesma! Em poucos instantes, minha infância se tornou um sonho. Durante aquele solene dia que consagrava um vínculo cuja extensão ainda não me fora revelada, meu semblante não ficara isento de reprovações. Mais de uma vez meu pai tentou reprimir minha alegria, pois eu ostentava alegrias consideradas impróprias, e minhas falas revelavam malícia — justamente por serem destituídas de malícia. Fiz milhares de infantilidades com o véu nupcial, o vestido e as flores. Ao ficar sozinha à noite, no quarto para onde fora conduzida com pompa e circunstância, pensei em algumas brincadeiras para distrair Victor; e, à sua espera, tive palpitações semelhantes às que certa vez sentira naquelas noites majestosas de 31 de dezembro quando, sem ser vista, entrava no salão onde os presentes de Ano-novo se amontoavam. Quando meu marido entrou e começou a me procurar, meu riso abafado sob as musselines que me envolviam foi a última explosão daquela doce alegria que animava as brincadeiras de nossa infância..."

Quando a viúva acabou de ler a carta que, começando de tal forma, devia conter algumas observações muito tristes, lentamente colocou os óculos sobre a mesa e, em seguida, devolveu-a ao lugar original, fixando na sobrinha dois olhos verdes cujo brilho ainda não diminuíra com a idade.

— Minha pequena — disse ela — uma mulher casada não deveria escrever assim para uma jovem sem ser inconveniente...

— Era o que pensava — respondeu Julie, interrompendo a tia — e fiquei com vergonha de mim mesma enquanto a senhora lia...

— Se um prato não nos parece bom à mesa, não se deve tirar o apetite dos outros, minha filha — respondeu a velha com bom humor — sobretudo quando, desde Eva até nossos dias, o casamento tem parecido algo tão excelente... Você já não tem mãe viva? — perguntou-lhe a velha.

A jovem estremeceu; em seguida, levantou suavemente a cabeça e disse: — De um ano para cá, mais de uma vez senti a falta de minha mãe, mas cometi o erro de não ter escutado meu pai, que não queria Victor como genro.

Olhou para a tia, e uma sensação de alegria lhe secou as lágrimas ao ver o olhar de bondade que animava aquele velho rosto. Estendeu-lhe a mão, algo que a tia parecia pedir e, quando seus dedos se encontraram, as duas mulheres acabaram de se compreender.

— Pobre órfã! — acrescentou a velha senhora.

Essas palavras foram um último raio de luz para Julie. Ela pensou ouvir mais uma vez a voz profética do pai.

— Suas mãos estão quentes! São sempre assim? — perguntou a tia.

— A febre só me deixou há sete ou oito dias — respondeu ela.

— Você estava com febre e escondeu de mim!

— Tenho febre há um ano — disse Julie com uma espécie de ansiedade pudica.

— Então, meu bom anjo — continuou sua tia — o casamento tem sido até hoje um longo sofrimento?

A jovem não se atreveu a responder, mas fez um gesto afirmativo que denunciava todas as suas aflições.

— Então você se sente infeliz?

— Ah, não, minha tia. Victor me idolatra, e eu o adoro, ele é tão bom!

— Sim, você gosta dele; porém o evita, não é?

— Sim... Às vezes... Ele me procura com muita frequência.

— Em sua solidão, você se sente incomodada pelo temor de que ele venha surpreendê-la?

— Ai de mim! Sim, minha tia. Mas gosto muito dele, posso lhe garantir.

— Você não se acusa em segredo de não saber ou não poder compartilhar dos prazeres dele? Às vezes, não pensa que o amor legítimo é mais difícil de suportar do que uma paixão criminosa?

— Ah, é isso! — disse ela, chorando. — A senhora acaba de adivinhar tudo, ao passo que tudo é tão misterioso para mim. Meus sentidos estão entorpecidos, sinto-me desprovida de ideias, enfim, vivo com tanta dificuldade. Minha alma é oprimida por uma apreensão indefinível que congela meus sentimentos e me lança em uma melancolia sem fim. Não encontro voz para me queixar, nem palavras para expressar a minha dor. Sofro, e tenho vergonha de sofrer, ao ver Victor tão feliz com aquilo que está me matando.

— Nada além de criancices, bobagem! — exclamou a tia, cujo rosto ressequido subitamente se animou com um sorriso satisfeito, reflexo das alegrias de quando era jovem.

— E a senhora ainda ri! — disse a jovem, desesperada.

— Eu também era assim — respondeu prontamente a tia. — Agora que Victor a deixou sozinha, você não voltou a ser uma tranquila menina? Sem prazeres, mas também sem sofrimentos?

Julie arregalou os olhos, estupefata.

— Então, meu anjo, você adora Victor, não é? Mas prefere ser irmã dele a ser sua esposa e, enfim, o casamento não tem sido um sucesso para você.

— É... Bom... Sim, minha tia. Mas por que deveria sorrir?

— Ah! Tem razão, minha pobre criança. Não há grandes alegrias em nada disso. Seu futuro seria tomado por infortúnios se eu não a tivesse colocado sob minha proteção e se minha velha experiência não soubesse a causa inocente de suas tristezas. Meu sobrinho, aquele tolo, não merece a felicidade que tem! No reinado de nosso amado Luís XV, uma jovem que se encontrasse em sua situação logo teria punido o marido por se comportar como um verdadeiro mercenário. Aquele egoísta! Os soldados desse tirano imperial são todos uns vilões ignorantes. Confundem brutalidade com bravura, não conhecem as mulheres, nem sabem amá-las; acreditam que se dirigir para a morte no dia seguinte lhes dispensa de, na véspera, ter consideração e cuidados para conosco. Antigamente, sabia-se o momento de amar e de morrer. Minha sobrinha, vou domá-lo para você. Vou dar um fim às tristes, e muito naturais, desavenças que poderiam levá-los ao ódio mútuo e à vontade de se divorciar — isso se vocês não acabassem mortos antes de se entregar ao desespero.

Julie ouvia a tia com espanto e letargia, surpresa de escutar aquelas palavras — cuja sabedoria ela mais sentia do que compreendia — e assustada por encontrar na boca de uma parenta cheia de experiência, mas de uma maneira bem mais suave, as mesmas opiniões do pai a respeito de Victor. Deve ter tido, talvez, uma forte intuição sobre seu futuro e certamente sentiu o peso dos infortúnios que viriam a lhe afligir, pois desatou a chorar e se jogou nos braços da velha, dizendo-lhe: — Faça as vezes de minha mãe! — a tia não chorou, pois a Revolução deixou às mulheres da antiga monarquia poucas lágrimas nos olhos. Os amores do passado e, em seguida, o Terror, tornaram-nas íntimas dos acontecimentos mais torturantes, fazendo com que conservassem, em meio aos perigos da vida, uma dignidade fria, uma afeição sincera, entretanto sem a expansão que lhes impediria de ser sempre fiéis à etiqueta e uma nobreza de comportamento que os novos costumes cometeram o grande erro de repudiar. A viúva tomou a jovem nos braços e a beijou na testa com uma ternura e uma graça que, muitas vezes, encontram-se mais nos modos e hábitos dessas mulheres do que em seu coração; ela consolou a sobrinha com palavras doces, prometeu-lhe um futuro feliz, embalou-a com promessas de amor, ajudando-a a se deitar, como se fosse sua filha, uma filha querida cujas esperanças e tristezas também eram suas; via-se jovem novamente, descobria-se inexperiente e bela na sobrinha. A moça adormeceu, feliz por ter encontrado uma amiga, uma mãe a quem, a partir de agora, poderia contar qualquer coisa. Na manhã seguinte, quando a tia e a sobrinha se beijavam com a profunda cordialidade e o ar de compreensão mútua que comprovam uma progressão de sentimentos, uma coesão mais perfeita entre duas almas, ouviram o galopar de um cavalo, viraram a cabeça ao mesmo tempo e viram o jovem inglês passando lentamente, como era seu costume. Ele parecia ter estudado a vida levada por essas duas mulheres solitárias, e nunca deixava de estar presente durante seu almoço ou jantar. O cavalo dele diminuía a velocidade sem precisar de aviso; em seguida, enquanto percorria o espaço ocupado pelas duas janelas da sala de jantar, Arthur lançava um olhar melancólico para a residência, algo na maioria das vezes desprezado pela condessa d'Aiglemont, que não lhe dava a mínima atenção. Acostumada, porém, às curiosidades mesquinhas pelas pequenas coisas que animam a vida nas províncias — e das quais, raramente são preservados os espíritos superiores — a senhora de Listomère se divertia com o amor tímido e sério, tão implicitamente expresso pelo inglês. Esses olhares periódicos se tornaram um hábito para ela e, todos os dias, ela anunciava a passagem de Arthur com novas anedotas. Ao se sentar à mesa, as duas mulheres olharam ao mesmo tempo para o forasteiro. Nesse momento, os olhos de Julie e de Arthur se encontraram com tal precisão de sentimento que a jovem corou. Imediatamente, o inglês açoitou o cavalo e saiu a galope.

— Mas, senhora — disse Julie à tia — o que devo fazer? Todos que veem esse inglês passar por aqui devem saber que sou...

— Sim — respondeu a tia, interrompendo-a.

— E, então, será que não deveria lhe dizer para deixar de vir por estas bandas?

— Isso não faria com que ele pensasse que é perigoso aparecer por aqui? Além disso, pode-se impedir um homem de ir e vir por onde bem quiser? Amanhã não comeremos mais nesta sala; quando ele não mais nos vir aqui, o jovem cavalheiro deixará de admirá-la pela janela. É assim, minha querida, que se comporta uma mulher na sociedade.

Mas a infelicidade de Julie tinha que ser completa. As duas mulheres mal haviam se levantado da mesa e, de repente, surgiu o criado de Victor. Vinha diretamente de Bourges, tomando uma série de atalhos, e trazia à condessa uma carta do marido. Victor, que abandonara o imperador, anunciava à esposa a queda do regime imperial, a tomada de Paris e o furor em favor dos Bourbon que irrompia em todas as partes da França; sem saber como chegar até Tours, implorava-lhe que fosse às pressas para Orleans, onde ele a esperaria com o passaporte deles. O criado, um ex-soldado, acompanharia Julie de Tours a Orleans por uma estrada que Victor acreditava ainda estar desimpedida.

— Senhora, não há um instante a perder — disse o criado — os prussianos, austríacos e ingleses vão unir forças em Blois ou Orleans...

Em poucas horas, a jovem estava pronta e partiu em uma velha carruagem de excursão que a tia lhe emprestou.

— Por que a senhora não vem para Paris com a gente? — perguntou ela, beijando a tia. — Agora que os Bourbon voltam ao poder, a senhora lá encontraria...

— Mesmo sem esse retorno inesperado eu iria, minha pobre filha, pois meus conselhos são indispensáveis, tanto para Victor como para você. Portanto, tomarei todas as providências para me juntar a vocês na capital.

Julie partiu acompanhada de sua criada e do velho soldado, que galopava ao lado do assento, zelando pela segurança da patroa. À noite, ao chegar a um pouso[16] antes de Blois, Julie, preocupada por ouvir uma carruagem que os vinha seguindo desde Amboise, pôs-se diante da porta para ver quem eram seus companheiros de viagem. O luar lhe permitiu avistar Arthur parado a três passos de distância, o olhar fixo em seu assento. Os olhares deles se encontraram. A condessa recuou imediatamente para o fundo da carruagem, com uma sensação de medo que fez seu coração palpitar. Como a maioria das jovens realmente inexperientes e sem malícia, ela via um defeito no amor que involuntariamente inspirara naquele homem. Sentia um terror instintivo, provocado talvez pela consciência de sua fraqueza diante de tão ousada investida. Uma das armas mais fortes do homem é o terrível poder de se ocupar de uma mulher cuja imaginação naturalmente volúvel se assusta ou se ofende com tal assédio. A condessa se lembrou do conselho da tia e resolveu permanecer durante toda a viagem no fundo da carruagem, sem se mover dali. Mas, a cada pouso, ela podia ouvir o inglês andando ao redor das duas carruagens e, na estrada, o ruído inoportuno de seu carro ressoava sem cessar nos ouvidos de Julie. A jovem logo pensou

---

16 Local de troca dos cavalos cansados, até meados do século 19. *Relais*, no original. (N. do T.)

que, uma vez reunida ao marido, Victor saberia como defendê-la dessa singular perseguição.

— Mas e se esse rapaz não me amasse?

Essa reflexão foi a última de todas que ela fez. Ao chegar a Orleans, sua carruagem foi detida pelos prussianos, levada ao pátio de um albergue e guardada por soldados. Era impossível resistir. Os estrangeiros explicaram aos três viajantes, por meio de gestos imperativos, que haviam sido instruídos a não deixar ninguém sair do carro. A condessa se pôs a chorar, assim ficando por cerca de duas horas, prisioneira em meio a soldados que fumavam, riam e, às vezes, fitavam-na com uma curiosidade insolente. Entretanto, finalmente, viu-os se afastar com uma espécie de respeito depois de ouvirem o ruído de vários cavalos. Logo depois, uma tropa de altos oficiais estrangeiros, lideradas por um general austríaco, cercou a carruagem.

— Senhora — disse-lhe o general — aceite nossas desculpas; houve um erro e a senhora pode continuar sua viagem sem medo; eis aqui um passaporte que vai resguardá-la de qualquer tipo de problema...

Tremendo, a condessa pegou o documento e balbuciou algumas palavras sem sentido. Viu, ao lado do general, em traje de oficial inglês, Arthur, a quem indubitavelmente devia sua pronta libertação. Ao mesmo tempo alegre e melancólico, o jovem inglês desviou o rosto e só se atreveu a olhar para Julie às escondidas. Graças ao passaporte, a senhora d'Aiglemont chegou a Paris sem nenhum percalço. Ali, reencontrou o marido, que, liberado de seu juramento de fidelidade ao imperador, recebeu a mais lisonjeira recepção do conde de Artois, nomeado tenente-general do reino por seu irmão Luís XVIII. Victor ocupava, na guarda real, um eminente posto que lhe dava a patente de general. No entanto, em meio às celebrações que marcaram o regresso dos Bourbon, uma profunda infelicidade que influenciaria toda a sua vida atingiu a pobre Julie: ela perdeu a condessa de Listomère-Landon. A velha dama morreu de alegria — e de uma gota que lhe subiu ao coração — ao rever o duque de Angoulême em Tours. Assim, aquela pessoa cuja idade lhe dava o direito de instruir Victor, a única que, por meio de seus conselhos, poderia tornar mais perfeito o acordo entre marido e mulher, essa pessoa estava morta. Julie sentiu toda a extensão dessa perda. Agora, havia apenas ela mesma entre o marido e ela. Mas, jovem e tímida, deve ter preferido sofrer a se queixar. A própria perfeição de seu caráter a impedia de se arriscar a faltar com seus deveres ou tentar buscar a causa de suas dores, pois fazer com que elas cessassem era algo delicado demais: Julie temia afrontar seus pudores de moça.

Uma palavra acerca dos destinos do senhor d'Aiglemont sob a Restauração.

Não é possível de se encontrar muitos homens cuja profunda nulidade é um segredo para a maioria das pessoas que os conhecem? Um posto elevado, um nascimento ilustre, funções importantes, certo verniz de educação, uma grande reserva na conduta ou os prestígios da fortuna são, para eles, como guardas que impedem as críticas de penetrar em sua existência íntima. Tais pessoas são como reis, cujas dimensões, caráter e modos verdadeiros nunca podem ser plenamente conhecidos ou justamente apreciados, pois são vistos de muito longe, ou perto demais. Esses personagens de méritos fictícios questionam em vez de falar e têm a habilidade de colocar outros em cena para evitar a própria exposição; assim, com grande destreza, conduzem cada pessoa pelo fio de suas paixões ou interesses e jogam com homens que, na verdade, são seus superiores, fazendo-os de marionetes, julgando-os menores, já que puderam rebaixá-los até si. Obtêm então o triunfo natural de uma mente mesquinha, mas fixa, sobre a mobilidade dos grandes pensadores. Assim, para julgar essas cabeças vazias e mensurar seus valores negativos, o observador deve ter uma mente mais sutil do que superior, uma paciência maior do que o alcance de sua visão, mais sutileza e tato do que elevação e grandeza nas ideias. No entanto, por mais habilidosos que esses usurpadores sejam para defender seus pontos fracos, é muito difícil para eles enganar sua esposa, sua mãe, seus filhos ou um amigo da família, mas essas pessoas quase sempre lhes conservam um segredo sobre algo que diz respeito, de certa forma, à honra comum; e, muitas vezes, até mesmo ajudam na imposição dessa honra na sociedade. Se, graças a essas conspirações domésticas, muitos tolos se fazem passar por homens superiores, ainda compensam o número de homens superiores que se passam por tolos, de modo que o Estado Social tem sempre a mesma quantidade de capacidades aparentes. Agora pense no papel que deve desempenhar uma mulher de espírito e sentimento na presença de um marido dessa espécie: não seria você capaz de perceber existências cheias de sofrimento e devoção, pelas quais nada seria capaz de recompensar seu coração repleto de amor e delicadeza? Caso uma mulher forte se encontre nessa horrível situação, ela se libertará por meio de um crime, como fez Catarina II[17], não obstante, chamada de A Grande. Mas, como nem todas as mulheres ocupam um trono, a maioria delas se dedica aos infortúnios domésticos — que, embora obscuros, não são menos terríveis. As que buscam neste mundo consolo imediato para suas enfermidades, muitas vezes apenas mudam suas dores por outras quando querem permanecer fiéis a seus deveres, ou cometem faltas, se violam as leis em benefício de seus prazeres. Todas essas reflexões são aplicáveis à história secreta de Julie. Enquanto Napoleão permaneceu de pé, o conde d'Aiglemont, um coronel como tantos outros, um bom ordenança, excelente no cumprimento de uma missão perigosa, mas incapaz para um comando de qualquer importância, não despertou nenhuma inveja e passou por um bravo homem favorecido pelo imperador, aquilo que os militares vulgarmente chamam de bom rapaz. À Restauração, que lhe devolveu o título de marquês, ele não se mostrou ingrato: seguiu os Bourbon até Gante[18]. Esse ato de lógica e fidelidade desmentiu a previsão que seu sogro fizera no passado, quando afirmou que o genro permaneceria coronel. No segundo retorno, nomeado tenente-general e restituído marquês, o senhor d'Aiglemont passou a cobiçar o Pariato[19], adotando as máximas e a política do jornal *Le Conservateur*, e se envolveu em um ar de dissimulação que nada ocultava, tornando-se sério, questionador e taciturno e, por isso, começou a ser considerado um homem profundo. Sempre apoiado nas normas da educação, munido de fórmulas, mantendo e ostentando frases prontas que são regularmente proferidas em Paris para explicar aos tolos o significado das grandes ideias e dos fatos, as pessoas da sociedade o tomaram por um homem de grande refinamento e sabedoria. Obstinado em suas opiniões aristocráticas, era citado como homem de belo caráter. Se, por acaso, mostrava-se descuidado ou alegre

---

17 Catarina II (1729-1796), foi imperatriz da Rússia de 1762 até a morte. Seu marido ascendeu ao trono em janeiro de 1762, como Pedro III, e ela organizou um golpe que o destituiu e matou seis meses depois. (N. do T.)

18 Cidade belga que serviu de exílio à família real francesa nos Cem Dias, quando Napoleão retomou brevemente o poder, entre 20 de março e 8 de julho de 1815. (N. do T.)

19 O Pariato era um sistema de hierarquia da nobreza francesa que apareceu durante a Idade Média, foi abolido durante a Revolução e retomado na Restauração, sendo extinto definitivamente em 1848. (N. do T.)

como no passado, a insignificância e a tolice de suas palavras tinham, para os outros, implicações diplomáticas.

— Ah, ele apenas diz o que quer — pensavam alguns homens de bem.

Era bem assistido tanto nas qualidades como nos defeitos. Sua bravura lhe valera uma alta reputação militar que nada poderia contradizer, já que ele nunca estivera no comando. Seu rosto másculo e nobre expressava pensamentos amplos, e era apenas para a esposa que sua fisionomia representava uma farsa. De tanto ouvir todos reconhecendo seus falsos talentos, o marquês d'Aiglemont finalmente se convenceu de que era um dos homens mais notáveis da corte, a qual, graças à sua aparência, soube agradar, fazendo com que aceitasse, sem contestar, seus diferentes valores. Em casa, porém, mantinha-se modesto, sentindo instintivamente a superioridade da esposa, por mais jovem que ela fosse; e, desse respeito involuntário, surgiu um poder oculto que a marquesa se viu forçada a aceitar, apesar de todos os seus esforços para afastar de si esse encargo. Conselheira do marido, ela comandava suas ações e sua fortuna. Para ela, essa influência antinatural era uma espécie de humilhação e fonte de muitos sofrimentos, que ela soterrava no coração. A princípio, seu instinto tão delicadamente feminino lhe dizia que é muito mais belo obedecer a um homem talentoso do que conduzir um tolo, e que uma jovem esposa, forçada a pensar e agir como o cônjuge, não é nem mulher nem homem, abdicando de todos os encantos de seu sexo ao perder suas fraquezas, sem adquirir nenhum dos privilégios que nossas leis reservaram aos mais fortes. Sua vida ocultava um ridículo bastante amargo. Não era ela obrigada a honrar um ídolo vazio, a proteger seu protetor — uma miserável criatura que, em troca de uma devoção constante, retribuía-lhe o amor egoísta dos maridos, vendo nela apenas a mulher, sem reconhecer ou se dignar a se preocupar com os prazeres dela, mais profundo dos insultos, ou procurar saber de onde vinham sua tristeza e seu definhar? Como a maioria dos maridos que sentem o jugo de um espírito superior, o marquês poupava seu amor-próprio ao alegar que a moral de Julie era causada por fraqueza física e se deleitava em se queixar, indagando ao destino por que lhe dera por esposa uma jovem tão enferma. Enfim, fazia-se de vítima, mesmo sendo o carrasco. A marquesa, sobrecarregada de todos os infortúnios dessa triste existência, ainda se via obrigada a sorrir para seu amo imbecil, a enfeitar de flores uma casa melancólica e exibir felicidade em seu rosto empalidecido por suplícios secretos. Aos poucos, imperceptivelmente, essa responsabilidade de honra e essa magnífica abnegação conferiam à marquesa uma dignidade feminina, uma consciência de suas virtudes que acabavam por lhe servir de salvaguarda contra os perigos do mundo. Além disso, para sondar seu coração a fundo, talvez a infelicidade íntima e secreta que coroara seu primeiro amor, seu ingênuo amor de menina, fez com que ela passasse a abominar as paixões; talvez ela não pudesse conceber nem o arrebatamento nem as alegrias ilícitas, mesmo que delirantes, que levam certas mulheres a esquecer as leis da sabedoria, os princípios da virtude em que a sociedade se baseia. Renunciando, como em um sonho, aos afetos, à doce harmonia que a antiga experiência que a senhora de Listomère-Landon lhe prometera, ela aguardava resignada o fim de seus problemas, na esperança de morrer jovem. Desde seu regresso da Touraine, a saúde dela piorava a cada dia, e a vida parecia medida pelo sofrimento; um sofrimento elegante, aliás, uma doença quase voluptuosa na aparência, algo que poderia transparecer aos olhos das pessoas superficiais como uma fantasia de burguesinha. Os médicos haviam condenado a marquesa a permanecer deitada em um divã, onde definhava em meio às flores que a cercavam, murchando como ela. Sua fraqueza a impedia de caminhar e respirar ar puro, ela só saía em carruagem fechada. Todo o tempo cercada por todas as maravilhas de nossas riquezas e indústrias modernas, parecia muito mais uma rainha indolente do que uma paciente. Alguns amigos, talvez admiradores de seus infortúnios e sua fraqueza, convictos de a encontrar sempre em casa e, decerto, especulando a respeito de sua saúde futura, vinham lhe trazer notícias e informá-la dos milhares de pequenos acontecimentos que tornam a existência em Paris tão variada. Sua melancolia, embora grave e profunda, era, portanto, a melancolia da opulência. A marquesa d'Aiglemont parecia uma bela flor cujas raízes eram roídas por um inseto negro. Às vezes, ela frequentava a sociedade, não por gosto, mas para obedecer às exigências da posição desejada pelo marido. Sua voz e a perfeição de seu canto lhe permitiam receber os aplausos que comumente agradam uma jovem, porém, de que lhe serviam conquistas que não traziam nem sentimentos nem esperança? Seu marido não gostava de música. Enfim, ela quase sempre se sentia aborrecida nos salões onde sua beleza atraía louvores interessados. Nesses eventos, sua situação despertava uma espécie de compaixão cruel, uma curiosidade triste. Ela sofria de uma inflamação, normalmente fatal, que as mulheres segredavam de ouvido em ouvido, e para a qual nossa neologia ainda não pôde encontrar um nome. Apesar do silêncio em que sua vida transcorria, a causa de seu sofrimento não era um mistério. Ainda jovem, apesar do casamento, mesmo os olhares mais discretos a encabulavam. Então, para não enrubescer, ela sempre se mostrava risonha, alegre, fingia uma falsa alegria, dizia sempre estar bem ou evitava questionamentos sobre sua saúde com inocentes mentiras. No entanto, em 1817, um acontecimento contribuiu bastante para alterar o estado deplorável em que Julie estivera mergulhada até então. Ela teve uma filha, e quis acalentá-la. Durante dois anos, as animadas distrações e os inquietantes prazeres que os cuidados maternos proporcionam tornaram sua vida menos infeliz. Por necessidade, separou-se do marido. Os médicos lhe prognosticaram uma saúde melhor, mas a marquesa não acreditou nesses presságios hipotéticos. Como todas as pessoas para quem a vida não é mais agradável, talvez ela visse a morte como um final feliz.

No início de 1819, a vida lhe era mais cruel do que nunca. No momento em que ela celebrava a felicidade melancólica que soubera conquistar, vislumbrou abismos terríveis. Aos poucos, o marido se desabituara dela. Esse esfriamento de uma afeição já tão fraca e egoísta poderia lhe trazer ainda mais infortúnios do que seu tato e sua prudência seriam capazes de prever. Embora tivesse certeza de que ainda mantinha grande prevalência sobre Victor, e de que obtivera sua estima para sempre, temia a influência das paixões em um homem tão nulo e com uma vaidade tão irracional. Com frequência seus amigos a surpreendiam entregue a longas meditações; os menos perspicazes lhe indagavam, em tom de brincadeira, seu segredo, como se uma jovem só fosse capaz de pensar em frivolidades, como se não houvesse quase sempre um significado profundo nas reflexões de uma mãe de família. Além disso, tanto a infelicidade como a verdadeira felicidade nos leva a devanear. Às vezes, enquanto brincava com sua Hélène, Julie a contemplava com um olhar sombrio e deixava de responder as perguntas infantis que tanto alegram as mães, para refletir sobre seu destino, tanto no presente como no futuro. Seus olhos se enchiam de lágrimas quando, subitamente, lembrava-se da cena do desfile nas Tulherias. As proféticas palavras do pai ressoavam uma vez mais em seus ouvidos, e sua consciência a censurava por ter ignorado a sabedoria dele. De sua imprudente desobediência surgiram todos os seus infortúnios, e muitas vezes ela não sabia, dentre todos, qual era o mais difícil de suportar. Não só os doces tesouros de sua alma permaneciam ignorados, como também ela nunca conseguia se fazer compreender pelo marido, mesmo nas coisas mais comuns da vida. No momento em que nela se desenvolvia a capacidade de amar, mais forte e mais ativa, o amor permitido, o amor conjugal desaparecia, em meio a graves sofrimentos físicos e morais. Assim, ela sentia pelo marido um tipo de compaixão que beirava o desprezo e que, com o tempo, fazia definhar todos os sentimentos. Enfim, se as conversas com alguns amigos, os exemplos ou certas aventuras da alta sociedade não lhe tivessem ensinado que o amor traz enorme felicidade, suas feridas a teriam feito imaginar os prazeres profundos e puros que devem unir almas fraternas. Na cena do passado que sua memória traçava, o rosto singelo de Arthur se desenhava a cada dia mais puro e belo, mas com extrema rapidez, pois ela não ousava se deter nessa lembrança. O amor silencioso e tímido do jovem inglês era o único acontecimento que, desde o casamento, deixara-lhe doces resquícios no coração sombrio e solitário. Talvez todas as esperanças frustradas, todos os desejos extintos que aos poucos entristeciam a mente de Julie haviam sido transferidos, por um jogo natural da imaginação, para aquele homem, cujas maneiras, sentimentos e caráter pareciam compartilhar de tanta afinidade consigo. Mas tais pensamentos pareciam um mero capricho, uma ilusão. Depois desse sonho impossível, sempre encerrado por suspiros, Julie despertava ainda mais infeliz e sentia com mais intensidade suas dores latentes depois de acalentá-las sob as asas de uma felicidade imaginária. Às vezes, seus lamentos assumiam um caráter de insanidade e ousadia, ela desejava ter prazeres a qualquer custo; porém, ainda mais frequentemente, ela se recolhia em uma espécie de entorpecimento estúpido, ouvindo sem nada compreender ou concebendo pensamentos tão vagos, tão indecisos, que não era capaz de encontrar uma linguagem para expressá-los. Ferida em seus desejos mais íntimos, nos valores que desde pequena acalentava, ela era obrigada a engolir as próprias lágrimas. A quem poderia se queixar? Quem a escutaria? Além disso, tinha aquela delicadeza extrema de mulher, aquela maravilhosa modéstia de sentimentos que consiste em silenciar as lamentações inúteis, em não se aproveitar de seus triunfos para humilhar vencedores e vencidos. Julie procurava transmitir suas habilidades, suas próprias virtudes ao senhor d'Aiglemont e se gabava de possuir uma felicidade inexistente. Toda a sua sutileza de mulher era completamente desperdiçada em cortesias, ignoradas pelo próprio homem cujo despotismo as perpetuava. Em certos momentos, ela se embriagava com seus infortúnios, sem discernimento, sem restrições, porém, felizmente, uma piedade verdadeira sempre a trazia de volta a uma esperança maior: refugiava-se então na vida futura, em uma admirável crença que a fazia aceitar uma vez mais sua dolorosa missão. Esses terríveis combates, essas aflições interiores eram inglórias, essas longas melancolias eram desconhecidas; nenhuma criatura acolhia seus olhares obscurecidos, suas lágrimas amargas eram lançadas ao acaso, à solidão.

Os perigos da situação crítica a que a marquesa havia chegado, sem perceber, pela força das circunstâncias, foram-lhe revelados em toda a sua gravidade durante uma noite de janeiro de 1820. Quando dois cônjuges se conhecem perfeitamente e estão habituados com a companhia um do outro, quando uma mulher sabe interpretar os gestos mais sutis de um homem e é capaz de penetrar os sentimentos ou as coisas que ele acoberta, então uma repentina clareza de pensamento surge em meio a reflexões ou comentários do passado feitos por acaso ou de forma despreocupada. Com frequência, uma mulher desperta, subitamente, à beira ou no fundo de um abismo. A marquesa, feliz por se encontrar alguns dias sozinha, assim descobriu o segredo de sua solidão. Inconstante ou cansado, generoso ou tomado por piedade para com ela, o marido já não lhe pertencia mais. Nesse instante, ela não pensou mais em si mesma, nem em seus sofrimentos, nem em seus sacrifícios; era apenas mãe e vivia a fortuna, o futuro e a felicidade de sua filha; sua filha, o único ser de quem ela tirava alguma felicidade; sua Hélène, o único bem que ainda a prendia à vida. Agora, Julie queria viver para salvar a filha do terrível jugo sob o qual uma madrasta poderia sufocar a vida daquela amada criatura. Diante dessa nova antecipação de um futuro sombrio, ela se deixou tomar por uma daquelas fervorosas meditações que consomem anos inteiros. Dali em diante, entre ela e o marido deveria haver um novo mundo de ideias, cujo peso apenas ela suportaria. Até então, certa de ser amada por Victor tanto quanto lhe era possível amar, ela se devotara a uma felicidade que não era sua; porém, agora, não tendo mais a satisfação de saber que suas lágrimas eram a alegria de seu marido, sozinha no mundo, não lhe restava nada além da escolha da infelicidade. Em meio ao desânimo que, na calma e no silêncio da noite, relaxava todas as suas forças, no momento em que, deixando o divã e a lareira quase apagada, ia contemplar a filha com os olhos secos, sob a luz de uma lamparina, o senhor d'Aiglemont chegou em casa tomado pela alegria. Julie o forçou a admirar o sono de Hélène — ele, porém, saudou o entusiasmo da esposa com uma frase trivial.

— Nessa idade — disse ele — todas as crianças são adoráveis.

Depois de beijar com indiferença a testa da filha, ele baixou o cortinado do berço, olhou para Julie, tomou-lhe a mão e a conduziu junto de si para aquele divã onde tantos pensamentos fatais haviam surgido há tão pouco tempo.

— Você está muito bonita esta noite, minha senhora d'Aiglemont! — ele exclamou com aquela insuportável alegria cujo vazio era tão familiar à marquesa.

— Onde passou a noite? — ela perguntou, fingindo profunda indiferença.

— Na casa da senhora de Sérizy.

Ele havia apanhado um anteparo da lareira e examinava seu revestimento com atenção, sem perceber os vestígios das lágrimas derramadas pela esposa. Julie estremeceu. A linguagem não seria suficiente para exprimir a torrente de pensamentos que escapava de seu coração, algo que ela era obrigada a conter.

— A senhora de Sérizy vai oferecer um concerto na próxima segunda-feira e insiste em sua presença. Basta que você desapareça por um tempo da sociedade para que ela deseje vê-la na casa dela. É uma boa mulher que gosta muito de você. Ficarei feliz se você for. Quase respondi por você...

— Eu irei — respondeu Julie.

O som da voz, seu tom e o olhar da marquesa apresentavam algo tão penetrante, tão peculiar que, apesar da indiferença, Victor olhou espantado para a esposa. Aquilo bastava. Julie adivinhara que a senhora de Sérizy era a mulher que lhe roubara o coração do marido. Rendeu-se a um devaneio desesperado e parecia muito ocupada em admirar o fogo. Victor girava o anteparo nos dedos com o ar entediado de um homem que, depois de ter estado feliz em outro lugar, traz para casa o cansaço da felicidade. Depois de bocejar várias vezes, pegou um castiçal com uma das mãos e, com a outra, procurou languidamente o pescoço da mulher, querendo beijá-la;

mas Julie se abaixou, apresentando-lhe a testa para ali receber o beijo de boa-noite, aquele beijo mecânico, sem amor, uma espécie de gesto que lhe pareceu então odioso. Quando Victor fechou a porta, a marquesa se deixou cair em uma cadeira, suas pernas cambalearam e ela desatou a chorar. É preciso ter sofrido o suplício de uma cena semelhante para compreender tudo que ela encerra em termos de dor, para decifrar os longos e terríveis dramas que ela causa. Essas palavras simples e tolas, esses silêncios entre os dois cônjuges, os gestos, os olhares, a maneira de o marquês se sentar diante da lareira, a atitude que teve ao tentar beijar o pescoço da esposa, tudo servira para fazer daquele momento um trágico desfecho da vida solitária e sofredora de Julie. Em sua loucura, ela se ajoelhou em frente ao divã, mergulhou ali o rosto para não ver nada e orou, dando às palavras habituais de suas orações uma entonação íntima, um novo significado, que teria dilacerado o coração do marido se ele a tivesse escutado.

Por oito dias, ela continuou preocupada com o futuro, nas garras de seu infortúnio, analisando e buscando meios de não enganar o próprio coração e recuperar seu domínio sobre o marquês, vivendo tempo suficiente para zelar pela felicidade da filha. Resolveu então lutar com a rival, reaparecer na sociedade, nela brilhar; fingir um amor pelo marido que ela já era incapaz de sentir, apenas para cativá-lo; então, quando por seus artifícios ela o tivesse submetido a seu poder, mostrar-se sedutora, como aquelas mulheres caprichosas que sentem prazer em atormentar os amantes. Esse jogo odioso era o único remédio possível para seus males. Assim, ela se tornaria mestre de seus sofrimentos, comandando-os de acordo com a própria vontade, e acabaria por torná-los mais esparsos à medida que subjugava o marido, domando-o sob um terrível despotismo. Não teria mais remorsos por lhe impor uma vida difícil. De um salto, lançou-se aos cálculos frios da indiferença. Para salvar a filha, subitamente desvendou as perfídias e mentiras das criaturas que não amam, os embustes da sedução e os perversos ardis que fazem os homens odiarem tão profundamente as mulheres que julgam possuidoras de corrupções inatas. Sem que Julie se desse conta, sua vaidade feminina, seu interesse e um vago desejo de vingança se fundiram com o amor maternal para conduzi-la a um caminho em que novas dores a aguardavam. Ela, porém, tinha uma alma bela demais, uma mente muito delicada e, acima de tudo, um excesso de franqueza para continuar sendo cúmplice por muito tempo de tais fraudes. Habituada a reconhecer em si mesma, ao primeiro passo no vício — pois se tratava de um vício — o grito de sua consciência, ele acabaria por abafar o clamor das paixões e do egoísmo. De fato, em uma jovem cujo coração ainda é puro, e em que o amor permaneceu intocado, o próprio sentimento da maternidade se submete à voz do pudor. E o pudor não é, por acaso, a própria mulher? Mas Julie não quis perceber nenhum perigo, nenhuma falha em sua nova vida. Ela foi à casa da senhora de Sérizy; a rival esperava encontrar uma mulher pálida e lânguida; a marquesa aplicara ruge e se apresentou com um traje cujo esplendor realçava ainda mais sua beleza. A condessa de Sérizy era uma daquelas mulheres que pretendem exercer em Paris uma espécie de domínio sobre a moda e a sociedade; impunha decretos que, recebidos no círculo em que reinava, pareciam-lhe universalmente adotados; tinha a pretensão de construir reputações; era uma juíza soberana. Literatura, política, homens e mulheres, tudo estava sujeito à sua censura; e a senhora de Sérizy parecia ainda desafiar a reprovação alheia. Sua casa era, em tudo, um modelo de bom gosto. Em meio a esses salões repletos de mulheres belas e elegantes, Julie triunfou sobre a condessa. Espirituosa, animada, alegre, ela foi rodeada pelos homens mais ilustres da noite. Para o desespero das mulheres, sua aparência estava irrepreensível, e todas lhe invejaram o corte do vestido, um corpete cujo formato foi atribuído à genialidade de alguma costureira desconhecida, pois as mulheres preferem acreditar na ciência dos tecidos do que na graça e perfeição daquelas que sabem como vesti-los. Quando Julie se levantou para ir ao piano cantar o romance de Desdêmona[20], os homens surgiram de todos os recintos para ouvir aquela célebre voz, emudecida há tanto tempo, e fez-se um silêncio profundo. A marquesa ficou profundamente comovida ao ver as cabeças amontoadas junto às portas e todos os olhares fixos nela. Procurou o marido na multidão, lançou-lhe um olhar sedutor e viu, com prazer, que naquele instante seu amor-próprio se encontrava extraordinariamente lisonjeado. Feliz com essa vitória, impressionou o público com a primeira parte da ária, *al piu salice*. Nem Malibran, nem Pasta[21] jamais haviam apresentado uma cantoria

---

20 O nome correto da cena é "O Romance do Salgueiro" (*La Romance du Saule*), cena III do Ato IV de *Otelo*, de William Shakespeare (1564-1616). Desdêmona é o papel de destaque no excerto e um dos personagens principais da peça. (N. do T.)
21 Maria Malibran (1808-1836) e Giuditta Pasta (1797-1865) foram célebres cantoras líricas do século 19. (N. do T.)

com tal perfeição de sentimento e entonação; entretanto, no momento do estribilho, ela olhou ao redor, entre os ouvintes, e viu Arthur, cujo olhar não a deixava. Estremeceu bruscamente, e sua voz se alterou.

A senhora de Sérizy saltou da cadeira, em direção à marquesa.

— O que você tem, minha querida? Ah, coitadinha, ela sofre tanto! Estremeci ao vê-la executar algo além de suas forças...

O romance foi interrompido. Julie, aborrecida, não teve mais coragem de continuar e se submeteu à traiçoeira compaixão da rival. Todas as mulheres sussurravam; mais tarde, ao discutir o incidente, previram a luta iniciada entre a marquesa e a senhora de Sérizy, sem poupar a última em suas calúnias. Os bizarros pressentimentos que tantas vezes agitaram Julie foram subitamente confirmados. Ao pensar em Arthur, ela acabou por sentir prazer em acreditar que um homem, aparentemente tão gentil, tão delicado, pudesse ter permanecido fiel ao seu primeiro amor. Por vezes, ela se vangloriara de ser o objeto de tão bela paixão, a paixão pura e verdadeira de um jovem, cujos pensamentos pertencem apenas à sua amada, cujos momentos lhe são devotados por completo, que não tem a mínima possibilidade de recuo, enrubescendo como uma mulher, pensando como uma mulher, sem lhe oferecer rivais e se entregando sem pensar em ambição, glória ou fortuna. Ela sonhara tudo isso a respeito de Arthur, por insanidade, por distração; então, de repente, acreditou ter visto o sonho se tornando realidade. Leu no rosto quase feminino do jovem inglês os pensamentos profundos, as doces melancolias e as dolorosas resignações de que ela própria fora vítima. Reconheceu-se nele. A infelicidade e o desalento são os intérpretes mais eloquentes do amor, e se comunicam entre dois seres sofredores com incrível rapidez. Neles, a visão íntima e a assimilação intuitiva das coisas ou das ideias são completas e justas. Assim, a violência do choque recebido pela marquesa lhe revelou todos os perigos do futuro.

Muito feliz por encontrar um pretexto para seu abalo em seu habitual estado de fragilidade, de bom grado se deixou dominar pela engenhosa piedade da senhora de Sérizy. A interrupção do romance se tornou um evento sobre o qual muitos conversaram de maneiras bem diferentes. Alguns lastimavam o destino de Julie e se queixavam do fato de uma mulher tão notável estar inapta para a vida em sociedade; outros queriam saber a causa de seus sofrimentos e da solidão em que vivia.

— Então, meu caro Ronquerolles — dizia o marquês ao irmão da senhora de Sérizy — você invejava minha felicidade ao ver a senhora d'Aiglemont, censurando-me por lhe ter sido infiel? Pois acharia meu destino muito pouco desejável caso ficasse, assim como eu, na presença de uma bela mulher por um ou dois anos sem ousar lhe beijar a mão, por medo de machucá-la. Nunca se envolva com essas delicadas joias, boas somente para se colocar em uma vitrine, e cuja fragilidade e cujo valor nos obrigam a respeitá-las todo o tempo. Conforme me disseram, você com frequência não deixa de sair com seu belo cavalo, por puro medo de que ele tome chuva ou neve? Essa é a minha história. É verdade que tenho certeza das virtudes de minha esposa, porém meu casamento é um artigo de luxo, e se acha que estou casado, engana-se. Por isso, minhas infidelidades são, de certa forma, legítimas. Gostaria de saber o que os senhores, que riem de minha situação, fariam em meu lugar. Muitos homens seriam bem menos atenciosos do que tenho sido com minha esposa. Estou certo — acrescentou em voz baixa — de que a senhora d'Aiglemont não suspeita de nada. Então, claro, não teria nenhuma razão para reclamar, estou muito feliz... Só que, para um homem sensível, não há nada mais enfadonho do que ver sofrer uma pobre criatura a quem se está afeiçoado...

— Então você deve ser muito sensível — respondeu o senhor de Ronquerolles — já que raramente está em casa.

Essa amigável ironia fez rir seus ouvintes, mas Arthur permaneceu frio e imperturbável, como um cavalheiro que adotou a seriedade como base de seu caráter. As estranhas palavras desse marido certamente suscitaram algumas esperanças no jovem inglês, que esperou pacientemente pelo momento em que poderia ficar a sós com o senhor d'Aiglemont, oportunidade que prontamente se apresentou.

— Senhor — disse-lhe ele — vejo com infinito pesar o estado da senhora marquesa, e se o senhor soubesse que, por falta de tratamento especial, ela pudesse morrer de forma lamentável, não acredito que zombasse de seus sofrimentos. Se falo assim com o senhor, é por me sentir de certo modo autorizado pela certeza de ter a capacidade de salvar a senhora d'Aiglemont, devolvendo-lhe a vida e a felicidade. Não é natural que um homem de minha posição seja médico; no entanto, o acaso quis que eu estudasse a arte da medicina. Ora, aborreço-me o suficiente — afirmou, fingindo um egoísmo frio que servia a seus propósitos — para gastar meu tempo e minhas viagens em benefício de um ser sofredor, em vez de satisfazer algumas tolas fantasias. As curas desse tipo de doença são raras, pois requerem muitos cuidados, tempo e paciência; sobretudo, é preciso ter fortuna, viajar, seguir à risca prescrições que variam diariamente e que nada têm de desagradável. Somos dois cavalheiros — disse ele, dando à palavra a acepção do termo *gentlemen* em inglês — e podemos nos entender. Asseguro-lhe que, se aceitar minha proposta, o senhor será, a todo momento, o juiz de minha conduta. Nada tentarei sem ter seu conselho, sua supervisão, e lhe garanto sucesso se o senhor consentir em me obedecer. *Sim, se consentir em deixar de ser o marido da senhora d'Aiglemont por certo tempo* — sussurrou-lhe ao ouvido.

— Tenho certeza, meu senhor — disse o marquês, rindo — que apenas um inglês seria capaz de me fazer uma proposta tão bizarra. Permita-me não a aceitar nem a recusar por ora, vou considerar o que me disse. Além disso, antes de qualquer coisa, devo consultar minha esposa.

Nesse momento, Julie reapareceu ao piano. Cantou a ária de *Semiramide*, "Son Regina, Son Guerriera"[22]. Aplausos unânimes, mas abafados — as aclamações civilizadas do Faubourg Saint-Germain[23], por assim dizer — atestavam o entusiasmo que ela provocou.

Quando d'Aiglemont levou a esposa de volta à sua residência, Julie viu com uma espécie de prazer inquieto o rápido sucesso de suas tentativas. O marido, despertado pelo papel que ela acabara de representar, quis homenageá-la lhe satisfazendo os desejos, como teria feito com uma atriz. Julie gostou de ser tratada assim, justamente ela, virtuosa e casada; tentou brincar com seu poder e, nessa primeira luta, sua bondade fez com que ela sucumbisse mais uma vez, mas essa foi a mais terrível de todas as lições que o destino lhe reservava. Por volta de duas ou três da manhã, Julie se encontrava sentada no leito conjugal, sombria e pensativa; uma luz fraca de lamparina iluminava o quarto, o silêncio mais profundo reinava; e, há cerca de uma hora, a marquesa vertia lágrimas, tomada por um remorso penetrante, cujo amargor só pode ser compreendido por mulheres que se

---

22 *Semiramide* é uma ópera em dois atos, de Gioachino Rossini (1792-1868), baseada na tragédia de mesmo nome escrita por Voltaire (1694-1778). Foi apresentada pela primeira vez no teatro La Fenice, em Veneza, em 3 de fevereiro de 1823. (N. do T.)
23 Bairro nobre de Paris, epicentro da riqueza e da elegância da cidade no século 19. (N. do T.)

viram na mesma situação. Era preciso ter a alma de Julie para sentir como ela o horror de um carinho calculado, para se sentir tão magoada por um beijo frio; o puro abandono do coração, agravado pela sensação de uma dolorosa prostituição. Ela se desprezava, amaldiçoava o casamento, queria estar morta; e, se não fosse o choro da filha, talvez tivesse se atirado pela janela. O senhor d'Aiglemont dormia tranquilamente ao seu lado, sem ser despertado pelas lágrimas quentes que a esposa deixara cair sobre ele. No dia seguinte, Julie soube se mostrar alegre. Encontrou forças para parecer feliz e esconder, não mais sua melancolia, e sim um invencível terror. Daquele dia em diante, não mais se considerava uma mulher irrepreensível. Não havia ela mentido para si mesma e, por isso, não era capaz de se mostrar dissimulada, podendo ainda chegar a uma surpreendente profundidade nos delitos conjugais? Seu casamento era a causa dessa perversidade que, por enquanto, não chegara a ter nenhuma consequência. Porém ela já se perguntava por que resistir a um amante apaixonado se já se entregava — contra seu coração e seus desejos naturais — a um marido que não mais amava. Todos os pecados — e talvez os crimes — têm por princípio um raciocínio incorreto ou algum excesso de egoísmo. A sociedade só pode existir por meio dos sacrifícios individuais exigidos pelas leis. Aceitar seus benefícios não implica em se comprometer a manter as condições que os sustentam? Ora, os infelizes sem pão, obrigados a respeitar a propriedade, não são menos dignos de pena do que as mulheres feridas em seus desejos e na delicadeza de sua natureza. Poucos dias depois dessa cena, cujos segredos foram enterrados no leito conjugal, d'Aiglemont apresentou Lorde Grenville à esposa. Julie recebeu Arthur com uma polidez fria, digna de sua dissimulação. Impôs silêncio ao coração, mascarou seus olhares, deu firmeza à voz e, assim, foi capaz de manter controle sobre seu futuro. Então, tendo reconhecido por esses meios — inatos, por assim dizer, em todas as mulheres — toda a extensão do amor que inspirara, a senhora d'Aiglemont sorriu diante da esperança de uma rápida cura e não resistiu à vontade do marido, que a obrigava a aceitar os cuidados do jovem médico. Ainda assim, não confiaria em Lorde Grenville até que tivesse examinado suas palavras e seus modos o suficiente para ter certeza de que ele teria a generosidade de sofrer em silêncio. Ela dispunha do mais absoluto poder sobre ele, já abusando de sua autoridade: afinal, não era mulher?

 Moncontour é uma antiga propriedade localizada sobre um daqueles rochedos dourados a cujos pés passa o rio Loire, não muito longe do local onde Julie se detivera em 1804. É um daqueles pequenos castelos da Touraine, brancos, belos, com torreões esculpidos, bordados como as rendas de Malines[24]; um daqueles castelos encantadores e elegantes refletidos nas águas do rio, com seus ramos de amoreiras, vinhas, alamedas sinuosas, balaustradas longas e abertas, porões escavados na pedra, coberturas de hera e escarpas. Os telhados de Moncontour cintilam sob os raios do sol, tudo ali é abrasador. Milhares de vestígios da Espanha acrescentam poesia a essa cativante morada: as acácias douradas, as campânulas perfumando a brisa; o ar é sedutor, a terra sorri por toda parte, e por toda parte suaves fascínios envolvem, enternecem e embalam a alma, tornando-a lânguida, apaixonada. Essa bela e doce região abranda as dores e desperta as paixões. Ninguém permanece frio sob esse céu puro, diante dessas águas cintilantes. Ali ambições são desfeitas, ali adormecemos em meio a uma felicidade tranquila, assim como todas as noites o sol se põe em seu leito de púrpura e azul. Em uma agradável noite de agosto de 1821, duas pessoas escalavam os caminhos pedregosos que recortam as rochas sobre as quais se assenta o castelo, dirigindo-se ao topo para admirar, seguramente, as inúmeras paisagens que dali se descortinam. Essas pessoas eram Julie e Lorde Grenville, porém essa Julie parecia ser uma nova mulher. A marquesa apresentava as cores luminosas da saúde. Seus olhos, vivificados por uma força fecunda, cintilavam através de um vapor úmido, parecido com o fluido que proporciona irresistíveis encantos aos olhos das crianças. Ela sorria plenamente, feliz por estar viva, idealizava o viver. Pela maneira como erguia os belos pés, era fácil notar que nenhum sofrimento limitava como no passado seus movimentos, nem enfraquecia seus olhares, palavras ou gestos. Sob a sombrinha de seda branca que a protegia dos raios quentes do sol, ela parecia uma jovem noiva sob o véu, uma virgem prestes a se entregar aos encantos do amor. Arthur a conduzia com o cuidado de um amante, guiando-a como se guia uma criança, levando-a pelo caminho mais seguro, fazendo-a desviar das pedras, indicando-lhe uma paisagem ou a detendo diante de uma flor, sempre movido por um sentimento infinito de bondade, por uma intenção delicada, por um conhecimento íntimo do bem-estar daquela mulher, sentimentos que lhe pareciam inatos, tanto

---

24 Cidade belga conhecida por suas rendas típicas. (N. do T.)

quanto — ou até mais — o movimento necessário à sua própria existência. A paciente e seu médico caminhavam no mesmo ritmo, sem tomar consciência de uma harmonia que aparentava existir desde o primeiro dia em que caminharam juntos; eles obedeciam à mesma vontade, detinham-se, surpreendidos pelas mesmas sensações, seus olhares e suas palavras correspondiam a pensamentos mútuos. Chegando ambos ao alto de um vinhedo, quiseram descansar sobre uma daquelas longas rochas brancas que são continuamente extraídas das cavernas rochosas, mas, antes de se sentar, Julie contemplou o local.

— Que linda região! — exclamou. — Vamos armar uma tenda e viver aqui. Victor — gritou ela — venha, venha logo!

Mais abaixo, o senhor d'Aiglemont respondeu com um grito de caçador, sem apressar o passo; olhava para a esposa de tempos em tempos, quando as curvas do caminho lhe permitiam. Julie aspirou o ar com prazer, erguendo a cabeça e dirigindo a Arthur um daqueles penetrantes olhares com os quais uma mulher espirituosa revela todos os seus pensamentos.

— Ah! — prosseguiu ela — Queria ficar aqui para sempre. É possível ficar cansado de admirar esse belo vale? Sabe o nome desse rio adorável, milorde?

— É o Cise.

— O Cise — ela repetiu. — E lá adiante, o que é?

— São as colinas do Cher — respondeu ele.

— E à direita? Ah, essa é Tours. Mas veja que belo efeito produzem os campanários da catedral.

Calou-se e deixou que a mão que estendia na direção da cidade caísse sobre a mão de Arthur. Ambos admiraram em silêncio a paisagem e as belezas daquela harmoniosa natureza. O murmúrio das águas, a pureza do ar e do céu, tudo se adequava aos pensamentos que jorravam na direção do coração jovem e apaixonado de ambos.

— Ah, meu Deus, como amo esse lugar — repetia Julie, com um entusiasmo crescente e ingênuo. — O senhor morou muito tempo por aqui? — acrescentou depois de uma pausa.

Diante da pergunta, Lorde Grenville estremeceu.

— Foi ali — respondeu ele, melancólico, apontando para um bosque de nogueiras junto à estrada — foi ali que, prisioneiro, eu a vi pela primeira vez...

— Sim, mas à época eu estava muito infeliz; toda essa natureza me pareceu selvagem, porém agora...

Deteve-se; Lorde Grenville não ousou olhar para ela.

— É ao senhor — disse finalmente Julie depois de um longo silêncio — que devo esse prazer. É preciso estar vivo para sentir as alegrias da vida — e, até agora, não estava eu morta? O senhor me deu mais do que saúde, ensinou-me a valorizá-la...

As mulheres têm um talento inimitável para expressar seus sentimentos sem empregar palavras muito enérgicas; sua eloquência está sobretudo no tom, nos gestos, na atitude e nos olhares. Lorde Grenville escondeu a cabeça entre as mãos, pois as lágrimas lhe brotavam dos olhos. Esta era a primeira vez que Julie lhe agradecia desde sua partida de Paris. Durante um ano inteiro, ele cuidara da marquesa com a maior devoção. Assistido por d'Aiglemont, ele a levara para as termas de Aix e, depois, para as praias de La Rochelle. Observando constantemente as mudanças que suas prescrições simples e instruídas causavam na constituição deteriorada de Julie, ele a cultivara como uma flor rara, tal como um horticultor apaixonado faria. A marquesa parecia receber os talentosos cuidados de Arthur com todo o egoísmo típico de uma parisiense habituada às homenagens ou com o descuido de uma cortesã que não conhece o custo das coisas nem o valor dos homens, apreciando-os conforme sua utilidade. A influência que os lugares exercem sobre a alma é algo digno de nota. Se a melancolia infalivelmente nos domina quando estamos à beira d'água, outra lei de nossa natureza impressionável nos diz que, nas montanhas, nossos sentimentos se purificam: nelas, a paixão ganha em profundidade o que parece perder em vivacidade. Talvez o aspecto da ampla bacia do Loire e a elevação da bela colina onde os dois apaixonados estavam sentados tenham causado a deliciosa tranquilidade na qual, pela primeira vez, eles saborearam a felicidade que se experimenta ao vislumbrar a extensão de um amor oculto sob palavras aparentemente insignificantes. No instante em que Julie terminava de pronunciar a frase que tanto comovera Lorde Grenville, uma brisa afetuosa agitou as copas das árvores e espalhou o frescor das águas pelo ar, algumas nuvens cobriram o sol e sombras tênues destacaram todas as belezas daquela singela paisagem. Julie virou a cabeça para esconder do jovem lorde as lágrimas que conseguiu conter e secar, pois a comoção de Arthur a dominara rapidamente. Ela não ousou fitá-lo, pois temia que ele pudesse ver a imensa alegria em seu olhar. Seu instinto feminino a fazia sentir que, naquela hora perigosa, deveria enterrar seu amor no fundo do coração. No entanto, o silêncio poderia ser igualmente terrível. Percebendo que Lorde Grenville se mostrava incapaz de falar, Julie disse em voz baixa:

— Está tocado pelo que lhe disse, milorde. Talvez esse entusiasmado desabafo seja a maneira adotada por uma alma boa e graciosa para retificar um falso julgamento. O senhor deve ter me considerado uma ingrata por me mostrar fria e reservada ou brincalhona e insensível durante nossa viagem, que, felizmente, terminará em breve. Não teria sido digna de receber seus cuidados se não soubesse apreciá-los. Não esqueci de nada, milorde. Ai de mim! Nunca esquecerei de nada, de sua solicitude ao zelar por mim como uma mãe zela pelo filho e, muito menos, da nobre confiança de nossas conversas fraternas, a delicadeza de seus procedimentos; gentilezas contra as quais estamos sempre desarmados. Milorde, está além de meus poderes conseguir recompensá-lo...

Dito isso, Julie se afastou com rapidez, e Lorde Grenville não fez nenhum movimento para detê-la. A marquesa se dirigiu a uma rocha nas proximidades e ali permaneceu imóvel; seus sentimentos eram um segredo para ambos; certamente choraram em silêncio; os cantos dos pássaros, tão alegres, tão abundantes em tristes expressões ao pôr do sol, devem ter aumentado a violenta comoção que os obrigara a se separar: a natureza se encarregava de lhes expressar um amor de que não ousavam falar.

— Muito bem, milorde — retomou Julie, colocando-se diante dele em uma atitude tão plena de dignidade que lhe permitira segurar a mão de Arthur — vou pedir que conserve pura e santa a vida que o senhor me restituiu. Aqui, nós nos separaremos. Sei bem que — continuou, ao ver Lorde Grenville empalidecer — como paga pela sua devoção, estou lhe exigindo um sacrifício ainda maior do que me mostro disposta a fazer... Mas é preciso... O senhor não deve permanecer na França. Pedir tal coisa não é lhe dar direitos que serão sagrados? — acrescentou ela, colocando a mão do jovem sobre seu coração palpitante.

Arthur se levantou.

— Sim — disse ele.

Nesse momento, ele indicou d'Aiglemont, que segurava a filha nos braços e apareceu do outro lado de uma trilha junto à balaustrada do castelo. Havia subido até ali para que a pequena Hélène pudesse brincar.

— Julie, não lhe falarei de meu amor, nossa alma se entende muito bem. Por mais profundos e secretos que sejam os prazeres do meu coração, todos foram compartilhados consigo. Isso eu sinto, sei, vejo. Agora, possuo a deliciosa evidência da constante harmonia de nosso coração, mas me afastarei... Por diversas vezes, calculei com minuciosa habilidade os meios de matar esse homem, porém sempre resisti, contanto que permanecesse junto a você.

— Pensei a mesma coisa — disse ela, dando sinais de uma dolorosa surpresa em seu rosto transtornado.

Mas havia tanta virtude, tanta autoconfiança e tantas vitórias secretas sobre aquele amor no tom de voz e nos gestos que emanavam de Julie, que Lorde Grenville foi tomado pela admiração. A mera sombra do crime desaparecera nessa ingênua consciência. O sentimento religioso que prevalecia naquele belo rosto haveria sempre de lhe expurgar os maus pensamentos involuntários que nossa natureza imperfeita engendra, mas que mostram, ao mesmo tempo, a grandeza e os perigos de nosso destino.

— Então — continuou ela —eu o teria desprezado, e meu desprezo me salvaria. Mas — acrescentou, baixando os olhos — perder sua estima não seria o mesmo que morrer?

Os dois heroicos enamorados permaneceram em silêncio por mais um momento, ocupados em devorar suas dores: bons e maus, seus pensamentos eram exatamente iguais, e eles se entendiam tanto em seus prazeres íntimos como nos sofrimentos mais recônditos.

— Não devo me lamentar, a desgraça de minha vida é obra minha — disse ainda, erguendo ao céu os olhos tomados pelas lágrimas.

— Milorde! — gritou o general de onde estava, gesticulando — nós nos encontramos aqui pela primeira vez. Talvez não se lembre disso. Foi ali, perto daqueles álamos.

O inglês respondeu com um brusco aceno da cabeça.

— Sabia que morreria jovem e infeliz — respondeu Julie. — Sim, não pense que continuarei a viver. A dor será tão mortal quanto poderia ser a terrível doença de que me curou. Não acredito que seja culpada. Não, os sentimentos que nutri pelo senhor são irresistíveis, eternos, porém completamente involuntários, e quero continuar virtuosa. Dessa forma, permanecerei fiel à minha consciência de esposa, aos meus deveres de mãe e aos desejos de meu coração. Ouça — disse ela com a voz alterada — nunca mais pertencerei àquele homem. — E, com um terrível gesto de horror e verdade, Julie apontou para o marido. — As leis do mundo — continuou ela — exigem-me que torne sua existência feliz, e vou obedecê-las; serei sua serva; minha devoção para com ele será ilimitada, mas, a partir deste momento, sou viúva. Não quero ser uma prostituta nem aos meus olhos, nem aos olhos do mundo; se não pertenço mais ao senhor d'Aiglemont, jamais pertencerei a outro. O senhor só terá de mim o que já arrancou de minha alma. Essa é a condenação a que me sentencio — disse, olhando com orgulho para Arthur. — É uma sentença irrevogável, meu senhor. Agora, saiba que se o senhor ceder a um pensamento criminoso, a viúva do senhor d'Aiglemont entraria para um convento, na Itália ou na Espanha. O infortúnio quis que falássemos de nosso amor. Tais confissões talvez fossem inevitáveis, entretanto que esta seja a última vez que nosso coração vibrou com tamanha força. Amanhã, o senhor fingirá ter recebido uma carta o chamando à Inglaterra, e nos separaremos para sempre.

Exausta com o esforço, Julie sentiu os joelhos cederem, um frio mortal se apoderou de seu corpo e, tomada por uma consciência muito feminina, sentou-se para não cair nos braços de Arthur.

— Julie — gritou Lorde Grenville.

O grito penetrante ecoou como o romper de um trovão. Esse dilacerante clamor expressou tudo o que o apaixonado, em silêncio até então, não foi capaz de dizer.

— Ei, o que tem ela? — perguntou o general.

Ao ouvir o grito, o marquês apressou o passo e subitamente se viu diante dos dois enamorados.

— Não há de ser nada — disse Julie, com a admirável compostura que a delicadeza natural das mulheres, muitas vezes, permite-lhes durante as grandes crises da vida. — O frio emanado por esta nogueira quase me fez perder a consciência, e meu médico deve ter se assustado. Não sou para ele uma obra de arte inacabada? Deve ter temido vê-la destruída...

Corajosamente, pegou o braço de Lorde Grenville, sorriu para o marido, olhou para a paisagem antes de deixar o topo dos rochedos e conduziu seu companheiro de viagem, segurando-lhe a mão.

— Este é, seguramente, o lugar mais bonito que já vimos — disse ela. — Nunca o esquecerei. Veja, Victor, que espaços, que amplidão, que variedade. Este lugar me faz pensar no amor.

Rindo de uma forma quase convulsiva, de modo a distrair o marido, ela saltou alegremente pelas trilhas escarpadas e desapareceu.

— É tudo tão breve, não é mesmo? — disse ela, já longe do senhor d'Aiglemont. — Pois bem, meu amigo, em um instante, não poderemos mais ser e nunca mais seremos nós mesmos; enfim, não viveremos mais...

— Vamos devagar — respondeu Lorde Grenville — as carruagens ainda estão longe. Caminharemos juntos e, se pudermos colocar palavras em nossos olhos, nosso coração viverá mais um momento.

Caminharam junto à margem do rio; à beira d'água, à última luz do entardecer, quase em silêncio, pronunciavam algumas palavras vagas, suaves como o murmúrio do Loire, mas que enterneciam a alma. O sol, ao se pôr, envolveu-os em reflexos avermelhados antes de desaparecer — imagem melancólica de seu amor fatal. Muito agitado por não encontrar a carruagem onde haviam parado, o general se adiantava ou seguia na frente dos dois enamorados, sem se intrometer na conversa. A conduta nobre e delicada que Lorde Grenville manteve durante a viagem eliminara as suspeitas do marquês e, já havia algum tempo, ele deixava a esposa livre, cessando de desconfiar da fé do médico lorde. Arthur e Julie continuavam a caminhar na triste e dolorosa harmonia de seu coração ferido. Pouco antes, enquanto escalavam as escarpas de Moncontour, os dois tinham uma vaga esperança, uma inquieta felicidade que não ousavam questionar; entretanto, ao descer ao longo do rio, já haviam destruído o frágil edifício erigido em sua imaginação, e sobre o qual nem sequer ousavam respirar, como crianças que preveem a queda dos castelos de cartas que construíram. Não tinham mais esperanças. Naquela mesma noite, Lorde Grenville partiu. O último olhar que lançou para Julie infelizmente atestou que, desde o momento em que a simpatia lhes revelou a extensão daquela paixão tão forte, ele tivera razão de desconfiar de si mesmo.

Quando o senhor d'Aiglemont e a esposa se encontraram no dia seguinte, sentados no fundo da carruagem, sem seu companheiro de viagem, percorrendo com rapidez a mesma estrada por onde a marquesa passara em 1814, então ignorante do amor e quase amaldiçoando a constância de sua vida, ela redescobriu inúmeras sensações esquecidas. O coração tem a própria memória. Essa mulher, incapaz de se lembrar dos acontecimentos mais graves, se recordará por toda a vida das coisas que são importantes para seus sentimentos. Assim, Julie se lembrou perfeitamente de vários detalhes, mesmo os mais frívolos. Recordou com alegria dos mínimos incidentes da primeira viagem, e até mesmo de pensamentos que lhe ocorreram em alguns pontos ao longo da estrada. Victor, novamente apaixonado pela esposa, agora que ela recuperara o frescor da juventude e toda a sua beleza, pôs-se junto dela, como um amante. Quando tentou abraçá-la, ela se afastou sutilmente, encontrando uma desculpa para evitar essa inocente carícia. Logo em seguida, teve horror ao toque de Victor, cujo calor ela sentia e partilhava, dada a maneira como estavam sentados. Quis ficar sozinha na frente da carruagem, mas o marido lhe fez a gentileza de deixá-la na parte de trás. Ela agradeceu a atenção com um suspiro que ele não compreendeu, e este antigo sedutor de caserna, interpretando a melancolia da esposa a seu favor, obrigou-a no fim do dia a falar com uma firmeza que lhe impusesse respeito.

— Meu amigo — disse-lhe ela — você já quase me matou; sabe bem. Se eu ainda fosse uma menina sem experiência, poderia recomeçar o suplício de minha vida, mas sou mãe, tenho uma filha para criar e devo tantas obrigações a ela quanto a você. Sofremos um infortúnio que nos atinge igualmente. Você é quem tem menos a lamentar. Você não pôde encontrar outros consolos ao que meu dever, nossa honra comum e, acima de tudo, a natureza me proíbem? Veja — acrescentou — você, sem refletir, esqueceu em uma gaveta três cartas da senhora de Sérizy, aqui estão elas. Meu silêncio lhe prova que tem em mim uma mulher cheia de compaixão, que não lhe exige os sacrifícios a que as leis nos condenam; porém já refleti o suficiente para saber que nossos papéis não são os mesmos e que somente a mulher está predestinada à infelicidade. Minha virtude repousa sobre princípios estabelecidos e fixos. Saberei como viver de forma irrepreensível, mas me deixe viver.

O marquês, pasmo pela lógica que as mulheres sabem depreender à luz do amor, deixou-se cativar pelo tipo de dignidade que lhes é natural nesse tipo de crise. A repulsa instintiva que Julie manifestava por tudo o que feria seu amor e os desejos de seu coração é uma das qualidades mais belas da mulher, e talvez seja resultado de uma virtude natural que nem as leis, nem a civilização, farão calar. Mas quem ousaria culpar as mulheres? Quando impuseram silêncio ao sentimento de exclusão que não lhes permite pertencer a dois homens, não agem como sacerdotes sem fé? Se algumas mentes rígidas recriminam a espécie de pacto que Julie fizera entre seus deveres domésticos e seu amor, as almas apaixonadas a tornarão uma criminosa. Essa reprovação geral acusa ou a infelicidade que dispõe da desobediência às leis ou as lamentáveis imperfeições das instituições em que se baseia a sociedade europeia.

Dois anos se passaram, durante os quais o senhor e a senhora d'Aiglemont levaram uma vida social seguindo caminhos separados, encontrando-se mais frequentemente nos salões do que em casa; elegante divórcio pelo qual terminam muitos casamentos na alta sociedade. Certa noite, extraordinariamente, os dois cônjuges estavam reunidos na sala de estar. A senhora d'Aiglemont convidara uma das amigas para jantar. O general, que sempre jantava na cidade, ficara em casa.

— A senhora marquesa ficará muito feliz — disse o senhor d'Aiglemont, pousando sobre uma mesa a xícara em que acabara de beber café. O marquês olhou para a senhora de Wimphen com um ar meio travesso, meio pesaroso, e acrescentou: — Vou fazer uma longa caçada com o monteiro-mor[25]. Você ficará completamente viúva por ao menos oito dias, e acredito ser o que deseja.

— Guillaume — disse ele ao criado que viera retirar as xícaras — mande atrelar os cavalos.

A senhora de Wimphen era a tal Louisa a quem a senhora d'Aiglemont certa vez quisera aconselhar o celibato. As duas mulheres trocaram um olhar de cumplicidade que provava que Julie encontrara na amiga alguém em quem confiar seus sofrimentos, uma confidente preciosa e caridosa, já que a senhora de Wimphen era muito feliz no casamento; e, na situação oposta em que se encontravam, talvez a felicidade de uma garantisse a devoção ao infortúnio da outra. Em casos assim, a diferença de destinos é quase sempre um forte vínculo de amizade.

---

25 Oficial de uma casa real que coordenava as caçadas da nobreza. (N. do T.)

— Já é época de caça? — disse Julie, olhando com indiferença para o marido.

O mês de março estava no fim.

— Senhora, o monteiro-mor caça quando e onde quer. Vamos para a floresta real caçar javalis.

— Tome cuidado para que nenhum acidente lhe aconteça...

— Infortúnios são sempre imprevistos — respondeu ele, sorrindo.

— A carruagem do senhor está pronta — disse Guillaume.

O general se levantou, beijou a mão da senhora de Wimphen e se virou para Julie.

— Senhora, se por acaso eu morrer vítima de um javali... — disse ele, com ar de súplica.

— O que quer dizer com isso? — perguntou a senhora de Wimphen.

— Ora, ora — disse a senhora d'Aiglemont a Victor. Então, sorriu, como se dissesse "você vai ver" a Louisa.

Julie ofereceu o pescoço ao marido, que se adiantou para beijá-lo, mas a marquesa se inclinou de forma que o beijo conjugal deslizasse para a gola de sua capa.

— A senhora é testemunha perante Deus — retomou o marquês, dirigindo-se à senhora de Wimphen. — Preciso de um édito do sultão para conseguir esse pequeno favor. É assim que minha esposa entende o amor. Trouxe-me até este ponto, não sei por que artifício. Prazer em vê-la!

E saiu.

— Mas seu pobre marido é realmente muito bom — exclamou Louisa quando as duas mulheres ficaram sozinhas. — Ele a ama.

— Ah, não acrescente nem mais uma sílaba a esta última palavra. O nome que trago me horroriza...

— Sim, mas Victor a obedece completamente — disse Louisa.

— Sua obediência — respondeu Julie — baseia-se em parte na grande estima que lhe inspirei. Sou uma mulher muito virtuosa, segundo as leis: faço de sua casa um local agradável, fecho os olhos às suas intrigas, nada tomo de sua fortuna; enquanto ele desperdiça renda à vontade, eu apenas cuido para conservar seu capital. A esse preço, tenho minha paz. Ele não me dá explicações, nem se dá conta de minha existência. Mas, mesmo conduzindo meu marido dessa maneira, não deixo de temer os efeitos de seu caráter. Sou como o domador do urso que receia o dia em que se romperá a focinheira. Se Victor acreditasse ter o direito de não mais me estimar, não ouso prever o que poderia acontecer, pois ele é violento, cheio de amor-próprio e, sobretudo, vaidade. Não tem sutileza de espírito suficiente para tomar uma sábia decisão em quaisquer circunstâncias mais delicadas em que suas paixões maléficas sejam postas em jogo; tem o caráter fraco e talvez me matasse em um instante, mesmo que isso significasse morrer de desgosto no dia seguinte. Mas não devo temer essa felicidade fatal...

Houve um momento de silêncio, durante o qual os pensamentos das duas amigas se voltaram para a causa secreta daquela situação.

— Fui cruelmente obedecida — disse Julie, lançando a Louisa um olhar de cumplicidade. — No entanto, não lhe proibira que me escrevesse. Ah, ele me esqueceu, e tem razão de fazê-lo. Seria muito funesto se seu destino fosse destruído. Já não basta o meu? Você acredita, minha querida, que eu leio os jornais ingleses com a única esperança de ver seu nome impresso? Pois bem, ele ainda não apareceu na Câmara dos Lordes[26].

— Então você fala inglês?

— Não cheguei a lhe contar? Aprendi seu idioma.

— Pobrezinha — Louisa exclamou, agarrando a mão de Julie — como ainda consegue viver assim?

— Isso é segredo — respondeu a marquesa, deixando escapar um gesto de ingenuidade quase infantil. — Ouça. Tenho tomado ópio. A história da duquesa de ..., em Londres, foi que me deu essa ideia. Você sabe que Maturin[27] escreveu um romance sobre ela. Minhas gotas de láudano são muito fracas. Apenas durmo. Fico apenas sete horas acordada por dia, e as dedico à minha filha...

Louisa olhou para o fogo sem ousar contemplar a amiga, cujas misérias se manifestavam por completo, pela primeira vez, diante de seus olhos.

---

26 Parlamento inglês, instituído no século 14. Equivalente ao Senado brasileiro, porém com cargos vitalícios, destinado aos membros da nobreza britânica. (N. do T.)
27 Charles Maturin (1780-1824) foi um dramaturgo e romancista irlandês. (N. do T.)

— Louisa, guarde-me esse segredo — disse Julie, depois de um instante de silêncio.

De repente, um criado trouxe uma carta para a marquesa.

— Ah! — ela exclamou, empalidecendo.

— Não lhe perguntarei de quem é — disse a senhora de Wimphen.

A marquesa lia e não ouvia mais nada, e sua amiga via os sentimentos mais enérgicos, a exaltação mais perigosa, desenharem-se no rosto da senhora d'Aiglemont, que ora enrubescia, ora empalidecia. Finalmente, Julie lançou o papel ao fogo.

— Esta carta é incendiária! Ah, meu coração está me sufocando.

Levantou-se, caminhou; seus olhos ardiam.

— Ele não saiu de Paris — exclamou ela.

O discurso entrecortado, que a senhora de Wimphen não ousou interromper, foi pontuado por assustadoras pausas. A cada interrupção, as frases eram pronunciadas com um tom cada vez mais profundo. Havia algo terrível nas últimas palavras.

— Sem que eu soubesse, ele não deixou de me ver. Surpreender diariamente meus olhares o ajuda a viver. Sabe do que mais, Louisa? Ele está morrendo e pede para vir se despedir de mim; esta noite, soube que meu marido se ausentará por vários dias e disse que aparecerá em breve. Ah, vou morrer com isso. Estou perdida. Por favor, fique comigo. Diante de duas mulheres, ele não cometerá essa ousadia. Ah, fique comigo, estou com medo.

— Mas meu marido sabe que jantei com você — respondeu a senhora de Wimphen — e deve vir me buscar.

— Pois bem, antes de você sair, eu já o terei mandado embora. Serei o algoz de ambos. Ai de mim! Ele vai pensar que não o amo mais. E essa carta! Minha querida, ela continha frases que pareciam escritas com fogo.

Uma carruagem parou à porta.

— Ah! — exclamou a marquesa, com uma espécie de alegria — Ele vem publicamente, sem segredos.

— Lorde Grenville — anunciou o criado.

A marquesa permaneceu em pé, imóvel. Ao ver Arthur, pálido, magro e abatido, não era possível manter a austeridade. Embora Lorde Grenville tenha ficado extremamente irritado por não encontrar Julie sozinha, pareceu calmo e frio. Mas para essas duas mulheres, iniciadas nos mistérios de seu amor, seu semblante, o som de sua voz e a expressão de seu olhar tinham resquícios da força elétrica atribuída às raias. A marquesa e a senhora de Wimphen ficaram paralisadas pelo rigoroso anúncio de uma horrível dor. O som da voz de Lorde Grenville fez com que o coração da senhora d'Aiglemont palpitasse tão ferozmente que ela não ousou responder, receando revelar a extensão de seu poder sobre ela; Lorde Grenville não tinha coragem de olhar para Julie, de modo que a senhora. de Wimphen ficou encarregada quase sozinha de uma conversa que não lhe interessava; olhando para ela com comovente gratidão, Julie agradecia a ajuda que ela lhe prestava. Em seguida, os dois enamorados impuseram silêncio a seus sentimentos e tiveram que se manter dentro dos limites prescritos pelo dever e pela adequação. Porém logo foi anunciada a chegada do senhor de Wimphen; ao vê-lo entrar, as duas amigas se entreolharam e compreenderam, sem nada dizer, as novas dificuldades da situação. Era impossível partilhar com o senhor de Wimphen o segredo daquele drama, e Louisa não tinha motivos válidos para pedir ao marido que ficasse com a amiga. Quando a senhora de Wimphen vestiu seu xale, Julie se levantou como para ajudá-la a colocá-lo e disse em voz baixa: — Terei coragem. Se ele entrou em minha casa publicamente, o que tenho a temer? Mas, no primeiro momento, sem sua presença, vendo-o tão mudado, teria caído a seus pés.

— Pois bem, Arthur, o senhor não me obedeceu — disse a senhora d'Aiglemont, com a voz trêmula, retomando seu lugar em uma namoradeira, em que Lorde Grenville não ousou se sentar.

— Não pude resistir por muito tempo ao prazer de ouvir sua voz, de estar por perto. Foi uma loucura, um delírio. Não tenho mais controle sobre mim. Examinei-me muito bem, estou fraco demais. Devo morrer. Mas morrer sem tê-la visto, sem ter ouvido o amarrotar do seu vestido, sem ter recolhido suas lágrimas, que morte seria essa!

Tentou se afastar de Julie, entretanto o movimento brusco fez com que uma pistola caísse de seu bolso. A marquesa olhou para a arma com um olhar que já não exprimia nem paixão, nem razão. Lorde Grenville pegou a pistola e pareceu muito contrariado com aquele acidente que poderia ser compreendido como mera especulação de amantes.

— Arthur! — Julie disse.

— Minha senhora — retrucou ele, baixando os olhos — vim tomado pelo desespero, queria...

Deteve-se.

— O senhor pretendia se matar em minha casa! — ela exclamou.

— Não apenas eu — disse ele, com uma voz doce.

— Quem mais? Talvez meu marido?

— Não, não — gritou ele, com uma voz embargada. — Mas fique tranquila, meu plano fatal expirou. Quando entrei, ao vê-la, tomei coragem para me calar e morrer sozinho.

Julie se levantou, atirou-se aos braços de Arthur, que, apesar dos soluços da amada, pôde distinguir duas frases plenas de paixão.

— Conhecer a felicidade e morrer — disse ela. — Que assim seja!

Toda a história de Julie se reuniu naquele grito profundo, um grito primitivo, de amor, ao qual todas as mulheres sem religião sucumbem; Arthur a agarrou e carregou-a para o sofá, em um movimento imbuído de toda a violência liberada por uma felicidade inesperada. Contudo, de repente, a marquesa se desvencilhou dos braços do amante, lançou-lhe o olhar fixo de uma mulher em desespero, tomou-o pela mão, pegou um castiçal e o conduziu até seu quarto; em seguida, ao chegar à cama onde Hélène dormia, afastou com suavidade o cortinado, revelando a filha, colocando a mão diante da vela para que a luz não incomodasse as pálpebras transparentes e semicerradas da menina. Hélène tinha os braços abertos e dormia sorrindo. Com um olhar, Julie mostrou a filha para Lorde Grenville. Seu olhar dizia tudo.

— Pode-se abandonar um marido, mesmo que ele nos ame. Um homem é um ser forte, tem como se consolar. Podemos desprezar as leis da sociedade. Mas, uma criança sem mãe!

Todos esses pensamentos, e mil outras ideias comoventes, estavam contidos naquele olhar.

— Podemos levá-la conosco — disse o inglês, sussurrando — eu a amarei bastante...

— Mamãe! — disse Hélène, despertando.

Ao ouvir essa palavra, Julie começou a chorar. Lorde Grenville se sentou e permaneceu com os braços cruzados, mudo e soturno.

"Mamãe!" Esse belo e ingênuo apelo despertou tantos sentimentos nobres e tantos afetos irresistíveis que o amor, em um instante, foi esmagado pela poderosa voz da maternidade. Julie não era mais mulher, era mãe. Lorde Grenville não resistiu por muito tempo, as lágrimas de Julie haviam-no vencido. Naquele momento, uma porta aberta com violência fez um enorme ruído, seguido das palavras "a senhora d'Aiglemont, está aí?", ressoando como um trovão no coração dos dois enamorados. O marquês tinha voltado. Antes que Julie pudesse recuperar a compostura, o general saiu de seu quarto em direção ao da esposa. Os dois cômodos eram contíguos. Felizmente, Julie fez um sinal para Lorde Grenville, que foi se esconde em um guarda-roupa, cuja porta foi rapidamente trancada pela marquesa.

— Veja só, minha esposa — disse-lhe Victor — estou de volta. A caçada não acontecerá. Vou me deitar.

— Boa noite — disse ela — vou fazer o mesmo. Então, deixe-me sozinha para me despir.

— Está muito mal-humorada esta noite. Vou obedecê-la, senhora marquesa.

O general voltou para seu quarto, Julie o acompanhou para fechar a porta de comunicação e correu para resgatar Lorde Grenville. Recuperou sua plena presença de espírito, pensando que a visita do ex-médico era algo muito natural; poderia tê-lo deixado na sala para vir colocar a filha para dormir, e ia lhe dizer que voltasse para lá em silêncio; porém, quando abriu a porta do guarda-roupa, soltou um grito penetrante. Os dedos de Lorde Grenville tinham se prendido e esmagado na moldura da janela.

— Ei! O que foi? — seu marido perguntou.

— Nada, nada — ela respondeu — acabo de espetar meu dedo com um alfinete.

A porta de comunicação se abriu mais uma vez, de repente. A marquesa acreditou que o marido vinha por estar preocupado com ela, e maldisse tal solicitude, que não lhe comovia em nada. Mal teve tempo de fechar a porta do guarda-roupa, e Lorde Grenville ainda não conseguira desprender a mão. De fato, o general reapareceu, mas a marquesa se enganara: ele vinha movido por uma inquietação pessoal.

— Você pode me emprestar um lenço? O inútil do Charles me deixa sem um único lenço. Nos primeiros dias de nosso casamento, você cuidava de minhas coisas com tanto zelo que me entediava. Ah, a lua de mel não durou muito para mim, nem para as minhas gravatas. Agora estou entregue aos braços profanos dessa gente que zomba de minha pessoa.

— Tome aqui o lenço. Não passou pela sala?

— Não.

— Talvez tivesse encontrado Lorde Grenville.

— Ele está em Paris?

— Parece que sim.

— Ah, vou lá ver o bom médico.

— Mas ele deve ter ido embora — exclamou Julie.

Nesse momento, o marquês se encontrava no meio do quarto da esposa, arrumando o lenço e se olhando no espelho com satisfação.

— Não sei onde estão os criados — disse ele. — Já toquei a sineta para chamar Charles por três vezes e ele não apareceu. Onde está sua criada? Chame-a, gostaria de mais um cobertor em minha cama esta noite.

— Pauline saiu — respondeu com secura a marquesa.

— À meia-noite? — perguntou o general.

— Deixei-a ir à ópera.

— Que coisa mais estranha! — disse o marido enquanto tirava o lenço — Pensei tê-la visto subindo as escadas.

— Então certamente já voltou para casa — disse Julie, fingindo impaciência.

Depois, para não levantar suspeitas no marido, a marquesa tocou a sineta, mas com pouca força.

Os eventos daquela noite não foram completamente desvendados, mas tudo deve ter sido tão simples e tão horrível quanto os incidentes comuns e domésticos que lhes precederam. No dia seguinte, a marquesa d'Aiglemont se recolheu ao leito e lá ficou por inúmeros dias.

— O que aconteceu de tão extraordinário em sua casa, que todos estão falando de sua esposa? — perguntou o senhor de Ronquerolles ao senhor d'Aiglemont algum tempo depois daquela noite de catástrofes.

— Confie em mim, continue solteiro — disse d'Aiglemont. — As cortinas da cama em que Hélène dormia pegaram fogo; minha esposa teve um choque tão grande que ficará doente por um ano, disse o médico. Você se casa com uma mulher bonita, ela fica feia; você se casa com uma jovem completamente saudável, ela fica doente; acredita que ela esteja apaixonada, ela se mostra fria; ou, fria só na aparência, está na verdade tão apaixonada que acaba o matando ou desonrando. Às vezes, a criatura mais doce é dada a acessos e, uma vez que isso aconteça, ela nunca mais volta a ser doce; às vezes, a jovem que lhe parecia tola e frágil revela uma determinação inflexível contra você, um espírito demoníaco. Estou exausto do casamento.

— Ou de sua esposa.

— Isso seria difícil. A propósito, você não quer ir comigo até Saint-Thomas-d'Aquin, ao funeral de Lorde Grenville?

— Que passatempo mais singular. Mas — continuou Ronquerolles — alguém sabe de fato a causa da morte?

— Seu criado afirma que ele passou uma noite inteira sobre o peitoril de uma janela para salvar a honra da amante; e tem feito um frio dos diabos ultimamente!

— Essa devoção seria muito desejável entre nós, velhas raposas, mas Lorde Grenville era jovem e... inglês. Esses ingleses sempre querem aparecer.

— Francamente — d'Aiglemont respondeu. — Esses rasgos de heroísmo dependem da mulher que os inspira, e sem dúvida não foi por causa de minha esposa que o coitado do Arthur morreu.

## CAPÍTULO II
# SOFRIMENTOS DESCONHECIDOS

Entre o pequeno rio Loing e o Sena, estende-se uma vasta planície, delimitada pela floresta de Fontainebleau e pelas cidades de Moret, Nemours e Montereau. Essa região árida oferece raríssimos montes na paisagem; às vezes, no meio dos campos, alguns bosques servem de refúgio aos animais; além deles, por toda parte, apenas horizontes sem fim, cinzentos ou amarelados, típicos dos prados de Sologne, Beauce e Berri. No meio dessa planície, entre Moret e Montereau, o viajante avista um antigo castelo chamado Saint-Lange, cujos arredores não carecem nem de grandeza, nem de majestade. Há magníficas alamedas de olmos, fossos, longas muralhas de pedra, imensos jardins e vastas construções senhoriais que, para serem erigidas, requeriam impostos extraordinários das fazendas, desvios de dinheiro ou grandes fortunas aristocráticas, atualmente destruídas pelo martelo do Código Civil. Se um artista ou sonhador qualquer por acaso se perdesse nos caminhos de sulcos profundos ou nas terras argilosas que dificultam o acesso à região, ele se perguntaria por que espécie de obstinação esse poético castelo foi construído nessa savana de trigo, nesse deserto de calcário, de rocha e areia em que morre a alegria e, infalivelmente, nasce a tristeza, em que a alma é incessantemente fatigada por uma solidão emudecida, por um horizonte monótono, pela falta de belezas, tão favorável aos sofrimentos que não querem consolo.

Uma jovem, famosa em Paris por sua graça, pelo rosto e espírito e cujas posição social e fortuna estavam em harmonia com sua alta fama, veio, para grande espanto do pequeno vilarejo situado a pouco mais de um quilômetro de distância de Saint-Lange, para ali se estabelecer no fim do ano de 1820[28]. Os agricultores e os camponeses não viam senhores no castelo há tempos que se perderam na memória. Embora tivesse uma produção considerável, a terra fora abandonada aos cuidados de um capataz e era guardada por antigos criados. Assim, a viagem da senhora marquesa causou uma espécie de comoção na região. Várias pessoas se agruparam na outra ponta do vilarejo, próximo ao pátio de uma pequena hospedaria, localizada no entroncamento das estradas de Nemours e Moret, para ver passar uma carruagem que avançava com bastante lentidão, já que a marquesa viera de Paris com seus cavalos. Na frente do carro, a criada segurava uma garotinha, mais pensativa do que risonha. A mãe estava deitada no fundo, como uma moribunda enviada para o campo pelos médicos. A fisionomia abatida dessa delicada jovem não agradou muito aos políticos do vilarejo, pois sua chegada a Saint-Lange suscitara a esperança de algum movimento no município. Seguramente, qualquer tipo de movimento era visivelmente indesejável para aquela mulher sofredora.

O líder do vilarejo de Saint-Lange declarou, à noite, na taverna, no salão onde os notáveis bebiam que, pela tristeza impressa nas feições da senhora marquesa, ela deveria estar arruinada. Na ausência do senhor marquês, que os jornais diziam ter sido obrigado a acompanhar o duque de Angoulême à Espanha, ela economizaria em Saint-Lange a quantia necessária para saldar as dívidas resultantes de especulações feitas na bolsa. O marquês era um dos grandes apostadores. Talvez aquela terra fosse vendida em pequenos lotes. Haveria então bons negócios em vista. Todos eles deviam começar a contar suas moedas, tirá-las de esconderijos e calcular seus recursos, para ter sua parte na divisão de Saint-Lange. Essa perspectiva parecia tão brilhante que todos os notáveis, impacientes para saber se havia fundamento naquela teoria, puseram-se a pensar em como descobrir a verdade com os moradores do castelo, mas nenhum deles conseguiu esclarecer a catástrofe que levara a senhora, no começo do inverno, ao seu antigo castelo de Saint-Lange, quando ela possuía outras terras, conhecidas pelo aspecto alegre e pela beleza dos jardins. O prefeito veio apresentar seus cumprimentos à senhora, porém não foi recebido. Depois do prefeito, o capataz se apresentou, também sem sucesso.

---

28 Conhecido erro de Balzac, já que, pela cronologia do romance, a data dessa passagem não poderia ser anterior a 1823. (N. do T.)

A senhora marquesa só saía do quarto para que ele fosse arrumado e, durante esse tempo, permanecia em um pequeno cômodo adjacente em que fazia as refeições, se é que se pode chamar de refeição se sentar à mesa e ficar olhando os pratos com repugnância, comendo apenas a quantidade necessária para não morrer de fome. Em seguida, ela voltava imediatamente para a antiga poltrona na qual, pela manhã, sentara-se diante do vão da única janela que iluminava o quarto. Apenas via a filha durante os poucos instantes passados em sua triste refeição e, mesmo então, parecia sofrer intensamente. Não era preciso haver dores indescritíveis para que se silencie o sentimento materno em uma jovem? Nenhum dos criados tinha acesso a ela. Sua criada pessoal era a única pessoa cujos serviços lhe agradavam. Ela exigia silêncio absoluto no castelo, e a filha tinha que brincar longe dela. Era tão difícil para a marquesa suportar o menor ruído que qualquer voz, mesmo a voz da própria filha, incomodava-a. Os habitantes locais comentaram muito todas essas singularidades; entretanto, depois que todas as suposições possíveis foram feitas, nem as pequenas aldeias vizinhas nem os camponeses pensaram mais naquela mulher doente.

A marquesa, entregue a si mesma, pôde então permanecer completamente quieta, em meio ao silêncio que estabelecera à sua volta, sem nenhuma ocasião de sair do quarto forrado por tapeçarias onde sua avó morrera — e para onde ela viera para também morrer, lentamente, sem testemunhas, sem perturbações, sem ter que passar pelas falsas demonstrações de egoísmo disfarçado de afeição que, nas cidades, obrigam os moribundos a uma dupla agonia. Essa mulher tinha 26 anos. Nessa idade, uma alma, ainda cheia de ilusões poéticas, adora saborear a morte, quando esta lhe parece benéfica. Mas a morte tem certa elegância para os jovens; para eles, ela avança e recua, mostra-se e se oculta; sua lentidão lhes desencoraja, e a incerteza que o amanhã lhes causa acaba os lançando de volta ao mundo, onde encontrarão o sofrimento que, mais impiedoso do que a própria morte, lhes atingirá sem demora. Ora, essa mulher que se recusava a viver iria experimentar a amargura de tal lentidão nas profundezas de sua solidão e ali, em meio à agonia moral de uma morte não realizada, conheceria o egoísmo que defloraria seu coração, moldando-o para o mundo.

Esse triste e cruel ensinamento é sempre fruto de nossas primeiras dores. A marquesa sofria verdadeiramente pela primeira, e talvez única, vez na vida. Na verdade, não seria um erro acreditar que os sentimentos se reproduzem? Uma vez gerados, não existem eternamente no fundo do coração? Serenam e despertam ao sabor dos acidentes da vida; mas lá permanecem, e sua presença, necessariamente, modifica a alma. Assim, qualquer sentimento teria apenas um grande dia, o dia mais ou menos longo de sua primeira tormenta. Assim, a dor, o mais constante de nossos sentimentos, seria intensa apenas na primeira aparição, e os próximos ataques enfraqueceriam, seja por nos acostumarmos às suas crises, seja por uma lei de nossa natureza que, para se manter viva, opõe a essa força destrutiva uma força semelhante, porém inerte, adquirida por meio de conjecturas do egoísmo. Mas, entre todos os sofrimentos, a qual domínio pertencerá essa dor? A perda dos pais é uma tristeza para a qual a natureza preparou os homens; a dor física é passageira, não abrange a alma, e, caso persista, já não se trata mais de dor, e sim da morte. Quando uma jovem perde o filho recém-nascido, o amor conjugal logo lhe dá um sucessor. Essa aflição também é temporária. Enfim, esse e muitos outros sofrimentos semelhantes são, de certa forma, golpes, feridas, mas nenhum deles afeta a vitalidade em sua essência, e é preciso que eles se sucedam um ao outro misteriosamente para matar o sentimento que nos leva a buscar a felicidade. A grande, a verdadeira dor seria, portanto, um mal suficientemente mortal para abranger ao mesmo tempo o passado, o presente e o futuro, sem deixar nenhuma parte da vida incólume, corromper os pensamentos para sempre, eternizando-se em seus lábios e sua fronte, cortando ou distendendo as fontes do prazer e instilando na alma um germe de repulsa por todas as coisas deste mundo. Além disso, para ser imensa, para pesar de tal forma na alma e no corpo, essa dor deveria acontecer em um momento da vida em que todas as suas forças são jovens, fulminando um coração cheio de vida. A dor, então, causa uma enorme ferida; grande é o sofrimento; e nenhum ser é capaz de se livrar desse mal sem alguma mudança poética: ou toma o caminho do céu ou, caso continue entre nós, volta à sociedade, unicamente para mentir para ela, para ali desempenhar um papel; nesse instante, passa a conhecer seus bastidores, para os quais todos se retiram para calcular, chorar, escarnecer. Depois dessa crise solene, não há mais mistérios na vida social, a partir de então irrevogavelmente passível de julgamento. Para as moças da idade da marquesa, essa primeira dor, a mais intensa de todas, é sempre causada pelo mesmo fato. A mulher, sobretudo quando jovem, tão notável de alma como de beleza, nunca deixa de depositar sua vida onde a natureza, o sentimento e a sociedade a impelem a se lançar por completo. Se tal vida acaba por ser um fracasso e ela permanecer nesta terra, experimentará os mais cruéis sofrimentos, por isso, o primeiro amor se torna o mais belo de todos os sentimentos. Por que essa infelicidade nunca cruzou com um pintor ou poeta? Poderia ela ser retratada, cantada? Não, a natureza da dor por ela causada se recusa à análise e às cores da arte. Além disso, esses sofrimentos nunca são revelados: para consolar a dor de uma mulher, é preciso decifrá-la, pois, sempre amargamente entrelaçados e religiosamente sentidos, permanecem na alma como uma avalanche que, ao cair sobre um vale, destrói tudo antes de se assentar.

A marquesa era, então, vítima desses sofrimentos que, por muito tempo, permanecerão desconhecidos, já que tudo na sociedade os condena, embora o sentimento lhes afague e a consciência de uma mulher autêntica os justifique sempre. Essas dores são como crianças forçosamente rejeitadas pela vida, que se mantêm no coração das mães por laços mais fortes do que os dos filhos favorecidos pela sorte. Nunca, talvez, essa terrível catástrofe que mata tudo que existe de vida fora de nós foi tão intensa, tão cruelmente ampliada pelas circunstâncias quanto acabava de sê-lo para a marquesa. Um homem amado, jovem e generoso, cujos desejos ela nunca satisfizera para obedecer às leis do mundo, morrera para salvá-la do que a sociedade chama de honra de uma mulher. A quem ela poderia dizer "estou sofrendo!"? Suas lágrimas teriam ofendido o marido, causa primária da catástrofe. As leis, os costumes suprimiam suas queixas; uma amiga teria se deleitado com elas, um homem teria se aproveitado delas. Não, essa pobre coitada só poderia chorar à vontade em um deserto, ali devorar seu sofrimento, ou ser devorada por ele, morrer ou matar algo em seu íntimo, talvez a própria consciência. Já fazia vários dias que seus olhos permaneciam fixos em um horizonte plano onde, como em seu futuro, nada havia a procurar, nada a esperar, tudo era imediatamente identificável, e no qual ela reencontrava as imagens da fria desolação que lhe dilacerava sem cessar o coração. Manhãs de nevoeiro, um céu de pouca claridade, nuvens passando rentes à terra, sob um dossel acinzentado, correspondendo às fases de sua enfermidade moral. Seu coração não se contraía, não estava encolhendo aos poucos; não, sua natureza viçosa e brilhante enrijecia, pela lenta ação de uma dor intolerável e irracional. Ela sofria por si mesma, para si mesma. Sofrer assim não é se afundar no egoísmo? Pensamentos horríveis atravessavam sua consciência, ferindo-a. De boa-fé, ela se interrogava, e se descobria duas. Havia nela uma mulher que raciocinava e uma mulher que sentia, uma mulher que sofria e outra que não queria mais sofrer. Recordava das alegrias da infância, que passara sem que tivesse percebido sua felicidade, e cujas nítidas imagens lhe apareciam aos montes, como para acusá-la das decepções de um casamento, conveniente aos olhos da sociedade, mas pavoroso na realidade. De que lhe serviram os belos pudores da juventude, seus prazeres reprimidos e os sacrifícios feitos em nome da sociedade?

Embora tudo nela exprimisse e desejasse amor, ela se perguntava o porquê, agora, da harmonia de seus movimentos, de seu sorriso, de sua graça.

Ela não gostava mais de se sentir viçosa e voluptuosa, assim como ninguém gosta de ouvir um som ser repetido à toa. Sua própria beleza lhe era insuportável, como algo inútil. Via com horror que, dali por diante, ela não poderia mais ser uma criatura completa. Não perdera seu eu interior a capacidade de experimentar as sensações daquela deliciosa novidade que dá à vida tanta alegria? No futuro, a maior parte de suas sensações se apagaria assim que viesse à tona, e muitos dos sentimentos que outrora lhe comoveram se tornariam indiferentes para ela. Depois da infância da criatura vem a infância do coração. Ora, seu amado levara essa segunda infância consigo para o túmulo.

Ainda jovem em seus desejos, ela não tinha mais toda aquela juventude de alma que dá valor e sabor a tudo na vida.

Não manteria ela dentro de si um princípio de tristeza, de desconfiança, que roubaria de suas emoções seu súbito viço, sua exaltação? Pois nada mais poderia lhe devolver a felicidade pela qual ansiara, com que tanto sonhara. Suas primeiras lágrimas verdadeiras extinguiam aquele fogo celestial que ilumina as primeiras emoções do coração, ela havia de sofrer eternamente por não ser o que poderia ter sido. Dessa crença deve advir a amarga repulsa que leva a desviar o rosto quando, uma vez mais, o prazer se revela. Ela julgava a vida, então, como um velho prestes a abandoná-la.

Embora se sentisse jovem, a quantidade de seus dias sem alegrias lhe caía sobre a alma, esmagando-a e a envelhecendo precocemente. Ela perguntava ao mundo, com um grito de desespero, o que ele lhe dera em troca do amor que a ajudara a viver, e que ela perdera. Ela se perguntava se,em seus amores extintos, tão castos e tão puros, o pensamento não teria sido mais criminoso do que a ação. Ela se culpava sem motivos, para insultar o mundo e se consolar por não ter tido com aquele por quem chorava a comunhão perfeita que, ao sobrepor as almas uma à outra, diminui a dor de quem sobrevive pela certeza de ter usufruído plenamente da felicidade, de ter sabido oferecê-la por inteiro e de guardar para si a marca de algo que não existe mais. Estava infeliz como uma atriz que interpretara seu papel de forma medíocre, pois essa dor lhe atacava todas as fibras, o coração e a cabeça. Se a natureza fora ferida em seus desejos mais íntimos, a vaidade não estava menos machucada do que a bondade que leva uma mulher a se sacrificar. Depois de ter levantado todas essas questões, evocado todos os domínios das diferentes existências que as naturezas social, moral e física nos oferecem, ela liberava de tal maneira as forças da alma que, em meio a reflexões extremamente contraditórias, não era capaz de chegar a nenhuma conclusão. Assim, às vezes, quando o nevoeiro baixava, ela abria a janela e ali permanecia sem pensar em nada, ocupada em inspirar mecanicamente o cheiro úmido e terroso que se espalhava pelo ar, de pé, imóvel, aparentemente abobada, pois o chiado de sua dor a tornava surda tanto às melodias da natureza como aos fascínios do pensamento.

Certo dia, por volta do meio-dia, no momento em que o sol se mostrava mais iluminado, sua criada entrou sem ser chamada e lhe disse: — Essa é a quarta vez que o senhor vigário vem ver a senhora marquesa; e hoje está insistindo de tal forma que não sabemos o que responder.

— Certamente ele quer algum dinheiro para os pobres da cidade, pegue 25 luíses e lhe dê em meu nome.

— Senhora — disse a criada, voltando logo depois — o senhor vigário se recusa a receber o dinheiro e deseja lhe falar.

— Então que venha! — respondeu a marquesa, deixando escapar um gesto mal-humorado, que anunciava uma triste recepção ao padre, cujos aborrecimentos ela queria sem dúvida evitar, dando-lhe qualquer explicação curta e franca.

A marquesa perdera a mãe ainda criança, e sua educação foi naturalmente influenciada pelo descaso que, durante a Revolução, afrouxara os laços religiosos na França. A piedade é uma virtude feminina que apenas as mulheres podem transmitir corretamente umas às outras, e a marquesa era uma criação do século 18, cujas crenças filosóficas vieram do pai. Ela não seguia nenhuma prática religiosa. Para ela, um padre era um funcionário público cuja utilidade lhe parecia questionável. Na situação em que se encontrava, a voz da religião só viria a envenenar seus males, assim, dificilmente acreditaria em vigários de aldeias, nem em suas iluminuras; então resolveu colocá-lo em seu lugar, sem grosserias, livrando-se dele, à maneira dos ricos, com um donativo. O vigário entrou, e sua aparência não fez com que a marquesa mudasse de ideia. Viu um homenzinho gordo, com a barriga proeminente e o rosto vermelho, velho e enrugado, que fingia sorrir, mas tinha um sorriso feio; a cabeça calva, marcada transversalmente por numerosas rugas, que faziam um arco sobre o rosto, tornando-o ainda menor; alguns fios de cabelo brancos cobriam a parte posterior da cabeça, logo acima da nuca, avançando até as orelhas. Ainda assim, a fisionomia desse padre era a de um homem naturalmente alegre. Seus lábios grossos, o nariz ligeiramente arrebitado, o queixo, que desaparecia sob um vinco dividido em dois, davam testemunho de uma personalidade feliz. A princípio, a marquesa apenas percebeu esses traços mais evidentes. mas, às primeiras palavras que lhe disse o padre, ficou impressionada com a doçura daquela voz; olhou para ele com mais atenção e notou, sob as sobrancelhas grisalhas, que seus olhos haviam chorado; e depois percebeu que o contorno de suas faces, visto de perfil, davam-lhe à cabeça uma expressão tão solene de pesar que a marquesa reconheceu haver um homem naquele vigário.

— Senhora marquesa, os ricos só nos pertencem quando sofrem; e os sofrimentos de uma mulher casada, jovem, bela, rica, que não perdeu nem filhos nem pais, são facilmente identificados, causados por feridas cujas dores só podem ser amenizadas pela religião. Sua alma está em perigo, minha senhora. Não estou lhe falando sobre a vida que ainda está por vir! Não, não estou no confessionário. Mas não é meu dever lhe esclarecer a respeito do futuro de sua existência social? Por isso, a senhora perdoará este velho por importuná-la, pois meu objetivo é sua felicidade.

— A felicidade, meu senhor, já não existe para mim. Em breve lhe pertencerei, como acaba de dizer, mas para sempre.

— Não, a senhora não vai morrer da dor que a oprime e que está impressa em seu rosto. Se tivesse que morrer disso, não estaria em Saint-Lange. Perecemos menos pelos efeitos de uma dor certa do que por esperanças frustradas. Conheci os sofrimentos mais intoleráveis, mais terríveis, e eles não resultaram em morte.

A marquesa fez um gesto de descrença.

— Senhora, conheço um homem cujo infortúnio foi tão grande que seus problemas pareceriam leves comparados aos dele.

Seja porque sua longa solidão começava a lhe pesar, seja por estar interessada na perspectiva de poder desabafar seus dolorosos pensamentos a um coração amigo, ela olhou para o vigário com um ar questionador, impossível de suscitar equívocos.

— Senhora — continuou o padre — esse homem era pai de uma família, numerosa no passado, restando-lhe apenas três filhos. Ele perdera sucessivamente os pais, depois uma filha e a esposa, ambas muito amadas. Acabou ficando sozinho, no interior de uma província, em uma pequena propriedade, onde fora feliz por muito tempo. Seus três filhos estavam no Exército e cada um tinha uma patente compatível com o tempo de serviço. Durante os Cem Dias, o primogênito entrou para a Guarda Imperial e se tornou coronel; o filho do meio era comandante de batalhão na artilharia, e o caçula, chefe do regimento dos Dragões. Senhora, esses três filhos amavam o pai tanto quanto eram amados por ele. Se pensar no desinteresse dos jovens que, levados por suas paixões, nunca têm tempo para demonstrar afeto pela família, sabendo de apenas um fato a senhora compreenderá a intensidade de sua afeição por um pobre velho isolado que vivia apenas para eles e por eles. Não passava uma semana sem que ele recebesse uma carta de um dos filhos. Mas ele também nunca havia se mostrado fraco, o que diminui o respeito dos filhos; nem injustamente severo, o que os magoa; nem mesquinho em suas dificuldades, o que os afasta. Não, ele tinha sido mais do que um pai, tornara-se seu irmão, seu amigo. Enfim, foi se despedir deles em Paris quando estava de partida para a Bélgica; queria ver se tinham bons cavalos, se não lhes faltava nada. Assim que eles partem, o pai volta para casa. A guerra começa, ele recebe cartas vindas de Fleuris, de Ligny, tudo ia bem. A batalha de Waterloo começa, cujo resultado a senhora conhece. A um só golpe, toda a França fica de luto. Todas as famílias estavam na mais profunda ansiedade. Quanto a esse pai, a senhora compreende, ele esperava; não tinha trégua nem descanso; lia os jornais, ia ele mesmo ao correio diariamente. Certa tarde, anunciam-lhe a chegada do criado de seu filho coronel. Ele vê o homem montado no cavalo do patrão, e não resta dúvida: o coronel estava morto, cortado em dois por uma bala de canhão. Perto do início da noite, o criado do caçula chega a pé; o mais jovem morrera no dia seguinte à batalha. Finalmente, à meia-noite, um artilheiro vem anunciar a morte do último filho, sobre quem, em tão pouco tempo, esse pobre pai depositara toda a sua vida. Sim, minha senhora, todos haviam perecido! — Depois de uma pausa, o padre dominou as emoções e acrescentou, com uma voz suave: — E o pai continuou vivo, minha senhora. Compreendeu que, se Deus o deixara na Terra, devia continuar sofrendo, e continua a sofrer até hoje, mas se lançou ao seio da religião. Que poderia ele ser? — A marquesa ergueu os olhos para vislumbrar o rosto do vigário, que se tornara sublime de tristeza e resignação, e esperou a palavra que lhe arrancou lágrimas: — Padre! Minha senhora, ele foi consagrado pelas lágrimas, antes de sê-lo ao pé dos altares.

O silêncio reinou por um momento. A marquesa e o vigário olharam pela janela, na direção do horizonte enevoado, como se pudessem avistar os que já não mais viviam.

— Não se trata de um padre de uma cidade, e sim de um simples vigário — continuou ele.

— Em Saint-Lange? — perguntou ela, enxugando os olhos.

— Sim, senhora.

Nunca a magnificência da dor se mostrara com tanta grandeza a Julie, e esse "sim, senhora" lhe caiu sobre o coração com o peso de uma dor infinita. Essa voz que ressoava com suavidade em seus ouvidos lhe remexeu as entranhas. Ah, era de fato a voz do infortúnio, aquela voz plena, grave, que parece carregar fluidos penetrantes.

— Senhor — disse a marquesa, quase solenemente — se eu não morrer, o que será de mim?

— A senhora não tem uma filha?

— Sim — disse ela, com frieza.

O vigário lhe lançou um olhar semelhante ao que um médico lança sobre uma paciente em perigo, e resolveu fazer todos os esforços para resgatá-la do gênio do mal que já estendia a mão sobre ela.

— Entenda, senhora, que devemos conviver com nossas dores e que apenas a religião nos oferece consolos verdadeiros. A senhora vai me permitir voltar e lhe fazer ouvir a voz de um homem que é capaz de se solidarizar com todas as dores, e que, creio eu, não tem nada de assustador?

— Sim, senhor, pode voltar. Obrigado por pensar em mim.

— Muito bem, minha senhora. Até breve, então.

Essa visita relaxou, por assim dizer, a alma da marquesa, cujas forças haviam sido agitadas violentamente pela dor e solidão. O padre lhe deixou no coração um perfume balsâmico e o saudável ressoar das palavras religiosas. Ela experimentou, então, aquela espécie de satisfação que alegra o prisioneiro que, tendo reconhecido a profundidade de sua solidão e o peso de suas correntes, encontra um vizinho de cela que bate à parede, transmitindo-lhe um som em que se expressam pensamentos comuns. Ela tinha um confidente inesperado. Entretanto logo recaiu em suas amargas contemplações e disse a si mesma, assim como o prisioneiro, que um companheiro na dor não aliviaria nem suas aflições, nem seu futuro. O vigário não quisera alarmar demais, em uma primeira visita, uma dor completamente egoísta, mas esperava, graças à sua arte, poder avançar na religião em uma segunda conversa. De fato, retornou dois dias depois, e a recepção da marquesa lhe provou que sua visita era desejada.

— Pois bem, senhora marquesa — disse o velho — já refletiu um pouco na quantidade de sofrimentos humanos? A senhora já elevou seus olhos para o céu? Viu ali a imensidão de mundos que, diminuindo nossa importância, esmagando nossas vaidades, também diminui nossas dores?— Não, senhor — disse ela. — As leis sociais pesam muito em meu coração e o dilaceram profundamente para que eu seja capaz de ascender aos céus. Mas as leis talvez não sejam tão cruéis quanto os costumes da sociedade. Ah, a sociedade!

— Nós devemos, minha senhora, obedecer a ambos: a lei é a palavra e os costumes são as ações da sociedade.

— Obedecer à sociedade? — continuou a marquesa, deixando escapar um gesto de horror — Mas, meu senhor, todos os nossos males advêm dela. Deus não fez uma única lei para a infelicidade, porém, ao se reunir, os homens distorceram sua obra. Nós, mulheres, somos mais maltratadas pela civilização do que o seríamos pela natureza. A natureza nos impõe dores físicas que os homens não amenizaram, e a civilização desenvolveu sentimentos que são constantemente ludibriados por eles. A natureza extermina os seres mais fracos, os homens os condenam a viver para mantê-los sob constante infortúnio. O casamento, instituição sobre a qual a sociedade atualmente se apoia, submete todo o seu peso sobre nós: ao homem cabe a liberdade; às mulheres, os deveres. Nós lhes devemos toda a nossa vida, enquanto eles nos dedicam uns poucos instantes de seu tempo. Enfim, aos homens há escolha, enquanto a nós, cabe apenas a submissão cega. Ah, ao senhor posso me abrir completamente. Pois bem, o casamento, como é praticado hoje, parece-me uma prostituição legalizada. Dele nasceram meus sofrimentos. Contudo apenas eu, dentre todas as infelizes criaturas tão fatalmente casadas, devo permanecer em silêncio! Apenas eu sou a culpada desse mal, pois quis meu casamento.

Ela parou, derramou algumas lágrimas amargas e permaneceu em silêncio.

— Nessa miséria profunda, em meio a esse oceano de dor — retomou ela — encontrara um banco de areia onde pousar os pés, onde sofria em paz; um furacão levou tudo. Aqui estou eu, sozinha, sem apoio, fraca demais contra as tempestades.

— Nunca somos fracos demais quando Deus está conosco — disse o padre. — Além disso, se a senhora não tem afetos a satisfazer aqui na Terra, ainda assim não tem deveres a cumprir?

— Sempre os deveres! — exclamou ela, com certa impaciência — Mas onde estão os sentimentos que nos dão a força para cumpri-los? Meu senhor, "nada se cria do nada" é uma das mais justas leis da natureza, seja moral ou física. Seria possível que essas árvores produzissem folhagem sem a seiva que a faz florescer? A alma também tem sua seiva! Em mim, a seiva secou na fonte.

— Não vou lhe falar a respeito dos sentimentos religiosos que geram resignação — disse o vigário — porém a maternidade, minha senhora, não seria ela...?

— Pare, meu senhor! — disse a marquesa. — Com o senhor, serei sincera. Ai de mim! Agora, não posso sê-lo com ninguém, estou condenada à falsidade; o mundo exige máscaras o tempo todo e, sob pena de desonra, ordena que obedeçamos às suas convenções. Existem duas maternidades, meu senhor. Antes, ignorava essas distinções; hoje, conheço-as bem. Sou apenas mãe pela metade, melhor seria que não fosse em absoluto. Hélène não é dele! Ah, não se espante! Saint-Lange é um abismo onde sucumbiram muitos sentimentos falsos, de onde surgiram brilhos sinistros, onde desmoronaram os frágeis edifícios das leis antinaturais. Tenho uma filha, isso basta; sou mãe, como exige a lei. Mas o senhor, que tem uma alma tão delicada e compassiva, talvez compreenda os clamores de uma pobre mulher que não permitiu que nenhum falso sentimento penetrasse seu coração. Deus me julgará, contudo não acredito estar quebrando suas leis ao ceder aos afetos que ele incutiu em minha alma; e eis o que neles descobri: um filho, meu senhor, não é a imagem de dois seres, o fruto de dois sentimentos livremente entrelaçados? Se não retém em todas as fibras do corpo as ternuras do coração, se não faz recordar deliciosos amores, épocas e lugares onde esses dois seres foram felizes, nem sua linguagem repleta de melodias humanas e doces pensamentos, então esse filho é uma criação fracassada. Sim, ele deve ser, para os dois, uma encantadora miniatura em que se podem ver os poemas de sua secreta vida dupla; deve lhes oferecer uma fonte de emoções fecundas, ser ao mesmo tempo todo seu passado e futuro. Minha pobre Hélène é filha de seu pai, filha do dever e do acaso; ela encontra em mim apenas o instinto da mulher, a lei que nos obriga a proteger sem resistências a criatura nascida de nosso ventre. Socialmente falando, sou irrepreensível. Não sacrifiquei minha vida e minha felicidade por ela? Seus gritos mexem com minhas entranhas; se ela caísse na água, correria para salvá-la; mas não mora em meu coração. Ah, o amor me fez sonhar com uma maternidade maior, mais completa. Em um sonho fracassado, eu acalentava uma criança concebida pelos desejos, antes mesmo que eles fossem realizados, uma encantadora flor gerada na alma antes de nascer para a vida. Sou para Hélène aquilo que, na ordem natural, uma mãe deve ser para a prole. Quando ela não mais precisar de mim, tudo estará terminado: extinta a causa, os efeitos cessarão. Se a mulher tem o adorável privilégio de estender sua maternidade por toda a vida do filho, não é ao esplendor de sua concepção moral que se deve atribuir essa divina persistência do sentimento? Quando a criança não teve a alma da mãe como seu primeiro invólucro, a maternidade cessa então em seu coração, como acontece com os animais. Posso sentir essa verdade: à medida que minha pobre filha cresce, meu coração se contrai. Os sacrifícios que fiz por ela já me afastaram, ao passo que, para outra criança, sinto que meu coração teria se mostrado inesgotável; para essa outra criança, nada seria sacrifício, tudo seria prazer. Nesse ponto, meu senhor, a razão, a religião, tudo se mostra impotente contra meus sentimentos. Estará errada a mulher que quer morrer por não ser nem mãe nem esposa e que, para seu infortúnio, vislumbrou o amor em suas infinitas belezas, a maternidade em suas ilimitadas alegrias? O que poderia ela se tornar? Vou lhe dizer como ela se sente! Cem vezes durante o dia, cem vezes durante a noite, um arrepio percorre minha cabeça, meu coração e meu corpo quando alguma lembrança combatida com pouca força me traz as imagens de uma felicidade que imagino maior do que seria realmente. Essas fantasias cruéis enfraquecem meus sentimentos e digo a mim mesma: "Como teria sido minha vida se...?" — ela escondeu o rosto nas mãos e começou a chorar. — Eis as profundezas de meu coração! — continuou. — Um filho dele faria com que eu aceitasse as mais terríveis desgraças! O Deus que morreu encarregado de todos os pecados da Terra me perdoará esse pensamento mortal; mas sei que este mundo é implacável; para ele, minhas palavras não passam de blasfêmias, um insulto a todas as suas leis. Ah, gostaria de entrar em guerra contra esse mundo, para renovar suas leis e costumes, para estilhaçá-los! Não me feriu ele em todas as minhas ideias, em todas as minhas fibras, em todos os meus sentimentos, em todos os meus desejos, em todas as minhas esperanças, no futuro, no presente, no passado? Para mim, o dia é tomado pelas trevas, o pensamento é uma adaga, meu coração é uma chaga, e minha filha, apenas rejeição. Sim, quando Hélène fala comigo, gostaria que tivesse outra voz; quando olha para mim, desejo-lhe outros olhos. Ela está ali para me mostrar tudo que deveria ser, e tudo que não é. É insuportável para mim! Sorrio-lhe, tentando compensá-la dos sentimentos que lhe escondo. Como sofro! Ah, meu senhor, sofro demais para poder viver. E passarei por uma mulher virtuosa! Pois não cometi nenhum pecado! E me prestarão honrarias! Combati o amor involuntário, ao qual não devia ceder; porém, ao preservar minha integridade física, terei conservado meu coração? Isto — disse ela, levando a mão direita ao peito — pertenceu a uma única criatura. E disso, minha filha sabe bem. Há olhares, vozes, gestos maternais, cuja força modela a alma das crianças; e minha pobre filha não sente meu braço vibrar, minha voz estremecer, meus olhos se comoverem quando a contemplo, quando falo com ela ou a abraço. Ela me lança olhares acusadores que não posso suportar! Às vezes, receio encontrar nela um tribunal em que serei condenada sem poder ser ouvida. Que os céus não permitam que o ódio surja entre nós no futuro! Bom Deus! Coloque-me antes em um túmulo, permita que eu morra em Saint-Lange! Quero ir para um mundo onde possa encontrar minha outra alma, para ser mãe por inteiro! Ah, perdoe-me, meu senhor, estou ficando louca. Essas palavras estavam me sufocando, e precisava dizê-las. Ah, o senhor também chora! Não irá me desprezar! Hélène! Hélène! Venha aqui, minha filha! — exclamou ela com uma espécie de desespero, ao ouvir a filha voltando de seu passeio.

A pequena veio, rindo e gritando; trazia uma borboleta que apanhara; mas, ao ver a mãe aos prantos, calou-se, foi para junto dela e se deixou beijar na testa.

— Ela vai ficar muito bonita — disse o padre.

— É igualzinha ao pai — respondeu a marquesa, beijando a filha com uma expressão afetuosa, como se para saldar uma dívida ou apagar seus remorsos.

— A senhora está quente, mamãe.

— Vá, deixe-nos, meu anjo — respondeu a marquesa.

A criança foi embora sem fazer oposição, sem olhar para a mãe, praticamente feliz por fugir de um rosto triste, já percebendo que os sentimentos ali expressos lhe eram contrários. O sorriso é o privilégio, a linguagem, a expressão da maternidade. A marquesa não conseguia sorrir. Ao olhar para o padre, enrubesceu: esperava se mostrar mãe, porém nem ela nem sua filha foram capazes de mentir. De fato, os beijos de uma mulher sincera têm um mel divino que parece pôr em tal carícia certa alma, certo fogo sutil que acaba por penetrar no coração. Os beijos desprovidos dessa agradável unção são duros e secos. O padre percebera a diferença: foi capaz de sondar o abismo que existe entre a maternidade da carne e a maternidade do coração. Assim, depois de ter lançado um olhar inquisitivo à mulher, disse-lhe: — Tem razão, minha senhora, melhor seria que estivesse morta...

— Ah, percebo que o senhor compreende meus sentimentos — respondeu ela — já que o senhor, um padre cristão, desvenda e aprova as fatais resoluções que eles me inspiraram. Sim, já quis me matar, entretanto me faltou coragem para cumprir esse propósito. Meu corpo estava fraco quando minha alma era forte e, quando minha mão não tremia, minha alma vacilava! Não sei o segredo de tais combates, de tais alternâncias. Certamente sou uma mulher muito infeliz, sem persistência em meus desejos, forte apenas para o amor. Desprezo-me! À noite, quando todos dormiam, tomava coragem para ir ao lago; quando chegava à beirada, minha natureza frágil tinha horror à autodestruição. Confesso-lhe minhas fraquezas. De volta à cama, tinha vergonha de mim mesma, tornava-me corajosa mais uma vez. Certa vez, tomei láudano, mas sofri muitas dores e não morri. Pensei ter bebido o frasco inteiro, porém bebera apenas a metade.

— A senhora está perdida — disse o vigário com gravidade e a voz embargada em lágrimas. — A senhora retornará à sociedade e a enganará; lá buscará e encontrará o que considera ser uma recompensa por seus males; então, um dia, sofrerá o castigo por seus prazeres...

— Acredita o senhor que eu — exclamou ela — entregaria ao primeiro patife capaz de representar a comédia de uma paixão as derradeiras e mais preciosas riquezas de meu coração, corrompendo minha vida por um instante de duvidoso prazer? Não! Minha alma será consumida por uma chama pura. Meu senhor, todos os homens têm a lascívia de seu sexo, mas aquele que a tem na alma, satisfazendo todas as exigências de sua natureza cuja melodiosa harmonia nunca se comove a não ser pela pressão dos sentimentos; não se encontra um homem assim duas vezes em nossa existência. Meu futuro é terrível, sei disso: a mulher não é nada sem amor, a beleza não é nada sem prazer; mas o mundo não reprovaria minha felicidade se ela voltasse a se apresentar para mim? Devo à minha filha uma mãe honrada. Ah, fui atirada a um círculo de fogo do qual não posso escapar sem difamação. Os deveres familiares, cumpridos sem recompensa, me entediarão; amaldiçoarei a vida, porém minha filha terá uma excelente mãe, ao menos na aparência. Conceder-lhe-ei tesouros de virtude, em substituição aos tesouros de afetividade que lhe neguei. Não quero sequer viver para saborear os prazeres que a felicidade dos filhos proporciona às mães. Não acredito em felicidade. Qual será o destino de Hélène? O mesmo que o meu, decerto. De que meios dispõem as mães para garantir às filhas que o homem a quem elas se entregam será um marido que age de acordo com o coração? Os senhores amaldiçoam pobres criaturas que se vendem por alguns escudos a um homem que passa — a fome e a necessidade absolvem essas uniões efêmeras; ao passo que a sociedade não apenas tolera como encoraja a união imediata, bem mais horrível, de uma jovem pura e de um homem que ela conhece há menos de três meses; e ela se vende por toda a vida. É verdade que o preço é alto! Se, não lhes permitindo nenhuma compensação por seus sofrimentos, ao menos as honrassem, mas não, o mundo calunia a mais virtuosa dentre nós! Esse é o nosso destino, visto em suas duas facetas: prostituição pública e vergonha, prostituição secreta e infortúnio. Quanto às pobres coitadas sem dote, elas enlouquecem, morrem; para essas, não há misericórdia! A beleza, as virtudes não são valores no seu bazar humano, e os senhores chamam esse covil de egoísmo de sociedade. Pois, então, deserdem as mulheres! Pelo menos, assim, cumprirão ao menos uma lei da natureza ao escolher suas companheiras, casando-as de acordo com os desejos do coração.

— Minha senhora, suas palavras provam que nem o espírito da família nem o espírito religioso a comovem, por isso, não hesitará entre o egoísmo social que a faz sofrer e o egoísmo individual que a fará desejar prazeres...

— Existe família, meu senhor? Nego a família em uma sociedade que, com a morte do pai ou da mãe, divide os bens e manda cada um seguir o próprio caminho. A família é uma associação temporária e fortuita, dissolvida rapidamente pela morte. Nossas leis destruíram lares, legados, a durabilidade dos exemplos e das tradições. Só vejo ruínas ao meu redor.

— A senhora apenas retornará para Deus quando Sua mão pesar sobre a senhora, e gostaria que tivesse tempo suficiente para fazer as pazes com Ele. De nada adianta buscar consolo baixando os olhos para a terra, em vez de erguê-los para o céu. O filosofismo e os interesses pessoais atacaram seu coração; a senhora está surda à voz da religião como as crianças sem fé deste século! Os prazeres do mundo só geram sofrimento. Apenas mudará de sofrimentos, essa é a verdade.

— Desmentirei sua profecia — disse ela, sorrindo com amargura — serei fiel àquele que morreu por mim.

— A dor — retrucou ele — só é viável às almas preparadas pela religião.

Ele baixou respeitosamente os olhos, para não deixar que ela visse as dúvidas que pudessem transparecer em seus olhos. A energia das queixas apresentadas pela marquesa o entristeceu. Reconhecendo o eu humano em suas múltiplas formas, desesperou-se para suavizar aquele coração que o mal havia secado, onde a semente do Semeador celeste não germinaria, já que sua voz afetuosa era asfixiada pelo grande e terrível clamor do egoísmo. Ainda assim, ele mostrou a constância do apóstolo e retornou várias vezes, sempre com a esperança de voltar essa alma tão nobre e orgulhosa para Deus; mas desanimou no dia em que percebeu que a marquesa gostava de conversar com ele porque tinha prazer em falar daquele que não mais vivia. Ele não quis degradar seu ministério se mostrando tolerante com uma paixão; evitava os diálogos e, pouco a pouco, voltava às fórmulas e lugares-comuns da conversação. A primavera chegou. A marquesa encontrou distrações em sua profunda tristeza e, como passatempo, ocupou-se de suas terras, distraindo-se com o ordenamento de alguns trabalhos. Em outubro, deixou o velho castelo de Saint-Lange, onde restaurara seu viço e beleza na ociosidade de um sofrimento que, a princípio, violento como um disco lançado com energia, acabou por se amortecer na melancolia, como o próprio disco que passa, pouco a pouco, a oscilar com menos força. A melancolia é composta de uma série de oscilações morais semelhantes, com a primeira beirando o desespero e a última, o prazer; na juventude, é como o crepúsculo da manhã; na velhice, o do entardecer.

Quando sua carruagem passou pelo vilarejo, a marquesa recebeu a saudação do vigário, que regressava da igreja para o presbitério; mas, ao lhe responder, baixou os olhos e desviou a cabeça para não o rever. O padre tinha completa razão quanto a essa pobre Ártemis de Éfeso[29].

---

29 Deusa grega da fertilidade e da maternidade. Diana, para os romanos. (N. do T.)

## CAPÍTULO III
# AOS TRINTA ANOS

Um jovem de grandes esperanças, que pertencia a uma daquelas famílias históricas cujo nome estará sempre, mesmo a despeito das leis, intimamente ligado à glória da França, encontrava-se no baile da casa da senhora Firmiani. Esta dama lhe dera algumas cartas de recomendação para duas ou três de suas amigas em Nápoles. O senhor Charles de Vandenesse, assim se chamava o jovem, veio agradecer e se despedir. Depois de ter cumprido várias missões com talento, Vandenesse fora recentemente nomeado adjunto de um de nossos ministros plenipotenciários enviados ao Congresso de Liubliana[30] e queria aproveitar a viagem para conhecer a Itália. Essa festa era, portanto, uma espécie de despedida dos divertimentos de Paris, de sua vida agitada, do turbilhão de pensamentos e prazeres — tão frequentemente caluniados, mas aos quais é tão doce se entregar. Habituado há três anos a saudar as capitais europeias e a abandoná-las ao sabor de seus destinos diplomáticos, Charles de Vandenesse não tinha, porém, razões para se queixar por deixar Paris. As mulheres já não o impressionavam, seja por considerar que uma paixão verdadeira ocuparia um lugar excessivo na vida de um político, seja porque as ocupações mesquinhas de um cavalheirismo superficial lhe pareciam vazias demais para uma alma forte. Todos temos grandes pretensões quanto à força de nossa alma. Na França, nenhum homem, por mais medíocre que seja, admite se passar por simplesmente espirituoso. Assim, Charles, embora jovem (tinha apenas 30 anos), já se habituara, filosoficamente falando, a ver ideias, resultados e meios onde

---

30 O Congresso de Liubliana foi uma conferência de países europeus realizada, em 1821, na cidade de mesmo nome (à época, parte do Ducado Austríaco de Carniola, atualmente capital da Eslovênia), para resolver os problemas da região após o fim das Guerras Napoleônicas. (N. do T.)

os homens da idade dele viam sentimentos, prazeres e ilusões. Rejeitava o calor e a exaltação natural dos jovens nas profundezas de sua alma, que a natureza criara generosa. Procurava ser frio, calculista; aplicava nas boas maneiras, nas formas amáveis, nos artifícios de sedução, as riquezas morais que o acaso lhe dera; verdadeira tarefa de alguém ambicioso; triste papel, assumido com o objetivo de alcançar o que hoje chamamos de uma bela posição. Lançou um último olhar para o salão de dança. Antes de sair do baile, queria certamente levar aquela imagem, assim como um espectador não deixa seu camarote na ópera sem olhar para a cena final. Mas também, por um capricho fácil de compreender, o senhor de Vandenesse estudava aquela agitação tipicamente francesa, o esplendor e os rostos sorridentes daquela festa parisiense, comparando-os em pensamento às novas fisionomias, às cenas pitorescas que o aguardavam em Nápoles, onde pretendia passar alguns dias antes de assumir seu posto. Parecia comparar a França, tão volúvel e tão conhecida, a um país cujos costumes e locais lhe eram familiares apenas por intermédio de boatos contraditórios ou livros, a maioria mal escrita. Algumas reflexões bastante poéticas, mas que agora já se tornaram muito vulgares, lhe passaram então pela cabeça, respondendo — talvez involuntariamente — aos desejos secretos de seu coração, mais exigentes do que indiferentes, mais ociosos do que vazios.

"Aqui estão as mulheres mais elegantes, ricas e nobres de Paris", dizia a si mesmo. "Aqui estão as celebridades do momento, celebridades dos tribunais, da aristocracia e da literatura: ali, artistas, acolá, homens de poder. E, no entanto, nada vejo além de intrigas, amores natimortos, sorrisos ocos, desprezos sem causa, olhares sem fervor, muita sagacidade, mas desperdiçada em vão. Todos esses rostos brancos e rosados buscam menos prazer do que distrações. Nenhuma emoção é verdadeira. Para quem quer apenas plumas bem arranjadas, viçosos véus, belos trajes, mulheres frágeis; para quem a vida não passa de algo superficial, este é seu mundo. Basta-lhes essas frases insignificantes, essas máscaras adoráveis, sem exigir sentimento no coração. Para mim, tenho horror a essas intrigas fúteis que terminarão em casamentos, em cargos públicos, em dividendos, ou, caso haja amor, em arranjos secretos, tamanha é a vergonha em revelar uma paixão. Não vejo nenhum daqueles rostos eloquentes que anunciam uma alma entregue a uma ideia, plena de remorso. Aqui, o arrependimento e o infortúnio se ocultam vergonhosamente sob ironias.

Não vejo nenhuma daquelas mulheres por quem adoraria lutar, mulheres que arrastam os homens para o abismo. Onde encontrar energia em Paris? Uma adaga é um objeto raro suspenso por um prego dourado, adornado com uma bela bainha. Mulheres, ideias, sentimentos, tudo é parecido. Não há mais paixões, pois as individualidades desapareceram. Posições, espíritos e fortunas foram nivelados, e todos vestimos um traje negro, como se estivéssemos de luto por uma França morta. Não gostamos de nossos iguais. Entre dois amantes, deve haver diferenças a apagar, distâncias a transpor. Esse encanto do amor desapareceu em 1789! Nosso tédio, nossos costumes insípidos são o resultado do sistema político. Na Itália, pelo menos, tudo está bem delimitado. As mulheres ainda são animais malvados, sereias perigosas, sem razão, sem nenhuma lógica além daquela ditada por seus gostos, por seus apetites, de quem devemos desconfiar, como d esconfiamos dos tigres..."

A senhora Firmiani veio interromper esse monólogo, cujos milhares de pensamentos contraditórios, inacabados e confusos são intraduzíveis. O mérito de um devaneio não está inteiramente em sua imprecisão, não é ele uma espécie de névoa intelectual?

— Quero — disse ela, tomando-o pelo braço — apresentar-lhe uma mulher que morre de vontade de conhecê-lo, por tudo que já ouviu falar a seu respeito.

Conduziu-o a um salão contíguo, onde lhe mostrou, com um gesto, um sorriso e um ar verdadeiramente parisienses, uma mulher sentada junto à lareira.

— Quem é ela? — perguntou animadamente o conde de Vandenesse.

— Uma mulher de quem você, seguramente, já ouviu falar mais de uma vez, tanto elogios como difamações, uma mulher que vive na solidão, um verdadeiro mistério.

— Se já foi complacente alguma vez na vida, por favor, diga-me o nome dela!

— É a marquesa d'Aiglemont.

— Preciso tomar lições com ela: soube fazer de um marido medíocre um dos membros do Pariato francês, de um homem nulo uma potência política. Mas, diga-me, acredita que Lorde Grenville morreu por ela, como alegam algumas mulheres?

— Talvez. Depois dessa aventura, falsa ou verdadeira, a pobre mulher mudou muito. Ainda não voltou a frequentar a sociedade. Em Paris, não é pouca coisa uma constância de quatro anos. Se ela está aqui... — a senhora Firmiani se deteve; então, acrescentou com um ar malicioso: — Esqueci que devo me calar. Vá falar com ela.

Charles permaneceu imóvel por um momento, com as costas levemente apoiadas no batente da porta, completamente ocupado em examinar uma mulher que se tornara famosa sem que ninguém pudesse explicar os motivos de sua fama. A sociedade tem muitas dessas anomalias curiosas. A reputação da senhora d'Aiglemont indubitavelmente não era mais extraordinária do que a de certos homens que ainda se ocupam de uma obra desconhecida: estatísticos tidos por homens profundos com base em cálculos que evitam publicar; políticos que vivem à custa de um artigo de jornal; autores ou artistas cujas obras permanecem nas gavetas; eruditos para aqueles que nada sabem de ciência, assim como Sganarelle[31] é um latinista para aqueles que nada sabem de latim; homens a quem se atribui uma habilidade em determinado ponto, seja nas artes, seja em alguma missão importante. Essa palavra admirável — especialidade — parece ter sido criada para esse tipo de acéfalos políticos ou literários. Charles permaneceu em suas contemplações por mais tempo do que desejava e não gostou de se ver tão profundamente ocupado com uma mulher; mas a presença dela refutava os pensamentos que há poucos instantes o jovem diplomata concebera diante do aspecto do baile.

A marquesa, então com trinta anos, era bela, apesar da figura frágil e uma excessiva delicadeza. Seu maior encanto vinha de uma fisionomia cuja calma ostentava uma surpreendente profundidade na alma. Seus olhos brilhantes — embora parecessem velados por um pensamento constante — revelavam uma vida febril e a mais extensa resignação. Suas pálpebras, quase sempre voltadas castamente para o chão, raramente se erguiam. Se ela olhava ao redor, era com um movimento triste, e se dizia que ela reservava o fogo dos olhos para contemplações secretas. Assim, todo homem superior se sentia curiosamente atraído por essa mulher doce e silenciosa. Se o espírito procurava adivinhar os mistérios da perpétua reação que,

---

31 Personagem principal da peça *O Amor Médico* (*L'Amour Médecin*, no original), de Molière (1622-1673). (N. do T.)

nela, passava do presente para o passado, do mundo para a solidão, a alma não estaria menos interessada em aprender os segredos de um coração de certa forma orgulhoso de seus sofrimentos. Aliás, nada contradizia as ideias que ela inspirava inicialmente. Como quase todas as mulheres que têm cabelos muito compridos, era pálida e perfeitamente branca. Sua pele, de uma delicadeza extraordinária, sintoma raramente ilusório, anunciava uma sensibilidade real, justificada pela natureza de suas feições, que tinham aquele maravilhoso acabamento que os pintores chineses utilizam em suas fantásticas figuras. Seu pescoço talvez fosse um pouco longo, mas esse tipo de pescoço é o mais gracioso, conferindo à cabeça das mulheres vagas semelhanças com as magnéticas ondulações da serpente. Se não houvesse um único dos milhares de indícios pelos quais se revelam ao observador os caracteres mais ocultos, bastar-lhe-ia examinar com atenção os gestos da cabeça e as torções do pescoço, tão variadas, tão expressivas, para julgar uma mulher. Na senhora d'Aiglemont, o traje estava sempre em harmonia com o pensamento que a dominava. As tranças do cabelo formavam um coque no alto da cabeça, sem ostentar nenhum ornamento, pois ela parecia ter se despedido para sempre dos esmeros da aparência. Assim, ninguém veria nela aquelas pequenas táticas de refinamento que estragam muitas mulheres. Mas, por mais modesto que fosse o corpete, não escondia por completo a elegância de sua cintura. E o luxo de seu longo vestido consistia em um corte extremamente distinto e, se fosse possível buscar ideias na disposição de um tecido, poder-se-ia dizer que as numerosas e simples pregas do traje lhe transmitiam grande nobreza. Ainda assim, talvez deixasse transparecer as indeléveis fraquezas da mulher pelo meticuloso cuidado com as mãos e os pés, porém, se os mostrava com algum prazer, teria sido difícil para a mais maliciosa das rivais julgar seus gestos afetados, já que pareciam de tal forma involuntários, adquiridos desde a infância. Esse resquício de esmero era até desculpado por uma graciosa indiferença. Esse conjunto de traços, de pequenas coisas que tornam uma mulher feia ou bonita, atraente ou desagradável, pode ser apenas assinalado — especialmente quando, como na senhora d'Aiglemont, a alma é aquilo que reúne todos os detalhes, dando-lhes deliciosa unidade. Assim, sua postura combinava perfeitamente com o caráter do rosto e das roupas. Somente a certa idade é que poucas mulheres especiais sabem como dar expressão à sua atitude. Seria a dor, seria a felicidade que concede à mulher de trinta anos, à mulher feliz ou infeliz, o segredo desse semblante eloquente? Isso será sempre um enigma vivo, que cada um interpreta de acordo com seus desejos, suas esperanças ou seu sistema. A maneira como a marquesa mantinha os dois cotovelos apoiados sobre os braços da poltrona e unia as pontas dos dedos de cada mão como se estivesse brincando; a curvatura do pescoço, a lassidão do corpo, cansado, mas flexível, que parecia elegantemente fragmentado sobre o assento, o abandono das pernas, a indiferença da pose, seus movimentos tomados pelo tédio, tudo revelava uma mulher sem interesse pela vida, que não conheceu os prazeres do amor, apesar de ter sonhado com eles, e que se curva sob o fardo que oprime sua memória; uma mulher que, por muito tempo, desesperou-se em relação ao futuro ou a si mesma; uma mulher desocupada que confunde o vazio e o nada. Charles de Vandenesse admirou esse magnífico quadro, como o resultado de uma obra mais habilidosa do que aquela elaborada pelas mulheres comuns. Ele conhecia o marquês d'Aiglemont. Ao primeiro olhar lançado sobre aquela mulher, que ele ainda não vira, o jovem diplomata reconheceu desproporções, incompatibilidades — utilizemos o termo legal — fortes demais entre os dois para que fosse possível à marquesa amar o marido. No entanto, a senhora d'Aiglemont se comportava de modo irrepreensível, e sua virtude atribuía um valor ainda maior a todos os mistérios que um observador pudesse pressentir nela. Passada a surpresa inicial, Vandenesse procurou a melhor maneira de se aproximar da senhora d'Aiglemont e, por meio de um estratagema diplomático bastante vulgar, dispôs-se a importuná-la para saber como reagiria a uma tolice.

— Senhora — disse ele, sentando-se ao lado dela — uma feliz indiscrição me fez saber que tenho, não sei por que razão, a felicidade de ter sido percebido por sua pessoa. Devo-lhe ainda mais agradecimentos por nunca ter sido objeto de semelhante honra. Assim, a senhora será responsável por uma de minhas falhas. De agora em diante, não quero mais ser modesto...

— Cometerá um erro, senhor — disse ela, rindo — deve deixar a vaidade para quem não tem mais nada a apresentar.

Seguiu-se uma conversa entre a marquesa e o jovem que, seguindo o costume, em determinado momento, resvalou para uma infinidade de assuntos: pintura, música, literatura, política, homens, eventos e coisas. Em seguida, chegaram, em virtude de uma insensível queda, ao eterno tema das conversas francesas e estrangeiras: ao amor, aos sentimentos e às mulheres.

— Somos escravas.

— São rainhas.

As frases mais ou menos espirituosas ditas por Charles e a marquesa poderiam ser reduzidas a essa simples expressão de todos os discursos presentes e futuros sobre o assunto. Essas duas frases, a certa altura, nem sempre quererão dizer: "Deve me amar", "vou amá-la".

— A senhora — exclamou Charles de Vandenesse com doçura — me faz lamentar intensamente ter que deixar Paris. Certamente não encontrarei na Itália horas tão espirituosas quanto esta.

— Talvez encontre a felicidade, meu senhor, o que vale mais do que todos os iluminados pensamentos, verdadeiros ou falsos, que se repetem todas as noites em Paris.

Antes de deixar a marquesa, Charles obteve a permissão de ir se despedir dela. Considerou-se muito feliz por ter dado a seu pedido toda forma de sinceridade, já que à noite, ao ir para a cama, e durante todo o dia seguinte, foi-lhe impossível banir da memória aquela mulher. Ora se perguntava por que a marquesa o notara, quais seriam suas intenções ao pedir para vê-lo novamente, e fazia intermináveis considerações. Ora pensava ter encontrado os motivos de sua curiosidade, enchia-se então de esperança; ou desanimava, a depender das interpretações que dava a um desejo educado, algo tão vulgar em Paris. Ora, era tudo; ora, nada. Por fim, quis resistir à atração que sentia pela senhora d'Aiglemont, mas foi à casa dela. Há pensamentos aos quais obedecemos sem nem sequer conhecê-los — estão em nosso íntimo sem que o saibamos. Embora essa reflexão possa parecer mais paradoxal do que verdadeira, toda pessoa de boa-fé encontrará milhares de provas dela na vida. Ao ir à casa da marquesa, Charles obedecia a uma dessas teorias preexistentes segundo as quais nossa experiência e as conquistas de nosso espírito são apenas sensatos desdobramentos posteriores. Uma mulher de trinta anos tem atrativos irresistíveis para um jovem; e, nada mais natural, nada mais fortemente composto e mais bem preestabelecido do que os profundos vínculos — cujos exemplos abundam na sociedade — entre uma mulher como a marquesa e um jovem como Vandenesse. De fato, um jovem tem ilusões demais, é por demais inexperiente e o sexo é cúmplice demais de seu amor para que se sinta lisonjeado; ao passo que uma mulher conhece toda a extensão dos sacrifícios a serem feitos. Enquanto uma é atraída pela curiosidade, por seduções diferentes daquelas do amor, o outro obedece a um sentimento cuidadoso. Uma cede, o outro escolhe. Essa escolha já não é, por si só, uma enorme adulação? Armada de um conhecimento quase sempre obtido por meio de infortúnios, a mulher experiente parece oferecer muito mais do que a si mesma; a jovem, entretanto, ignorante e crédula, nada sabendo, não tem termos de comparação, nada pode apreciar; ela aceita o amor e o analisa. Uma nos educa, aconselha-nos em uma idade em que gostamos de ser guiados, em que a obediência é um prazer; a outra quer aprender tudo e se mostra ingênua, justamente onde a outra é afetuosa. A primeira nos apresenta apenas um triunfo, enquanto a outra nos força a batalhas infindáveis. A primeira só tem lágrimas e prazeres, a segunda, prazeres e remorsos. Para que uma jovem seja a amante, ela já deve estar bastante corrompida, e será abandonada com horror; ao passo que uma mulher tem mil maneiras de conservar ao mesmo tempo seu poder e sua dignidade. Uma, demasiado submissa, oferece-lhe as tristes seguranças do repouso; a outra perde muito para não exigir do amor suas milhares de metamorfoses. Uma se desonra sozinha, a outra destrói toda uma família para seu benefício. A jovem tem apenas sua elegância, e acredita já ter dito tudo ao tirar o vestido; mas a mulher tem inúmeros atrativos e esconde-se sob mil véus; enfim, ela aplaca todas as vaidades, e a moça acalenta apenas uma. Além disso, na mulher de trinta anos, agitam-se indecisões, terrores, medos, problemas e tormentas que nunca serão encontrados no amor de uma jovem. Quando chega a essa idade, a mulher pede a um rapaz para lhe restituir a estima que ela lhe sacrificou; ela vive só para ele, cuida de seu futuro, deseja-lhe uma vida boa, ordena-lhe que seja gloriosa; ela obedece, implora e ordena, humilha-se e se eleva, e sabe consolar em milhares de ocasiões, enquanto a jovem sabe apenas gemer. Enfim, além de todas as vantagens de sua posição, a mulher de trinta anos pode se fazer jovem, desempenhar todos os papéis, ser pudica e até mesmo se tornar mais bela com seus infortúnios. Entre as duas, encontra-se a incomensurável diferença entre o previsível e o imprevisível, a força e a fraqueza. A mulher de trinta anos satisfaz tudo, e a jovem, sob pena de não vir a ser nada, nada deve satisfazer. Essas ideias se desenvolveram no coração de um rapaz e nele formaram a mais forte das paixões, já que uma paixão reúne os sentimentos artificiais criados pelos costumes aos sentimentos reais da natureza.

O passo mais importante e decisivo na vida de uma mulher é precisamente aquele que ela considera o mais insignificante. Casada, já não é dona de si, é a rainha e a escrava do lar. A santidade das mulheres é irreconciliável com os deveres e as liberdades do mundo. Emancipar as mulheres é corrompê-las. Conceder a um estranho o direito de entrar no santuário doméstico não é se colocar à sua mercê? Entretanto, se uma mulher para lá atraí-lo, não seria isso um pecado ou, para ser exato, o início de um pecado? Devemos aceitar essa teoria com todo o seu rigor ou absolver as paixões. Até o momento, na França, a sociedade soube adotar um *mezzo termine*[32], zombando dos infortúnios. Assim como os espartanos, que puniam apenas a inabilidade, ela parece admitir a apropriação. Mas talvez esse sistema seja bastante sábio. O desprezo geral é o mais terrível de todos os castigos, pois atinge a mulher no coração. As mulheres se preocupam — e devem se preocupar — em ser honradas, já que, sem estima, não vivem. Portanto, esse é o primeiro sentimento que elas pedem ao amor. A mais corrupta dentre elas exige, antes de qualquer outra coisa, uma absolvição do passado, vendendo seu futuro, tentando fazer com que o amante compreenda que ela está trocando as honras que a sociedade lhe negará por felicidades irresistíveis. Não há mulher que, ao receber em casa pela primeira vez um rapaz, a sós, não faça alguma dessas reflexões; especialmente se, como Charles de Vandenesse, ele for bem-apessoado ou espirituoso. Da mesma forma, poucos rapazes deixam de basear seus desejos secretos em uma das milhares de ideias que justificam seu amor inato pelas mulheres belas, espirituosas e infelizes, como a senhora d'Aiglemont. Assim, quando lhe anunciaram a presença do senhor de Vandenesse, a marquesa se mostrou completamente perturbada, e ele quase ficou constrangido, apesar da segurança que, entre os diplomatas, é uma espécie de hábito. Mas, imediatamente, a marquesa assumiu aquele ar afetuoso sob o qual as mulheres se protegem contra as interpretações de vaidade. Essa atitude exclui qualquer motivo oculto e dá lugar, por assim dizer, ao sentimento, atenuando-o com diversas maneiras de polidez. As mulheres ficam então o tempo que quiserem nessa posição ambígua, como em uma encruzilhada que leva do mesmo modo ao respeito, à indiferença, à surpresa ou à paixão. Apenas aos trinta anos uma mulher pode conhecer os recursos dessa

---

32 Meio-termo, em italiano. (N. do T.)

situação. Ela sabe como rir, fazer gracejos e se condoer sem se comprometer. Possui, então, o tato necessário para saber vibrar todos os pontos sensíveis de um homem, estudando as ondulações que dali advêm. Seu silêncio é tão perigoso quanto sua fala. Nunca saberemos se, nessa idade, ela é sincera ou falsa, se debocha ou age de boa-fé em suas confissões. Depois de nos ter dado o direito de lutar com ela, de repente, com uma palavra, um olhar, um daqueles gestos cujo poder ela conhece, encerra a luta, abandonando-nos e permanecendo senhora de seu segredo, livre para nos sacrificar por uma brincadeira, livre para se ocupar de nós, igualmente protegida por sua fraqueza e por nossa força. Embora a marquesa tenha se colocado, durante a primeira visita, nesse terreno neutro, soube preservar a elevada dignidade de uma mulher. Suas dores secretas continuaram a pairar sobre sua alegria artificial, como uma nuvem leve que não cobre por completo o sol. Vandenesse partiu depois de ter experimentado, nesse encontro, delícias desconhecidas; contudo permaneceu convencido de que a marquesa era uma daquelas mulheres cuja conquista custa caro demais para que se possa comprometer a amá-las.

"Seria", disse ele a si mesmo ao partir, "um sentimento a perder de vista, uma correspondência capaz de cansar um subalterno ambicioso! Porém se eu realmente quisesse..." Esse fatal "se eu realmente quisesse..." sempre levava os teimosos a se perder. Na França, a autoestima leva à paixão. Charles voltou à casa da senhora d'Aiglemont e pensou ter notado que ela apreciava sua conversação. Em vez de se entregar com ingenuidade à felicidade de amar, ele quis desempenhar um duplo papel. Tentou parecer apaixonado, analisando friamente em seguida o andamento daquela intriga, quis ser amante e diplomata; mas era generoso e jovem, essa análise iria conduzi-lo a um amor sem limites, pois, ardilosa ou espontânea, a marquesa sempre era mais forte do que ele. Cada vez que deixava a residência da senhora d'Aiglemont, Charles persistia em sua desconfiança e submetia as progressivas situações por que passava sua alma a um severo exame, que matava as próprias emoções.

"Hoje", disse a si mesmo na terceira visita, "ela me fez entender que está muito infeliz e sozinha na vida e que, sem a filha, desejaria ardentemente a morte. Estava completamente resignada. Ora, não sou nem seu irmão nem seu confessor, por que ela teria me confidenciado seus sofrimentos? Ela me ama."

Dois dias depois, ao partir, ele interrogava os costumes modernos.

"O amor toma a cor de cada século. Em 1822, é doutrinário. Em vez de se provar, como no passado, por fatos, é tema de dissertações, conversas, é discutido nos tribunais. No amor, as mulheres são reduzidas a três etapas: na primeira, questionam nossa paixão, negam-nos o poder de amar tanto quanto elas. Pura sedução! O verdadeiro desafio que a marquesa me lançou esta noite. Então, mostram-se muito infelizes para incitar nossa generosidade natural ou nossa autoestima. Um jovem não fica, pois, lisonjeado ao consolar um grande infortúnio? Por fim, têm fixação pela virgindade! Deve ter pensado que eu a considerava intocada. Minha boa-fé pode se tornar uma excelente especulação."

Mas um dia, depois de ter esgotado seus pensamentos de desconfiança, ele se perguntou se a marquesa era sincera, se tantos sofrimentos poderiam ser inventados, por que fingiria ela resignação? Ela vivia em uma solidão profunda, e devorava em silêncio as tristezas que mal deixava transparecer pelo tom mais ou menos contido de uma interjeição. A partir desse momento, Charles passou a se interessar intensamente pela senhora d'Aiglemont. Porém, ao aparecer em um dos habituais encontros que se tornaram necessários para ambos, um momento reservado por mútuo instinto, Vandenesse mais uma vez achou sua amada mais hábil do que real, e suas últimas palavras foram: "Decididamente, essa mulher é muito astuta". Entrou, viu a marquesa em sua atitude preferida, cheia de melancolia; ela ergueu os olhos sem se mover e lhe lançou um daqueles olhares tão cheios de expressão que parecem um sorriso. A senhora d'Aiglemont exprimia confiança, amizade genuína, mas não amor. Charles se sentou e não conseguiu dizer nada. Estava tomado por uma daquelas sensações para as quais falta linguagem.

— O que há com o senhor? — ela disse com uma voz suave.

— Nada. Na verdade — respondeu ele — estou pensando em algo que ainda não lhe ocorreu.

— O quê?

— É que... o congresso acabou.

— Mas — disse ela — você não deveria ter ido a esse congresso?

Uma resposta direta seria a mais eloquente e delicada das declarações; Charles, porém, nada respondeu. A fisionomia da senhora d'Aiglemont atestava uma amizade tão ingênua que destruía todas as premeditações da vaidade, todas as esperanças do amor, todas as reservas do diplomata; ela ignorava completamente, ou parecia ignorar, o fato de que era amada e, quando Charles, totalmente confuso, mergulhou em suas meditações, foi forçado a admitir para si mesmo que não fizera nem dissera nada que permitisse àquela mulher pensar de tal forma. Naquela noite, o senhor de Vandenesse viu na marquesa as qualidades que ela sempre tivera: simples e afetuosa, verdadeira em sua dor, feliz por ter um amigo, orgulhosa de encontrar uma alma que sabia ouvir a sua própria; ela não ia além, e não considerava que uma mulher fosse capaz de se deixar seduzir mais de uma vez; mas havia conhecido o amor e guardava-o, ainda sangrando, bem no fundo do coração; ela não imaginava que a felicidade pudesse inebriar uma mulher por uma segunda vez, pois acreditava não apenas no espírito, como também na alma e, para ela, o amor não era um jogo, e sim comportava todas as nobres seduções. Naquele momento, Charles voltou a ser um jovem rapaz, cativado pelo brilho de um caráter tão grandioso, desejoso de ser iniciado em todos os segredos dessa existência desolada, mais por um acaso do que por uma falta. A senhora d'Aiglemont lançou um simples olhar para o amigo, ao ouvi-lo pedir um relato de sua dor crescente, que transmitia à sua beleza todas as harmonias da tristeza; entretanto aquele olhar profundo era como o timbre de um contrato solene.

— Não me faça mais perguntas como essa novamente — disse ela. — Há três anos, completados hoje, aquele que me amava, o único homem por quem teria sacrificado até minha própria estima, morreu, e morreu para salvar minha honra. Seu amor cessou jovem, puro, cheio de ilusões. Antes de me entregar a uma paixão que me impelia a uma fatalidade inigualável, fora seduzida por aquilo que leva muitas jovens à perdição, por um homem nulo, mas de aparência agradável. O casamento acabou com minhas esperanças, uma a uma. Hoje, perdi tanto a felicidade legítima como o que chamam de felicidade criminosa, sem jamais ter sido feliz. Não tenho mais nada. Se não soube morrer, ao menos devo me manter fiel às minhas lembranças.

Ao dizer essas palavras, ela não chorou, e sim olhou para baixo e torceu levemente os dedos, que havia cruzado, um hábito seu. Dissera tudo com simplicidade, porém o tom de sua voz era de um desespero tão profundo quanto parecia ser seu amor, não deixando nenhuma esperança para Charles. Essa existência terrível, expressa em três frases e comentada com uma torção das mãos, essa dor tão forte em uma frágil mulher, esse abismo em um belo rosto, enfim, toda a melancolia e as lágrimas de um luto de três anos fascinaram Vandenesse, que permaneceu em silêncio, diminuto diante daquela grande e nobre mulher: ele não via mais suas belezas materiais tão primorosas, tão completas, e sim sua alma, tão eminentemente sensível. Finalmente encontrara aquele ser ideal tão fantasticamente imaginado, tão vigorosamente invocado por todos que dão vida a uma paixão, buscando-a com ardor e, muitas vezes, morrem sem ter podido desfrutar de todos os tesouros sonhados.

Ao ouvir tudo aquilo, e diante daquela beleza sublime, Charles achou suas ideias embotadas. Impossibilitado de encontrar palavras à altura daquela cena, ao mesmo tempo tão simples e tão elevada, respondeu com clichês sobre o destino das mulheres.

— Minha senhora, é preciso saber esquecer suas dores, ou cavaremos nossa própria cova — disse ele.

Mas a razão é sempre mesquinha em comparação com o sentimento; enquanto a razão é naturalmente limitada, como tudo aquilo que é positivo, o sentimento é infinito. Raciocinar quando é necessário sentir é característico das almas inacessíveis. Por isso, Vandenesse permaneceu em silêncio, contemplou longamente a senhora d'Aiglemont e partiu. Presa das novas ideias que engrandeciam aquela mulher, parecia um pintor que subitamente encontrara — depois de ter tomado como modelos as formas vulgares de seu ateliê — a Mnemósine do museu[33], a mais bela e menos apreciada de todas as esculturas antigas. Charles estava profundamente apaixonado. Amava a senhora d'Aiglemont com a boa-fé típica da juventude, com o fervor que transmite às primeiras paixões uma graça indescritível, uma candura que o homem só volta a encontrar, já em ruínas, quando, mais velho, ainda ama: deliciosas paixões, quase sempre deliciosamente saboreadas pelas mulheres que as fazem surgir, pois na bela idade de trinta anos, ápice poético da vida das mulheres, podem envolver todo o curso de sua vida, vendo tanto o passado como o futuro com a mesma precisão. As mulheres conhecem então todo o valor do amor e dele usufruem, com medo de perdê-lo: sua alma ainda tem a beleza da juventude que as abandona, e sua paixão se reforça cada vez mais, diante de um futuro que lhes atormenta.

---

33  Referência a Mnemósine, a deusa grega da memória, também conhecida como a mãe de todas as musas. (N. do T.)

"Amo-a", dizia-se dessa vez Vandenesse, ao deixar a marquesa "e, para minha infelicidade, encontro uma mulher presa a lembranças. É difícil lutar contra um morto que já não existe mais, que não pode fazer tolices, que nunca desagrada, e de quem só se veem as boas qualidades. O que o amor tem de mais belo e sedutor não é justamente querer destronar a perfeição, em vez de tentar destruir os encantos da memória e as esperanças que sobrevivem a um amante, perdido justamente por ter despertado apenas desejos?"

Essa triste reflexão, causada pelo desânimo e pelo medo de não ter sucesso — início de todas as paixões verdadeiras — foi o último cálculo de sua moribunda diplomacia. A partir de então, não teve mais segundas intenções, tornou-se o brinquedo de seu amor e se perdeu nas insignificâncias daquela inexplicável felicidade que se alimenta de uma palavra, de um silêncio, de uma vaga esperança. Ele queria amar platonicamente, vinha todos os dias respirar o mesmo ar que a senhora d'Aiglemont respirava, quase se enraizara em sua casa e a acompanhava por toda parte com a tirania de uma paixão que mescla seu egoísmo à devoção mais absoluta. O amor tem seu instinto, sabe encontrar o caminho do coração assim como o mais frágil dos insetos vai até sua flor com uma irresistível vontade, sem nada temer. Assim, quando um sentimento é verdadeiro, seu destino é certo. Não será capaz uma mulher de se entregar a todas as angústias do terror, caso chegue a pensar que sua vida depende da maior ou menor intensidade de verdade, de força e de persistência que seu amante colocará em seus desejos? Ora, é impossível a uma mulher, uma esposa, uma mãe, proteger-se contra o amor de um jovem rapaz; a única coisa em seu poder é não continuar a vê-lo no instante em que perceber aquele segredo do coração que uma mulher sempre percebe. Mas esse passo parece decisivo demais para a mulher em uma idade em que o casamento pesa, aborrece e cansa, em que o afeto conjugal já está mais do que enfraquecido, isso se o marido já não a abandonou. Feias, as mulheres são aduladas por um amor que as torna belas; jovens e encantadoras, a sedução estará à altura de seus atrativos, tornando-as imensas; virtuosas, um sentimento materialmente sublime as leva a encontrar algum tipo de absolvição na própria grandeza dos sacrifícios que fazem a seus amantes, e à glória nesse difícil combate. Tudo é uma armadilha. Por isso, nenhuma lição é dura demais para tão fortes tentações. A reclusão mandatória no passado às mulheres da Grécia, do Oriente, e que está se tornando moda na Inglaterra, é a única salvaguarda da moralidade doméstica; mas, sob o domínio desse sistema, as condescendências do mundo perecem: nem a sociedade, nem a educação, nem a elegância dos costumes serão mais possíveis. As nações terão que escolher.

Assim, alguns meses depois do primeiro encontro, a senhora d'Aiglemont viu sua vida intimamente ligada à de Vandenesse, e surpreendeu-se, sem grandes confusões — e até mesmo com certo prazer — por compartilhar os mesmos gostos e pensamentos que ele. Teria ela adotado as ideias de Vandenesse ou teria ele assumido todos os menores caprichos dela? Pouco lhe importava. Já dominada pelos grilhões da paixão, essa adorável mulher disse a si mesma com a falsa boa-fé do medo: "Ah, não! Serei fiel àquele que morreu por mim".

Pascal[34] afirmou: "Duvidar de Deus é crer Nele". Da mesma forma, uma mulher só duvida de si quando está envolvida. No dia em que a marquesa admitiu que era amada, passou a hesitar entre mil sentimentos contrários. As superstições da experiência falaram mais alto. Seria ela feliz? Poderia então encontrar a felicidade fora das leis que compõem, justa ou injustamente, a moral da sociedade? Até então, a vida apenas lhe trouxera amargor. Haveria um final feliz possível para os laços que unem dois seres separados pelas conveniências sociais? Por acaso a felicidade deixa de custar caro demais em alguma ocasião? Pois talvez ela finalmente encontrasse essa felicidade tão ardentemente desejada e que é algo tão natural de se buscar! A curiosidade sempre defende a causa dos amantes. No meio dessa discussão secreta, Vandenesse chegou. A presença dele fez desaparecer o fantasma metafísico da razão. Se tais são as transformações sucessivas por que passa um sentimento fugaz em um jovem rapaz e em uma mulher de trinta anos, há um momento em que as nuances acabam por se fundir, em que os argumentos se transformam em um só e uma última reflexão se dissolve em desejo, corroborando-o. Quanto mais longa a resistência, mais poderosa então é a voz do amor. E cessa aqui esta lição, ou melhor, este diagrama, se é que podemos tomar emprestado da pintura uma de suas expressões mais pitorescas, já que essa história, melhor que descrevê-los, esquematiza os perigos e mecanismos do amor. Mas, a partir desse momento, cada dia acrescentava cores a esse diagrama, revestindo-o das graças da juventude,

---

34 Blaise Pascal (1623-1662) foi um matemático, escritor, físico, inventor, filósofo e teólogo católico francês. (N. do T.)

revigorando sua estrutura, dando vida a seus movimentos, devolvendo-lhe o brilho, a beleza, as seduções do sentimento e os atrativos da vida. Charles encontrou a senhora d'Aiglemont pensativa; e, quando lhe disse naquele tom penetrante que as doces magias do coração tornam persuasivo "o que tem a senhora?", ela se recusou a responder. Essa deliciosa pergunta acusava uma perfeita compreensão da alma e, com o instinto maravilhoso da mulher, a marquesa entendeu que lamentações ou a expressão de sua infelicidade íntima seriam, de certa maneira, um excesso. Se cada uma dessas palavras já tinha um significado que ambos compreendiam, em que abismo meteria ela os pés? Leu o que havia em seu âmago com um olhar lúcido e claro, calou-se, e seu silêncio foi imitado por Vandenesse.

— Estou sofrendo — disse ela, por fim, assustada com o extenso alcance de um momento em que a linguagem dos olhos compensava por completo a impotência da fala.

— Senhora — Charles respondeu com uma voz afetuosa, apesar de violentamente comovida — alma e corpo, tudo se encaixa. Se fosse feliz, seria jovem e viçosa. Por que se recusa a pedir ao amor tudo aquilo de que ele a privou? A senhora acredita que a vida terminou justamente no instante que começa. Entregue-se aos cuidados de um amigo. É tão doce ser amado!

— Já estou velha — disse ela — por isso, nada justificaria não continuar sofrendo como no passado. Além do mais, diz o senhor que é preciso amar? Pois bem, não apenas não devo amar como tampouco posso fazê-lo. Fora o senhor, cuja amizade traz algum dulçor à minha vida, ninguém me agrada, ninguém saberia apagar minhas lembranças. Aceito um amigo, mas fugiria de um amante. Portanto, seria generoso de minha parte trocar um coração ferido por outro, mais jovem, acolher ilusões das quais não posso mais partilhar, causar uma felicidade em que não acredito ou que temeria perder? Talvez respondesse com egoísmo à sua devoção, elaborando cálculos em vez de nutrir sentimentos; minha memória ofenderia a vivacidade de seus prazeres. Não, compreenda, um primeiro amor jamais será substituído. Enfim, que homem iria querer meu coração a esse preço?

Essas palavras, ditas com terrível elegância, mostraram-se o último esforço da sabedoria. "Se ele desanimar, muito bem, permanecerei sozinha e fiel." Esse pensamento surgiu no coração daquela mulher e, para ela, era como o frágil galho do salgueiro em que um nadador se agarra antes de ser arrastado pela correnteza. Ao perceber a pausa em sua fala, Vandenesse deixou escapar um estremecimento involuntário que recaiu sobre o coração da marquesa com muito mais força do que todos os seus argumentos anteriores. O que mais toca as mulheres não é encontrar nos homens delicadezas afáveis, sentimentos tão requintados quanto os delas? Para elas, cortesia e delicadeza são, em si, indícios da verdade. O gesto de Charles revelava um amor verdadeiro. A senhora d'Aiglemont conheceu a força do afeto de Vandenesse pela força de sua dor. O rapaz disse friamente: — Talvez a senhora tenha razão. Novo amor, novos sofrimentos. — Mudou então o rumo da conversa e falou de coisas insignificantes, mas estava visivelmente comovido, olhando para a senhora d'Aiglemont com a atenção redobrada, como se a estivesse vendo pela última vez. Por fim partiu, dizendo-lhe, emocionado: — Adeus, minha senhora.

— Até breve — disse ela com aquela sutil elegância cujo segredo pertence apenas às mulheres da elite. Ele não respondeu e saiu.

Quando Charles não estava mais presente, quando sua cadeira vazia ficara em seu lugar, ela se arrependeu imensamente, pensando ter agido mal. A paixão faz um enorme progresso em uma mulher no momento em que ela crê ter se portado com pouca generosidade ou ferido uma alma nobre. Nunca se deve desconfiar de sentimentos ruins no amor, eles são muito benéficos; as mulheres sucumbem apenas sob a influência de uma virtude. "O inferno está cheio de boas intenções" não é um paradoxo de pregador. Vandenesse ficou alguns dias sem aparecer. A cada noite, à hora do encontro habitual, a marquesa o esperava com uma impaciência tomada por remorsos. Escrever-lhe seria uma confissão; além disso, seu instinto dizia que ele voltaria. No sexto dia, o criado o anunciou. Ela jamais ouvira com tanto prazer aquele nome. Sua alegria a assustou.

— Que belo castigo o senhor me deu! — ela disse.

Vandenesse olhou para ela com uma expressão de surpresa.

— Castigo! — repetiu ele — Por quê?

Charles compreendeu muito bem a marquesa, porém queria se vingar pelos sofrimentos a que fora submetido, vingança que ela logo identificou.

— Por que não veio me ver? — perguntou ela, sorrindo.

— A senhora não viu mais ninguém, então? — respondeu ele, evitando lhe responder diretamente.

— O senhor de Ronquerolles e o senhor de Marsay — o d'Esgrignon mais jovem — estiveram aqui, um ontem, o outro esta manhã, por quase duas horas. Também vi, creio eu, a senhora Firmiani e a irmã do senhor, a senhora de Listomère.

Mais um sofrimento! Uma dor incompreensível para quem não ama com esse despotismo invasor e feroz, cujo menor efeito é um ciúme monstruoso, um desejo perpétuo de ocultar o ser amado a qualquer influência alheia ao amor.

"Ora!", Vandenesse disse para si mesmo, "ela recebeu visitas, viu pessoas felizes, conversou com elas, enquanto eu permanecia solitário, infeliz!"

Ele enterrou sua dor e lançou seu amor no fundo do coração, como um caixão no fundo do mar. Seus pensamentos eram do tipo que não se expressa, com a rapidez dos ácidos que matam ao evaporar. No entanto, sua fronte se cobriu de nuvens e a senhora d'Aiglemont obedeceu ao instinto da mulher ao compartilhar de sua tristeza sem sequer percebê-lo. Ela não era cúmplice do mal que causava, e Vandenesse notou. Falou de sua situação e de seu ciúme, como se fossem uma daquelas hipóteses que os amantes gostam de discutir. A marquesa entendeu tudo e ficou tão comovida que não pôde conter as lágrimas. A partir desse momento, ambos adentraram os céus do amor. O céu e o inferno são dois grandes poemas que exprimem os dois únicos pontos em torno dos quais gira nossa existência: a alegria ou a dor. O céu não é — e não será sempre — uma representação da infinidade de nossos sentimentos, que nunca serão ilustrados além dos detalhes, já que a felicidade é uma só? E o inferno não simboliza as torturas infinitas de nossas dores, transformadas em poesia, já que são todas elas diferentes?

Certa tarde, os dois enamorados estavam a sós, sentados um ao lado do outro, em silêncio, ocupados em contemplar uma das mais belas fases do firmamento, um daqueles céus puros em que os últimos raios de sol lançam tênues matizes de ouro e púrpura. Nesse momento do dia, a lenta degradação da luz parece despertar os sentimentos mais doces; nossas paixões vibram com torpor, e saboreamos as agitações de uma espécie de fúria em meio à calma. Ao nos mostrar a felicidade por imagens imprecisas, a natureza nos convida a desfrutá-la quando está por perto ou a lamentá-la quando se afasta. Nesses instantes plenos de encantamento, sob a cobertura dessa luz cujas doces harmonias se unem a íntimas seduções, é difícil resistir aos impulsos do coração — providos então de tanta magia! — a tristeza se dissipa, a dor cede, a alegria intoxica. A chegada da noite é o sinal, o estímulo dos confessores. O silêncio se torna mais perigoso do que as palavras, comunicando aos olhos todo o poder da imensidão dos céus que eles refletem. Se falamos, cada palavra tem uma força irresistível. Não há então certa luz na voz, um púrpura no olhar? O céu não parece estar em nós, ao passo que parecemos estar no céu? Vandenesse e Juliette — pois fazia alguns dias que ela se deixava chamar com tal familiaridade por aquele que ela gostava de tratar por Charles — portanto, conversavam; mas o assunto que originara sua conversa estava muito distante e, se não reconheciam mais o significado de suas palavras, ouviam com prazer os pensamentos secretos que elas encobriam. A mão da marquesa estava pousada na de Vandenesse, e ela lhe concedia esse toque sem pensar se tratar de mera gentileza.

Inclinaram-se juntos para ver uma daquelas majestosas paisagens cheias de neve, geleiras e sombras cinzentas que tingem as encostas de montanhas fantásticas, uma dessas imagens repletas de oposições bruscas entre as chamas vermelhas e os tons escurecidos que decoram os céus com uma inimitável e fugaz poesia; magnífico tecido em que renasce o sol, bela mortalha em que ele expira. Nesse momento, os cabelos de Juliette roçaram as faces de Vandenesse; ela sentiu esse leve toque, estremeceu intensamente, e ele, ainda mais: pois ambos haviam chegado, pouco a pouco, a uma dessas inexplicáveis crises em que a calma comunica aos sentidos uma percepção tão sutil que o menor contato faz com que as lágrimas transbordem e a tristeza extravase — caso o coração esteja perdido na melancolia — ou lhes propicia prazeres indescritíveis — caso esteja disperso nas vertigens do amor. Quase involuntariamente, Juliette apertou a mão do amigo. Essa eloquente pressão deu coragem à timidez do amante. As alegrias desse momento e as esperanças do futuro, tudo se fundiu na emoção da primeira carícia, do beijo casto e despretensioso que a senhora d'Aiglemont permitiu receber na face. Quanto mais insignificante a gentileza, mais poderosa e perigosa ela é. Para a infelicidade de ambos, não havia fingimento nem falsidade. Era a compreensão mútua de duas belas almas, separadas por todas as leis, unidas por toda a sedução na natureza. Nesse momento, o general d'Aiglemont entrou.

— O ministério mudou — disse ele. — Seu tio faz parte do novo gabinete. Portanto, Vandenesse, o senhor tem boas chances de se tornar embaixador.

Charles e Julie se entreolharam, enrubescendo. Esse pudor recíproco era outro laço entre eles. Ambos tiveram o mesmo pensamento, o mesmo remorso; um vínculo tão terrível e tão forte entre dois bandidos que acabam de assassinar um homem, assim como dois amantes culpados de um beijo. Era preciso responder ao marquês.

— Não quero mais sair de Paris — disse Charles de Vandenesse.

— Sabemos o porquê — respondeu o general, fingindo a perspicácia de um homem que descobre um segredo. — O senhor não quer abandonar seu tio, para poder herdar seu Pariato.

A marquesa se retirou para seu quarto, declarando a si mesma esse terrível parecer a respeito do marido: — É por demais estúpido.

## CAPÍTULO IV
# O DEDO DE DEUS

No limite entre a praça d'Italie e a rua de la Santé, na avenida central que leva ao Jardim des Plantes[35], pode-se ter uma perspectiva digna de encantar qualquer artista ou viajante, por mais cansado que ele esteja dos prazeres da visão. Chegando a uma pequena elevação, que a avenida, sombreada por árvores grandes e frondosas, contorna com a graça de uma alameda verde e silenciosa, é possível se deparar com um vale profundo, povoado por fabriquetas com um aspecto aldeão, circundadas por vegetação e banhadas pelas águas dos riachos Bièvre e Gobelins. Na outra encosta, alguns milhares de telhados, amontoados como cabeças de uma multidão, escondem as misérias do subúrbio de Saint-Marceau. O magnífico domo do Panteão e a cúpula sombria e melancólica do Val-de-Grâce[36] prevalecem orgulhosamente sobre toda a cidade, como um anfiteatro cujas arquibancadas são bizarramente desenhadas pelas ruas sinuosas. Desse ponto, as proporções dos dois monumentos parecem gigantescas, esmagando as frágeis moradas e os álamos mais altos do vale. À esquerda, o Observatório — por cujas janelas e galerias a luz do dia produz inexplicáveis visões — aparece como um espectro negro e descarnado. Depois, ao longe, a elegante claraboia do Invalides[37] resplandece em meio às copas azuladas do Jardim de

---

35  A confluência entre a praça d'Italie e a antiga rua de la Santé (atual Boulevard de l'Hôpital), em Paris, não proporciona mais essa vista, já que o Jardim des Plantes se encontra a dois quilômetros do local e, contrariamente ao que ocorria no século 19, tal percurso está tomado por construções. (N. do T.)

36  O Val-de-Grâce é uma antiga igreja de Paris, atualmente transformada em hospital. Anteriormente à época em que a obra foi escrita, era uma abadia real, e sua cúpula, um marco do horizonte da cidade. (N. do T.)

37  O Palais des Invalides (Palácio dos Inválidos, em francês) é uma construção destinada a abrigar os inválidos de guerra franceses, instaurada por Luís XIV, em 1670. Apesar de ainda abrigar feridos, hoje é mais conhecido por ser a necrópole de Napoleão e sede de vários museus militares. (N. do T.)

Luxemburgo e as torres cinzentas da igreja de Saint-Sulpice. Dali avistadas, essas linhas arquitetônicas se misturam à folhagem, às sombras, e estão sujeitas aos caprichos de um céu que muda constantemente de cor, luz ou aspecto. A distância, os edifícios adornam os ares; ao seu redor, árvores serpenteiam as trilhas campestres. À direita, por um amplo recorte dessa singular paisagem, pode-se ver a extensa faixa branca do canal Saint-Martin, emoldurado por pedras avermelhadas, enfeitadas de tílias e ladeadas pelas construções genuinamente romanas dos Greniers d'Abondance[38]. Ao fundo, as colinas enevoadas de Belleville, cheias de casas e moinhos, têm seu relevo confundido com as nuvens. Entretanto existe ali uma cidade, impossível de avistar, em meio à fileira de telhados que margeia o vale e esse horizonte tão vago quanto uma recordação da infância; imensa povoação, perdida como em um precipício entre os cumes do hospital da Pitié e o topo do cemitério de l'Est, entre o sofrimento e a morte. Ela produz um ruído surdo semelhante ao do oceano irrompendo por trás de uma falésia, como se dissesse: "Aqui estou". Se o sol lança seus raios de luz sobre essa face de Paris, se ele a purifica, se dissolve suas linhas; se faz brilhar algumas vidraças, iluminar as telhas, abrasar as cruzes douradas, branquear as muralhas e transformar a atmosfera em um véu de gaze; se cria ricos contrastes com as fantásticas sombras; se o céu está limpo e a terra, instável, se os sinos dobram; então, será possível admirar uma das eloquentes maravilhas que a imaginação jamais esquece, tornando-nos seus idólatras, enlouquecidos por ela como por uma deslumbrante vista de Nápoles, de Istambul ou das Flóridas[39]. Não falta harmonia a esse concerto. Ali murmuram o ruído do mundo e a poética quietude da solidão, as vozes de um milhão de seres e a voz de Deus. Ali jaz uma capital sob os tranquilos ciprestes do cemitério Père-Lachaise.

Numa manhã de primavera, quando o sol fazia brilhar todas as belezas dessa paisagem, eu as admirava, apoiado em um grande olmo que oferecia ao vento suas flores amarelas. Contemplando esses quadros ricos e sublimes, pensava com amargor no desprezo que professamos, mesmo em nossos livros, por nosso país atual. Amaldiçoei esses pobres ricos que, desgostosos com nossa bela França, vão comprar a preço de ouro o direito de desprezar

---

38 Literalmente "celeiros da abundância", em francês. Antigo entreposto de grãos construído à época do Império Romano e destruído por um incêndio, em 1871. (N. do T.)
39 Referência à colônia da Espanha (Floridas Españolas), anexada aos Estados Unidos somente em 1821. (N. do T.)

sua pátria, visitando a galope e examinando de binóculos os locais de uma Itália que já se tornou tão vulgar. Apreciava com amor a Paris moderna, sonhando, quando subitamente o som de um beijo perturbou minha solidão e afugentou a filosofia. Na alameda lateral que coroa a íngreme encosta ao fundo da qual as águas se agitam, olhando além da ponte dos Gobelins, avistei uma mulher que me pareceu ainda bastante jovem, vestida com a mais elegante simplicidade, e cuja suave fisionomia aparentava refletir a alegria da paisagem. Um belo rapaz colocava no chão o mais lindo garotinho que já existira, de modo que eu nunca soube se o beijo ressoara da face da mãe ou da criança. Um mesmo pensamento, afetuoso e vivo, irrompeu nos olhos, nos gestos e no sorriso dos dois jovens. Entrelaçaram os braços com tamanha prontidão e se aproximaram com movimentos tão harmônicos que, absortos em si mesmos, não notaram minha presença. Mas outra criança, descontente, mal-humorada, de costas para os outros, lançou-me olhares tomados por uma expressão impressionante. Deixando seu irmão correr sozinho, ora atrás, ora diante da mãe e do rapaz, essa criança, vestida como a outra, igualmente graciosa, porém com uma figura mais suave, permanecia em silêncio, imóvel, como uma serpente adormecida. Tratava-se de uma garotinha. O passeio da bela mulher e de seu companheiro tinha algo de mecânico. Contentando-se, talvez por distração, em caminhar pelo pequeno espaço entre a ponte e uma carruagem parada no retorno da avenida, eles recomeçavam constantemente seu curto trajeto, parando, olhando-se, rindo conforme os caprichos de uma conversa alternadamente animada, lânguida, exaltada ou séria. Oculto pelo grande olmo, eu admirava essa deliciosa cena e certamente teria respeitado seus segredos caso não tivesse surpreendido no rosto da menina sonhadora e taciturna os vestígios de um pensamento mais profundo do que comportava sua idade. Quando sua mãe e o jovem rapaz se viravam depois de terem se aproximado, ela frequentemente inclinava sorrateiramente a cabeça e lhes lançava, assim como ao irmão, um olhar furtivo, realmente extraordinário. Mas nada seria capaz de exprimir a penetrante sutileza, a maliciosa ingenuidade, a feroz atenção que animava aquele rosto infantil com leves olheiras, quando a bela mulher ou seu companheiro acariciavam os cachos loiros, tocavam suavemente o pescoço viçoso ou a gola branca do garotinho, nos momentos em que, por pura criancice, ele se esforçava para andar ao lado deles. Seguramente havia uma paixão madura no rosto esguio daquela estranha menina. Ela sofria ou pensava. Ora, o que profetiza com mais segurança a morte nessas viçosas criaturas? É o sofrimento alojado no corpo ou o pensamento que se apressa em devorar sua alma, que mal germinou? Talvez uma mãe saiba. Para mim, agora não conheço nada mais horrível do que o pensamento de um velho sobre a fronte de uma criança; a blasfêmia nos lábios de uma virgem é ainda menos monstruosa. Assim, a atitude quase estúpida daquela menina já tão pensativa, a originalidade de seus gestos, tudo aquilo me interessava. Examinava-a com curiosidade. Por um capricho natural dos observadores, comparei-a ao irmão, tentando surpreender as similaridades e as diferenças que existiam entre os dois. A menina tinha cabelos escuros, olhos pretos e uma força precoce, contrastando com a cabeleira loira, os olhos verdes como o mar e a graciosa fragilidade do irmão mais novo. Ela deveria ter cerca de 7 ou 8 anos, e o menino, não mais do que 6. Usavam as mesmas roupas. No entanto, olhando-os com atenção, notei nos bordados de sua camisa uma diferença aparentemente fútil, mas que mais tarde me revelou um intenso romance no passado, um intenso drama no futuro. E era realmente insignificante. Uma bainha simples enfeitava a gola da menininha morena, enquanto belos bordados adornavam a camisa do caçula, revelando um segredo do coração, uma predileção tácita, algo que os filhos leem na alma da mãe, como se o espírito de Deus operasse neles. Despreocupado e alegre, o loiro parecia uma menina, tamanho o viço de sua pele branca, a graça de seus movimentos, a doçura de sua fisionomia; ao passo que a mais velha, apesar de sua força, da beleza de suas feições e do brilho de sua pele, aparentava um menino adoentado. Seus olhos vivos — desprovidos daquela úmida emanação que tanto encanto dá aos olhos das crianças — semelhantes aos olhos das cortesãs, pareciam ressecados por um fogo interior. Por fim, sua brancura tinha uma espécie de matiz fosco, cor de oliva, sintoma de um caráter vigoroso. Por duas vezes, seu irmão mais novo viera lhe oferecer, com comovente graça, com um olhar encantador, com uma fisionomia expressiva que teria encantado Charlet[40], a pequena trompa que, de tempos em tempos, ele soprava; mas, a cada vez, ela apenas respondera com um olhar feroz a esta frase "olha, Hélène, você não quer?", dita com uma voz carinhosa. E, sombria e terrível sob seu semblante aparentemente despreocupado, a menina estremecia e

---

40 Nicolas Toussaint Charlet (1792-1845) foi um pintor e caricaturista francês. (N. do T.)

enrubescia intensamente quando o irmão se aproximava; entretanto o pequeno não parecia notar o mau humor da irmã, e sua tranquilidade, mesclada de interesse, conseguia tornar ainda mais vivo o contraste entre o verdadeiro caráter da infância com a consciência inquieta do adulto, já inscrita no rosto da menina, obscurecendo-o com suas escuras nuvens.

— Mamãe, Hélène não quer brincar — exclamou o pequeno, aproveitando-se de um momento em que a mãe e o jovem rapaz estavam em silêncio na ponte dos Gobelins para reclamar.

— Deixe-a quieta, Charles. Você sabe que ela está sempre emburrada.

Essas palavras, pronunciadas ao acaso pela mãe, que em seguida se virou bruscamente com o jovem rapaz, arrancaram lágrimas de Hélène. Ela os devorou em silêncio, lançou ao irmão um daqueles olhares profundos que me pareciam inexplicáveis e contemplou, a princípio com uma sinistra lucidez, o talude em cujo topo ele se encontrava, observando depois o rio Bièvre, a ponte, a paisagem e, por fim, a mim.

Temi ser avistado pelo feliz casal, cuja conversa sem dúvida eu atrapalharia; retirei-me lentamente e me refugiei atrás de uma sebe de sabugueiros, ocultando-me completamente de qualquer olhar por trás da folhagem. Sentei-me tranquilamente no alto do talude, olhando em silêncio ora para as variáveis belezas do local, ora para a garotinha selvagem que ainda conseguia avistar através das aberturas da cerca viva e do sabugueiro onde apoiara minha cabeça, quase ao mesmo nível da avenida. Não me vendo mais, Hélène pareceu inquieta; seus olhos escuros procuraram por mim na viela distante, atrás das árvores, com uma indefinível curiosidade. O que eu significaria para ela? Nesse momento, a risada ingênua de Charles ecoou no silêncio como o canto de um pássaro. O belo rapaz, louro como ele, fazia-o dançar em seus braços e o beijava, invocando aquelas palavras incoerentes, desviadas de seu sentido verdadeiro, que dirigimos amistosamente às crianças. A mãe sorria com essas brincadeiras e, de vez em quando, dizia, certamente em voz baixa, palavras que lhe vinham do coração, pois seu companheiro se detinha, completamente feliz, e a fitava com seus olhos azuis em chamas, plenos de idolatria. A voz deles misturada à do menino ressoavam como uma espécie de carícia. Os três eram encantadores. Essa cena deliciosa, em meio àquela magnífica paisagem, espalhava uma incrível ternura. Uma bela mulher, branca, risonha, uma criança amada, um rapaz jovem e encantador, um céu imaculado, enfim, todas as harmonias da natureza compactuavam para alegrar a alma. Surpreendi-me sorrindo, como se tal felicidade fosse minha. O belo rapaz ouviu soar nove horas. Depois de beijar ternamente a companheira, que ficara séria, quase triste, voltou para sua carruagem, que avançava lentamente, conduzida por um velho criado. Os murmúrios do pequeno se misturaram aos últimos beijos que o rapaz lhe deu. Em seguida, depois que o jovem subiu na carruagem e a mulher, imóvel, escutava o veículo se afastar, seguindo com os olhos o rastro de poeira deixado na alameda verde, Charles correu para a irmã pela ponte, e eu o ouvi dizer, com uma voz aguda: — Por que você não veio se despedir do meu bom amigo?

Ao ver o irmão na encosta do talude, Hélène lhe lançou o olhar mais terrível que já iluminara os olhos de uma criança e o empurrou, movendo-se com toda a raiva. Charles escorregou pela encosta íngreme, chocando-se com as raízes das árvores, que o lançaram com violência sobre as pedras afiadas da muralha; bateu então a testa e, esvaindo em sangue, caiu nas águas lamacentas do rio. O impacto fez com que a água se dividisse em milhares de jatos escuros sobre sua cabecinha loira. Ouvi os gritos estridentes do pobrezinho, mas logo sua voz foi sufocada pelo lodo, e ele desapareceu emitindo um som seco, como de uma pedra que afunda. Um raio não é mais rápido do que essa queda. Levantei-me bruscamente e desci por uma trilha. Hélène, estupefata, soltava gritos penetrantes: — Mamãe! Mamãe! — A mãe estava ali, junto a mim. Voara como um pássaro. Mas nem os olhos da mãe, nem os meus, conseguiram reconhecer o local preciso onde a criança mergulhara. A água escura se agitava por um espaço imenso. O leito do Bièvre, neste ponto, tem três metros de lama. A criança iria morrer, era impossível resgatá-la. Naquela hora, um domingo, tudo estava parado. Não há barcos nem pescadores no Bièvre. Não vi nem varas para explorar o riacho fétido, nem ninguém ao longe. Por que, então, teria eu falado desse sinistro acidente ou revelado o segredo desse infortúnio? Talvez Hélène tivesse vingado o pai. Seu ciúme era, indubitavelmente, a espada de Deus. No entanto, estremeci ao contemplar a mãe. A que terrível interrogatório o marido, seu eterno juiz, não lhe submeteria? E ela arrastava consigo uma testemunha incorruptível. A infância tem o semblante transparente, a expressão diáfana; e a mentira, nela, é como uma luz que enrubesce até mesmo o olhar. A infeliz mulher não pensava ainda no suplício que a esperava em casa. Ela olhava o Bièvre.

Um acontecimento assim seria capaz de produzir terríveis repercussões na vida de uma mulher, e esse é um dos ecos mais terríveis que, de tempos em tempos, perturbaram os amores de Juliette.

Dois ou três anos depois, certa noite, depois do jantar, na casa do marquês de Vandenesse, então de luto por seu pai e com uma herança a tratar, achava-se presente um tabelião. Não se tratava do pequeno tabelião de Sterne[41], e sim de um escrivão gordo e importante de Paris, um desses respeitáveis homens que fazem tolices deliberadas, afundam-se profundamente em flagelos desconhecidos e ainda nos perguntam o motivo de nossas queixas. Se, por acaso, descobrem os porquês de sua estupidez mortal, simplesmente afirmam: "Juro que não sabia de nada!". Enfim, tratava-se de um tabelião honestamente tolo, que só enxergava atas na vida. O diplomata tinha a seu lado a senhora d'Aiglemont. O general, educadamente, retirara-se antes do fim do jantar para levar seus dois filhos ao espetáculo no Ambigu-Comique ou no Gaîté[42], no centro da cidade. Embora os melodramas estimulem os sentimentos, são exibidos em Paris para as crianças, sem nenhum perigo, já que, neles, a inocência sempre triunfa. O pai partira sem esperar a sobremesa, de tanto que a filha e o filho o atormentaram para chegar ao espetáculo antes que a cortina subisse.

O tabelião, o imperturbável tabelião, incapaz de se perguntar por que a senhora d'Aiglemont enviava os filhos e o marido ao espetáculo sem acompanhá-los, estava, desde o jantar, como que pregado à cadeira. Uma discussão prolongara a sobremesa, e os criados demoravam a servir o café. Incidentes assim, que certamente consumiam um tempo precioso, suscitavam movimentos impacientes na bela mulher: poder-se-ia compará-la a um cavalo puro-sangue pisoteando o solo antes da corrida. O tabelião, que não conhecia cavalos nem mulheres, simplesmente considerou a marquesa uma mulher animada e bem-disposta. Encantado por estar na companhia de uma mulher elegante, esposa de um célebre político, ele se fazia espirituoso; imaginava ser de aprovação o sorriso falso da marquesa, a quem

---

41 Referência a um dos personagens criados por Laurence Sterne (1713-1768), escritor e clérigo irlandês, que influenciou grande parte dos autores do século 19, incluindo Balzac e, no Brasil, Machado de Assis. (N. do T.)

42 O Théâtre de l'Ambigu-Comique foi fundado, em 1769, na avenida du Temple e destruído por um incêndio em 1827. Era vizinho do Théâtre de la Gaîté, fundado em 1759 e destruído em 1835, coincidentemente em outro incêndio. Ambos eram considerados teatros populares. (N. do T.)

irritava consideravelmente e, por isso, prosseguia. Já o dono da casa, em comum acordo com a companheira, optara por permanecer em silêncio inúmeras vezes, exatamente quando o tabelião esperava alguma resposta elogiosa; mas, durante essas pausas significativas, o diabo do homem observava o fogo, à procura de outras anedotas. O diplomata já chegava a consultar o relógio. Por fim, a bela mulher tornou a pôr o chapéu para partir, e não partia. O tabelião não via nem ouvia nada; estava maravilhado com a própria atuação, confiante de que atiçava o interesse da marquesa o suficiente para retê-la ali.

"Com certeza terei essa mulher como cliente", pensava ele.

A marquesa se mantinha de pé, calçava as luvas, torcia os dedos e olhava alternadamente o marquês de Vandenesse, que compartilhava de sua impaciência, e o tabelião, que arrematava espirituosamente suas anedotas. A cada pausa que esse digno senhor fazia, o belo casal suspirava, como se dissessem com um sinal: "Enfim, ele partirá!". Mas, não. Era um pesadelo moral que acabaria por enraivecer os dois apaixonados, sobre os quais o tabelião agia como uma serpente sobre pássaros, obrigando-os a alguma grosseria. Em meio ao relato de um dos desprezíveis meios com que Du Tillet, um homem de negócios em evidência à época, fizera fortuna, e cujas infâmias eram escrupulosamente detalhadas pelo espirituoso senhor, o diplomata ouviu o carrilhão soar nove horas; percebeu então que o tabelião era definitivamente um imbecil que deveria ser despachado de imediato e, decidido, deteve-o com um gesto.

— Quer o atiçador, senhor marquês? — disse o tabelião, apresentando-o ao cliente.

— Não, senhor, sou forçado a pedir que se despeça. A senhora quer se juntar aos filhos e terei a honra de acompanhá-la.

— Já são nove horas! O tempo voa na companhia de pessoas tão amáveis — disse ele, que já falava sozinho há uma hora.

Procurou seu chapéu, pôs-se diante da lareira, reprimiu com dificuldade um soluço e disse a seu cliente, sem perceber os olhares fulminantes que lhe lançava a marquesa: — Passemos à conclusão, senhor marquês. Os negócios vêm em primeiro lugar. Amanhã, portanto, emitiremos uma intimação a seu irmão, para lhe dar um último aviso; procederemos ao inventário e, depois, palavra de honra...

Ele entendera tão pouco as intenções de seu cliente que levava o caso no sentido contrário às instruções que este acabara de lhe passar. O incidente era delicado demais para que Vandenesse não se visse obrigado a retificar as ideias do desajeitado notário, por isso, seguiu-se uma discussão por mais algum tempo.

— Ouça-me — disse por fim o diplomata, a um sinal da jovem mulher — o senhor está me confundindo a cabeça, volte amanhã às nove horas com meu advogado.

— Mas é meu dever observar, senhor marquês, que não temos certeza de poder encontrar o senhor Desroches amanhã e, se a intimação não for emitida antes do meio-dia, o prazo expirará e...

Nesse momento, uma carruagem adentrou o pátio e, com o barulho que fizera, a pobre mulher se virou rapidamente para esconder as lágrimas que lhe vieram aos olhos. O marquês tocou a sineta para que mandassem dizer que ele havia saído, mas o general, retornando inesperadamente do Gaîté, precedeu o criado e apareceu segurando em uma das mãos a filha com os olhos vermelhos e, na outra, o menino, emburrado e furioso.

— O que aconteceu com vocês? — perguntou a mulher ao marido.

— Contarei mais tarde — respondeu o general, caminhando em direção a um aposento vizinho, cuja porta estava aberta, e onde avistara os jornais.

A marquesa, impaciente, jogou-se desesperada a um sofá.

O tabelião, que se sentia na obrigação de ser gentil com as crianças, assumiu um tom afetado para perguntar ao menino: — Pois bem, meu pequeno, o que estavam apresentando no teatro?

— O *Vale da Torrente*[43] — respondeu Gustave, resmungando.

— Palavra de honra — disse o tabelião — os escritores de hoje estão completamente malucos! O *Vale da Torrente*! Por que não *A Torrente do Vale*? Um vale não pode ter torrentes e, ao dizer *A Torrente do Vale*, os autores teriam usado algo claro, preciso, caracterizado, compreensível. Mas deixemos isso de lado. Agora, como é que um drama pode acontecer em uma torrente, em um vale? Você por certo vai me dizer que a principal atração desse tipo de espetáculo está nos cenários, e o título indica que

---

43 Peça do dramaturgo francês Frédéric Dupetit-Méré (1785-1827), encenada a partir de 1816. (N. do T.)

eram muito bonitos. Você se divertiu, meu amiguinho? — acrescentou ele, sentando-se diante da criança.

No momento em que o tabelião perguntou que drama poderia acontecer no fundo de uma torrente, a filha da marquesa se virou lentamente e começou a chorar. A mãe estava tão absurdamente contrariada que sequer percebeu os movimentos da filha.

— Sim, senhor, diverti-me bastante — respondeu a criança. — Havia na peça um garotinho muito gentil que estava sozinho no mundo, porque seu papai não poderia ser realmente seu pai. Então, quando ele chega ao alto de uma ponte, acima da torrente, um grande vilão barbudo, vestido todo de preto, atira-o na água. Nesse momento, Hélène começou a chorar e soluçar; todo o teatro começou a gritar conosco, e meu pai nos levou embora bem rápido, bem rápido...

O senhor de Vandenesse e a marquesa ficaram aturdidos, como se atacados por um mal que lhes tivesse tirado a capacidade de pensar e agir.

— Gustave, cale-se agora — gritou o general. — Proibi-o de falar sobre o que aconteceu no espetáculo e já está esquecendo de minhas recomendações.

— Que Vossa Senhoria me desculpe, senhor marquês — disse o tabelião — errei em interrogá-lo, mas não sabia da gravidade de...

— Ele não deveria ter respondido — disse o pai, olhando com frieza para o filho.

A causa da volta repentina dos filhos e de seu pai parecia então bastante clara ao diplomata e à marquesa. A mãe olhou para a filha, viu-a aos prantos e se levantou para ir até ela; porém, então, seu rosto se contraiu violentamente e mostrou sinais de uma severidade que nada poderia controlar.

— Chega, Hélène — disse ela — vá enxugar suas lágrimas na saleta.

— O que fez ela, coitadinha? — disse o tabelião, que queria acalmar ao mesmo tempo a raiva da mãe e as lágrimas da filha. — É tão bela que deve ser a criatura mais obediente do mundo. Tenho certeza, senhora, que só lhe traz alegrias; não é verdade, minha pequena?

Hélène olhou para a mãe, tremendo, enxugou as lágrimas, tentou fingir um semblante calmo e correu para a saleta.

— E sem dúvida — continuou a falar o tabelião — a senhora é por demais boa mãe para não amar todos os filhos igualmente. Além disso, é bastante virtuosa para ter essas tristes preferências, cujos efeitos funestos se revelam particularmente a nós, tabeliães. Toda a sociedade passa por nossas mãos. Por isso, nós a vemos em sua forma mais hedionda, o interesse. Às vezes, uma mãe deseja deserdar os descendentes do marido em benefício dos filhos de sua preferência; por outro lado, o marido quer reservar sua fortuna ao filho que mereceu o ódio da mãe. E seguem-se então combates, receios, atas, contestações, simulações, testamentos; enfim, uma confusão lamentável, palavra de honra, lamentável! Às vezes, pais passam a vida deserdando os filhos, ao roubar os bens da esposa... Sim, roubar é a palavra correta. Falávamos de teatro, ah!, asseguro-lhes que, se pudéssemos revelar os segredos de certas doações, nossos autores poderiam transformá-los em terríveis tragédias burguesas. Não sei de que poder dispõem as mulheres para fazer o que querem: pois, apesar das aparências e de sua fraqueza, são sempre elas que levam a melhor. Ah, mas a mim, por exemplo, elas não enganam. Sempre adivinho a razão de suas predileções que, na sociedade, são educadamente chamadas de indefiníveis! Os maridos, porém, nunca sabem do que se trata, é preciso reconhecer tal fato. A senhora vai me dizer que há obrigações e...

Hélène, voltando da saleta com o pai, ouvia atentamente o tabelião e o compreendia tão bem que lançou um olhar temeroso à mãe, pressentindo com todo o instinto de sua tenra idade que tal circunstância iria redobrar a severidade que se abatia sobre ela. A marquesa empalideceu, indicando a Vandenesse com um gesto de horror o marido, que olhava pensativo as flores da tapeçaria. Nesse momento, apesar de suas boas maneiras, o diplomata não se conteve mais e lançou ao tabelião um olhar fulminante.

— Passe por aqui, meu senhor — disse-lhe, caminhando rapidamente em direção ao cômodo que precedia o salão.

Tremendo, o tabelião o seguiu, sem completar a frase.

— Meu senhor — disse-lhe o marquês de Vandenesse com uma raiva acumulada, fechando violentamente a porta do salão onde deixara a mulher e o marido — desde o jantar o senhor só tem feito tolices e falado bobagens. Por Deus! Vá embora! Acabará por causar grandes infortúnios. Se é um excelente tabelião, fique em seu gabinete, mas se, por acaso, estiver no meio da sociedade, tente ser mais discreto...

Em seguida, voltou para o salão, deixando o tabelião sem nem sequer se despedir. Por um momento, o notário permaneceu completamente atônito, paralisado, sem saber onde estava. Quando os zunidos em seus ouvidos cessaram, pensou ter ouvido gemidos, idas e vindas no salão, onde as sinetas eram tocadas com violência. Temeu rever Vandenesse e recuperou o uso das pernas para se retirar e chegar à escadaria, porém, à porta, esbarrou nos criados, que se apressavam para tomar as ordens de seu patrão.

"Assim são todos esses grandes senhores", disse, por fim, a si mesmo quando estava na rua à procura de uma carruagem, "fazem-nos falar, instigando-nos com elogios; acreditamos diverti-los; de maneira nenhuma! São impertinentes conosco, colocam-nos de lado e nos chutam porta afora sem o menor constrangimento. Afinal, mostrava-me tão espirituoso, não disse nada que não fosse sensato, atencioso, apropriado. Palavra de honra, recomendou-me mais discrição, como se me faltasse alguma. Que diabos, sou tabelião, membro da junta comercial. Deve ter sido uma piada de embaixador, nada é sagrado para essas pessoas. Amanhã ele me explicará como só fiz tolices e falei apenas bobagens em sua casa. Pedir-lhe-ei satisfações, quer dizer, vou lhe perguntar o porquê de tudo isso. Pode ser que estivesse errado, afinal... Palavra de honra, sou muito bom em quebrar a cabeça! De que me adianta tudo isso?"

O tabelião voltou para casa e apresentou o enigma à esposa, contando-lhe, detalhe por detalhe, os acontecimentos da noite.

— Meu caro Crottat, Sua Excelência tinha completa razão ao lhe dizer que você só fez tolices e falou bobagens.

— Por quê?

— Meu querido, poderia lhe dizer, mas isso não o impediria de fazer o mesmo em outro lugar amanhã. Sendo assim, recomendo-lhe que não fale de nada além de negócios quanto estiver com outras pessoas.

— Se não quer me dizer, perguntarei amanhã ao...

— Meu Deus, as pessoas mais insignificantes se esforçam por ocultar esse tipo de coisa, e você acha que um embaixador vai lhe relatar tudo! Mas, Crottat, nunca o vi com tão pouco bom senso!

— Obrigado, minha querida!

## CAPÍTULO V
# OS DOIS ENCONTROS

Um ex-ordenança de Napoleão, a quem chamaremos simplesmente de marquês ou general, que na Restauração fez grande fortuna, veio passar as festas em Versalhes, onde tinha uma casa de campo situada entre a igreja e as muralhas de Montreuil, no caminho que leva à avenida de Saint-Cloud. Seu serviço na corte não lhe permitia deixar Paris.

Construído para servir de refúgio aos amores passageiros de algum importante nobre, esse pavilhão tinha dependências muito vastas. Os jardins em que se situava o afastavam igualmente à direita e à esquerda das primeiras casas de Montreuil e das choupanas construídas nos arredores da muralha; assim, sem ficar muito isolados, os senhores dessa propriedade desfrutavam, a dois passos da cidade, de todos os prazeres da solidão. Por uma estranha contradição, a fachada e a porta da frente da casa passavam imediatamente à rua que talvez em outra época fosse pouco movimentada. Essa hipótese parece provável se chegarmos a considerar que essa rua termina no delicioso pavilhão construído por Luís XV para a senhorita de Romans e que, antes de lá chegar, os curiosos reconheçam, aqui e ali, inúmeros cassinos cujo interior e decoração revelam as devassidões espirituais de nossos ancestrais, que, mergulhados na libertinagem de que são acusados, procuravam, ainda assim, a sombra e o mistério.

Numa noite de inverno, o marquês, sua esposa e filhos se viram sozinhos naquela casa deserta. Os criados haviam obtido permissão para ir celebrar o casamento de um deles em Versalhes e, presumindo que, somada a tal evento, a solenidade de Natal lhes ofereceria uma desculpa válida junto a seus senhores, consagraram à festa um pouco mais de tempo do que lhes fora concedido. No entanto, como o general era conhecido por ser um homem que jamais deixara de cumprir a palavra com inflexível probidade, os intransigentes não dançavam sem algum remorso quando o prazo para o regresso expirara. Acabavam de soar 11 horas e nenhum criado havia chegado. O silêncio profundo que reinava no campo permitia ouvir, de tempos em tempos, o vento norte assobiando entre os galhos escurecidos das árvores, bramindo à volta da casa ou se precipitando pelos longos corredores. A geada havia purificado o ar, endurecido a terra e coberto os pavimentos de tal maneira que tudo tinha aquela sonoridade seca com que os fenômenos atmosféricos nos surpreendem eternamente. O caminhar pesado de um beberrão atrasado ou o ruído de uma carruagem voltando para Paris ressoavam com mais força e eram ouvidos mais longe do que de costume. As folhas mortas, postas a dançar por súbitos redemoinhos, arrastavam-se sobre as pedras do pátio de modo a dar uma voz à noite, mesmo quando ela queria permanecer muda. Era, enfim, uma daquelas amargas noites que arrancam de nosso egoísmo uma reclamação estéril em favor dos pobres ou dos viajantes e tornam nossa lareira tão voluptuosa. Nesse momento, a família reunida no salão não se preocupava com a ausência dos criados, nem com os desabrigados, nem com a poesia que emana de uma noite de inverno. Sem filosofias fora de hora, e confiantes na proteção de um velho soldado, mulheres e crianças se entregavam às delícias oferecidas pela vida íntima quando não se frustram os sentimentos, quando a afeição e a franqueza animam os discursos, os olhares e as brincadeiras.

O general estava sentado ou, melhor dizendo, afundado em uma poltrona alta e espaçosa, no canto da lareira, onde brilhava um fogo intenso que espalhava o calor penetrante que é sintoma de um frio excessivo do lado de fora. Apoiada no encosto do assento e ligeiramente inclinada, a cabeça desse bravo pai permanecia em uma pose cuja indolência mostrava uma calma absoluta, um suave desabrochar de alegria. Seus braços, um pouco adormecidos, pendendo languidamente para fora da poltrona, coroavam uma expressão de felicidade. Ele contemplava o menor dos filhos, um menino de apenas 5 anos que, seminu, recusava-se a deixar que a mãe o trocasse. A criança evitava a camisola e a touca de dormir com que a marquesa às vezes o ameaçava; vestia a camisa bordada e ria da mãe quando ela o chamava, percebendo que ela também se divertia com aquela rebelião infantil; voltava então a brincar com a irmã, também ingênua, mas um pouco mais maliciosa, e que já falava com mais clareza do que ele, cujas palavras vagas e ideias confusas eram inteligíveis apenas para os pais. A pequena Moina, dois anos mais velha, provocava risadas intermináveis com seus caprichos já femininos, que surgiam como foguetes e pareciam sem motivo; mas, ao ver os dois rolando diante do fogo, mostrando sem vergonha o belo corpo rechonchudo, as formas brancas e delicadas, misturando os cachos de seus cabelos pretos e louros, roçando o rosto rosado no qual a alegria traçava covinhas ingênuas, certamente um pai e sobretudo uma mãe compreendiam essas pequenas almas, para eles já cheias de personalidade e por quem já haviam se apaixonado. Esses dois anjos faziam empalidecer, com as cores vivas de seus olhos úmidos, de suas faces brilhantes e de sua tez branca, as flores do tapete macio, palco de brincadeiras, no qual caíam, derrubavam-se, lutavam e rolavam sem perigo. Sentada em uma namoradeira do outro lado da lareira, diante do marido, a mãe estava rodeada de roupas espalhadas e permanecia, com um sapatinho vermelho na mão, em uma atitude completamente relaxada. Sua severidade indecisa morria em um doce sorriso estampado nos lábios. Com cerca de 36 anos, ela ainda conservava a beleza em virtude da rara perfeição das linhas do rosto, ao qual o calor, a luz e a felicidade emprestavam naquele momento um brilho sobrenatural. Frequentemente ela parava de olhar os filhos para voltar os olhos carinhosos ao rosto sério do marido e, às vezes, quando se encontravam, os olhares dos dois esposos trocavam prazeres mudos e profundas reflexões. O general tinha um rosto bastante bronzeado. Sua testa larga e imaculada era atravessada por algumas mechas de cabelo grisalho. O brilho másculo de seus olhos azuis e a bravura inscrita nas rugas de suas faces exauridas indicavam que ele conquistara a fita vermelha que decorava a lapela de seu casaco a duras penas. Nesse momento, as alegrias inocentes expressas pelos dois filhos se refletiam em seu semblante vigoroso e firme, no qual transpareciam indescritíveis bonomia e candura. Esse velho capitão voltava a ser criança sem grandes esforços. Não há sempre um pouco de amor pela infância nos soldados que passaram pelos infortúnios da vida a ponto de saber reconhecer as misérias da força e os privilégios da fraqueza? Mais afastado, diante de uma mesa redonda iluminada por lampiões cuja luz vívida contrastava com o brilho pálido das velas colocadas sobre a lareira, estava um rapazinho de 13 anos que virava rapidamente as páginas de um grande livro. Os gritos do irmão ou da irmã não o distraíam, e seu rosto mostrava a curiosidade da juventude. Essa profunda concentração era justificada pelas maravilhas cativantes das *Mil e Uma Noites* e por um uniforme de colégio. Ele permanecia imóvel, em uma atitude meditativa, com um cotovelo na mesa e a cabeça apoiada em uma das mãos, cujos dedos brancos se destacavam em meio aos cabelos escuros. Com a claridade incidindo diretamente sobre seu rosto e o restante do corpo na escuridão, ele parecia um dos obscuros autorretratos em que o pintor Rafael se representara atento, inclinado, pensando no futuro. Entre essa mesa e a marquesa, uma jovem alta e bela trabalhava, inclinada diante de um tear de tapeçaria, do qual ora aproximava, ora afastava a cabeça, cujos cabelos de ébano cuidadosamente alisados refletiam a luz. Hélène, por si só, era um espetáculo. Sua beleza se evidenciava por um raro caráter de força e elegância. Embora penteada de forma a desenhar traços precisos ao redor da cabeça, sua cabeleira era tão abundante que, rebelde aos dentes do pente, enrolava-se energicamente na nuca. Suas sobrancelhas, muito grossas e uniformemente dispostas, contrastavam com a brancura da fronte imaculada. Até mesmo em seu lábio superior ela apresentava sinais de coragem, perceptíveis em um leve toque de sépia sob um nariz grego de contornos rigorosamente perfeitos. Entretanto a cativante amplitude das formas, a expressão cândida dos outros traços, a transparência de uma tez delicada, a voluptuosa suavidade dos lábios, o acabamento ovalado do rosto e, sobretudo, a santidade de seu olhar virginal, imprimiam a essa vigorosa beleza a suavidade feminina, a encantadora modéstia que reivindicamos a esses anjos de paz e amor. Mas não havia nada de frágil nessa jovem, e seu coração devia ser tão doce, sua alma tão forte, quanto eram magníficas suas proporções e atraente seu rosto. Ela imitava o silêncio do irmão colegial, e parecia presa em uma daquelas fatais meditações de moça, frequentemente impenetráveis à observação de um pai ou mesmo à sagacidade das mães — de modo que era impossível saber se devia-se atribuir ao jogo de luz ou às dores secretas as caprichosas sombras que lhe cobriam o rosto como tênues nuvens em um céu límpido.

 Nesse momento, os dois mais velhos eram completamente esquecidos pelo marido e pela mulher. No entanto, várias vezes o olhar questionador do general envolvera a cena silenciosa que, vista do fundo, oferecia uma graciosa concretização das esperanças inscritas nas algazarras infantis, presentes no primeiro plano desse quadro doméstico. Ao explicar a vida humana por gradações insensíveis, essas figuras compunham uma espécie de poema vivo. O luxo dos acessórios que decoravam o salão, a diversidade das atitudes, as oposições no colorido tão diverso das roupas, os contrastes daqueles rostos tão distintos pelas diferentes idades e pelos contornos que as luzes evidenciavam espalhavam sobre essas páginas humanas todas as riquezas exigidas à escultura, aos pintores, aos escritores. Enfim, o silêncio e o inverno, a solidão e a noite emprestavam sua majestade a essa sublime e inocente composição, efeito natural e encantador. A vida conjugal é repleta dessas horas sagradas, cuja indefinível atração talvez se deva a alguma lembrança de um mundo melhor. Centelhas divinas seguramente irradiam sobre essa espécie de cenas, destinadas a compensar o homem por algumas de suas tristezas, a fazê-lo aceitar sua existência. Parece que o universo está aí, diante de nós, sob uma aparência encantadora, estendendo suas grandes ideias de ordem, as mesmas leis defendidas pela vida social ao falar do futuro.

No entanto, apesar do olhar de ternura que Hélène dirigia a Abel e Moina, que irrompiam em uma de suas risadas, apesar da felicidade estampada em seu rosto lúcido ao olhar furtivamente para o pai, um sentimento de profunda melancolia se imprimia em seus gestos, em sua atitude e, acima de tudo, em seus olhos velados por longas pálpebras. Suas mãos brancas e fortes, pelas quais passava a luz, conferindo-lhes uma vermelhidão diáfana, quase fluida... pois bem, essas mãos tremiam! Uma única vez, sem se desafiar mutuamente, os olhos da marquesa e os dela se encontraram. Essas duas mulheres se compreenderam então por meio de um olhar — opaco, frio e respeitoso em Hélène, sombrio e ameaçador na mãe. Hélène abaixou prontamente os olhos na direção do tear, puxou a agulha rapidamente e, por um bom tempo, não ergueu a cabeça, que parecia ter se tornado pesada demais para sustentar. Era a mãe severa demais com a filha, julgando essa severidade necessária? Tinha ela ciúmes da beleza de Hélène, com quem ainda podia rivalizar, empregando todos os prestígios do vestuário? Ou teria a filha surpreendido, como acontece com muitas meninas quando se tornam um pouco mais perspicazes, os segredos que essa mulher, na aparência tão religiosamente fiel a seus deveres, acreditava ter enterrado de forma tão profunda em seu coração quanto em um túmulo?

Hélène chegara a uma idade em que a pureza da alma leva a uma rigidez que vai além da justa medida em que devem permanecer os sentimentos. Em algumas mentes, as faltas assumem as proporções do crime; a imaginação, então, reage sobre a consciência e, frequentemente, as jovenzinhas exageram a punição em razão da extensão que dão aos crimes. Hélène parecia não se achar digna de ninguém. Um segredo de sua vida anterior, um acidente talvez, a princípio incompreendido, mas desenvolvido pela sensibilidade de sua inteligência — influenciada por ideias religiosas — parecia, recentemente, tê-la de certo modo excessivamente degradado aos próprios olhos. Essa mudança de conduta começara no dia em que ela lera, na recente tradução de peças de teatro estrangeiras, a bela tragédia *Guilherme Tell*, de Schiller[44]. Depois de repreender a filha por ter deixado de lado o volume, a mãe percebera que o estrago causado por essa leitura na alma de Hélène vinha da cena em que o poeta estabelece uma espécie de fraternidade entre Guilherme Tell, que derrama o sangue de um homem para salvar um povoado inteiro, e Jean, o Parricida. Tornando-se humilde, piedosa e recatada, Hélène não queria mais ir aos bailes. Passou a ser carinhosa com o pai como nunca o fora antes, especialmente quando a marquesa não era testemunha de suas adulações filiais. No entanto, se havia frieza na afeição de Hélène pela mãe, era expressa de forma tão sutil que o general não seria capaz de notar, por mais zeloso que fosse da união que reinava em sua família. Nenhum homem teria tido um olhar perspicaz o suficiente para sondar a profundidade desses dois corações femininos: um jovem e generoso, o outro sensível e orgulhoso; o primeiro, um tesouro de indulgência; o segundo, cheio de delicadeza e amor. Se a mãe magoava a filha com um hábil despotismo feminino, apenas os olhos da vítima eram capazes de senti-lo. De resto, apenas aquele episódio dera origem a tais conjecturas completamente insolúveis. Até aquela noite, nenhuma luz acusadora escapara dessas duas almas, mas entre elas e Deus certamente surgia algum sinistro mistério.

— Vamos, Abel! — exclamou a marquesa, aproveitando o momento em que, calados e exaustos, Moina e o irmão se acalmaram. — Vamos, meu filho, é preciso ir se deitar... — E, lançando-lhe um olhar imperioso, deitou-o rapidamente em seus joelhos.

— Mas, como — disse o general — já são dez e meia e nenhum dos criados voltou? Ah, esses indolentes! Gustave — acrescentou, voltando-se para o filho — só lhe dei esse livro com a condição de largá-lo às dez horas; você deveria tê-lo fechado na hora combinada e ido para a cama como me prometera. Se quer ser um homem notável, deve fazer de sua

---

44 Peça de teatro do dramaturgo alemão Friedrich Schiller (1759-1805), baseada no mito do herói lendário do século 14 e publicada em 1804. (N. do T.)

palavra uma segunda religião e mantê-la como sua honra. Fox[45], um dos maiores oradores da Inglaterra, era sobretudo reconhecido pela beleza de seu caráter. A fidelidade aos compromissos assumidos era a principal de suas qualidades. Quando criança, o pai dele, um velho inglês, ensinou-lhe uma lição eficaz o suficiente para causar uma impressão duradoura na mente de uma criança. Na sua idade, durante as férias, Fox costumava ir à casa do pai, que, como todos os ingleses ricos, tinha um jardim bastante grande ao redor de seu castelo. Existia nesse jardim um antigo barracão que tinha de ser derrubado e reconstruído em um local onde a vista era magnífica. As crianças adoram ver demolições. O pequeno Fox queria mais alguns dias de férias para assistir à queda do barracão, porém o pai exigia que ele retornasse ao colégio na data fixada para a volta às aulas; começou então uma desavença entre pai e filho. A mãe, como todas as mães, apoiou o pequeno Fox. Então, o pai prometeu solenemente ao filho que esperaria até as próximas férias para demolir o barracão. Fox retornou ao colégio. O pai achou que um garotinho distraído com seus estudos esqueceria de tal circunstância e mandou derrubar o barracão, reconstruindo-o no outro local. O teimoso menino só pensava naquele barracão. Quando voltou para a casa do pai, a primeira coisa que fez foi ir ver a antiga construção, mas voltou completamente entristecido e, à hora do almoço, disse ao pai: "O senhor me enganou". O velho cavalheiro inglês disse, com uma agitação cheia de dignidade: "É verdade, meu filho, mas vou reparar minha falta. É preciso se esforçar mais para manter sua palavra do que sua fortuna, pois o cumprimento da palavra traz fortuna, e nenhuma fortuna é capaz de apagar a mancha na consciência causada pela palavra não cumprida". O pai, então, mandou reconstruir o barracão como era antes e, depois de reconstruí-lo, ordenou que fosse demolido diante dos olhos do filho. Que isso, Gustave, sirva-lhe de lição.

Gustave, que ouvira atentamente o pai, fechou o livro no mesmo instante. Fez-se um momento de silêncio, durante o qual o general tomou Moina, que lutava contra o sono, e a colocou suavemente em seus braços. A pequena deixou a cabeça cambaleante se apoiar no peito do pai e ali adormeceu por completo, envolvida nos cachos dourados da bela cabeleira. Naquele

---

45 Referência a Charles James Fox (1749-1806), político inglês cuja atuação no parlamento britânico estendeu-se por 38 anos, até sua morte. (N. do T.)

momento, passos rápidos ressoaram na rua e, subitamente, três batidas à porta despertaram os ecos da casa. Essas batidas prolongadas tinham uma entonação tão fácil de compreender quanto o grito de um homem em perigo de morte. O cão de guarda latiu com ferocidade. Hélène, Gustave, o general e a esposa estremeceram fortemente, mas Abel, em quem a mãe acabara de colocar a touca, e Moina não acordaram.

— Esse está com pressa — exclamou o soldado, pousando a filha na poltrona.

Saiu da sala bruscamente, sem ter ouvido a súplica da esposa.

— Meu amigo, não vá...

O marquês passou ao seu quarto, pegou um par de pistolas, acendeu o lampião, avançou rumo à escada, desceu com a velocidade de um raio e logo chegou à porta da casa, seguido intrepidamente pelo filho.

— Quem está aí? — perguntou.

— Abra — respondeu uma voz quase sufocada por respirações ofegantes.

— É amigo?

— Sim, amigo.

— Está só?

— Sim, mas abra logo, porque estão vindo!

Um homem resvalou para o vestíbulo com a fantástica velocidade de uma sombra assim que o general abriu uma fresta da porta; e, sem que ele pudesse se opor, o estranho o forçou a soltá-la, trancando-a com um vigoroso chute, apoiando-se sobre ela para impedir que se abrisse novamente. O general, que ergueu subitamente a pistola e o lampião contra o peito do desconhecido para impor respeito, viu um homem de estatura mediana envolto em um casaco forrado, uma vestimenta de velho, imensa, arrastando-se no chão, parecendo não ter sido feita para ele. Por prudência ou por acaso, o fugitivo tinha a fronte completamente coberta por um chapéu que lhe caía sobre os olhos.

— Senhor — disse ele ao general — abaixe o cano de sua pistola. Não pretendo ficar em sua casa sem seu consentimento, mas, se tiver que sair, a morte me espera na muralha. E que morte! O senhor teria que responder a Deus por ela. Peço-lhe hospitalidade por duas horas. Pense bem, meu senhor, pois por mais que lhe esteja suplicando, que minha súplica tenha o despotismo da necessidade. Peço-lhe a hospitalidade da Arábia[46]. Que eu lhe seja sagrado; caso contrário, abra a porta e eu morrerei. Preciso de sigilo, abrigo e água. Ah, água! — repetiu ele, com uma voz lamuriosa.

— Quem é o senhor? — perguntou o general, surpreso com a volubilidade febril com que o desconhecido falava.

— Ah, quem sou eu? Muito bem, abra a porta, vou-me embora — respondeu o homem com uma ironia infernal.

Apesar da habilidade com que o marquês empunhava o lampião, só lhe era possível ver a parte inferior daquele rosto, e nada lhe exortava em favor da hospitalidade tão singularmente solicitada: suas faces estavam trêmulas, lívidas e, seus traços, horrivelmente contraídos. Na sombra projetada pela aba do chapéu, os olhos se destacavam como dois clarões que quase empalideciam a fraca luz do lampião. No entanto, precisava de uma resposta.

— Meu senhor — disse o general — suas palavras são tão extraordinárias que, em meu lugar...

— O senhor tem minha vida em suas mãos — exclamou o estranho com uma voz terrível, interrompendo o anfitrião.

— Duas horas — disse o marquês, hesitante.

— Duas horas — repetiu o homem.

Mas, de repente, em um gesto de desespero, ele empurrou o chapéu e descobriu a fronte, lançando um olhar — como em uma última tentativa — cujo intenso brilho penetrou na alma do general. Esse impulso de inteligência e vontade se assemelhava a um relâmpago e foi fulminante como um raio, pois há ocasiões em que os homens se tornam investidos de um poder inexplicável.

— Muito bem, seja quem for, estará seguro sob meu teto — continuou gravemente o dono da casa, que pensava obedecer a um daqueles movimentos instintivos que nem sempre somos capazes de explicar.

— Deus lhe pague — acrescentou o desconhecido, deixando escapar um profundo suspiro.

— O senhor está armado? — perguntou-lhe o general.

Em resposta, o estranho lhe deu apenas tempo de pôr os olhos sobre

---

46 Na sociedade árabe, a hospitalidade é conhecida como um dos pilares da ética. (N. do T.)

o casaco, abrindo-o e fechando-o rapidamente. Aparentemente, estava desarmado, e com os trajes de um jovem que saíra do baile. Por mais rápido que tenha sido o exame do desconfiado militar, ele viu o suficiente para exclamar: — Mas onde diabos foi possível se molhar assim com um tempo tão seco?

— Mais perguntas! — respondeu o estranho, com altivez.

Nesse momento, o marquês percebeu a presença do filho e se lembrou da lição que acabara de lhe ensinar sobre o estrito cumprimento da palavra dada; ficou tão contrariado por essa circunstância que lhe disse, sem disfarçar um tom de exaltação: — Como é que o velhaco ainda está aí em vez de ter ido para a cama?

— Porque pensei que poderia ser útil em caso de perigo — respondeu Gustave.

— Vamos, suba para seu quarto — disse o pai, apaziguado pela resposta do filho. — E o senhor — dirigindo-se ao desconhecido — siga-me.

Ficaram em silêncio, como dois jogadores que desconfiam um do outro. O general chegou mesmo a ter pressentimentos sinistros. O desconhecido já lhe pesava no coração como um pesadelo, contudo, dominado pela palavra dada, conduziu-o pelos corredores e pela escadaria da casa e o fez entrar em um grande aposento situado no segundo andar, exatamente acima do salão. Esse cômodo desabitado, sem ligação com nenhum outro aposento, servia de área de serviço no inverno e não tinha qualquer decoração nas quatro paredes amareladas a não ser dois espelhos — um deles, horrendo, deixado sobre a lareira pelo proprietário anterior, e outro maior que, sem utilidade depois da mudança do marquês, fora provisoriamente colocado diante do fogo. O assoalho daquele vasto sótão nunca fora varrido, o ar estava gelado e duas velhas cadeiras desempalhadas compunham toda a mobília. Depois de colocar o lampião no suporte da lareira, o general disse ao desconhecido: — Sua segurança exige que esse miserável sótão lhe sirva de abrigo. E, como lhe dei minha palavra quanto ao sigilo, o senhor me permitirá que o tranque aqui.

O homem abaixou a cabeça, concordando.

— Só pedi abrigo, sigilo e água — acrescentou.

— Vou trazer um pouco — respondeu o marquês, que fechou a porta com cuidado e desceu as escadas tateando no escuro até o salão, onde pegou um castiçal, para ir ele mesmo buscar uma jarra d'água na despensa.

— E então, o que se passou? — perguntou ansiosamente a marquesa ao marido.

— Nada, minha querida — respondeu ele, friamente.

— Mas escutamos muito bem, você acaba de levar alguém lá para cima...

— Hélène — continuou o general, olhando para a filha, que ergueu a cabeça em sua direção — lembre-se de que a honra de seu pai depende de sua discrição. Você não deve ter ouvido nada.

A jovem respondeu com um significativo aceno da cabeça. A marquesa ficou completamente confusa e intimamente irritada pela forma como o marido lhe impunha silêncio. O general foi pegar uma jarra e um copo e voltou ao aposento onde deixara o prisioneiro: encontrou-o de pé, apoiado contra a parede, perto da lareira, com a cabeça descoberta; ele jogara o chapéu sobre uma das duas cadeiras. Certamente o estranho não esperava se ver tão intensamente iluminado. Sua testa franziu e o rosto se mostrou preocupado ao contemplar o olhar penetrante do general; mas logo se acalmou e assumiu uma expressão gentil para agradecer a seu protetor. Quando este colocou o copo e a jarra sobre o suporte da lareira, o estranho, lançando-lhe novamente um olhar iluminado, rompeu o silêncio.

— Meu senhor — disse ele com uma voz suave, que não tinha mais as inflexões guturais de antes, porém ainda indicava um tremor interno — vou soar bizarro. Perdoe-me quaisquer caprichos necessários. Mas se vai ficar aí, peço-lhe que não olhe para mim enquanto bebo.

Contrariado por continuar obedecendo a um homem que lhe desagradava, o general se virou bruscamente. O estranho tirou do bolso um lenço branco e o enrolou na mão direita; então, pegou a jarra e bebeu de um só gole toda a água que ela continha. Sem pensar em desrespeitar seu juramento tácito, o marquês olhou maquinalmente o espelho, entretanto, assim, pelo reflexo entre os dois espelhos que lhe permitia visualizar perfeitamente o desconhecido, pôde ver o lenço subitamente se tingir de vermelho ao contato das mãos, que estavam banhadas em sangue.

— Ah! O senhor me viu — exclamou o homem quando, depois de beber e se enrolar no casaco, examinou o general com desconfiança. — Estou perdido. Eles estão vindo, já estão aqui!

— Não ouço nada — disse o marquês.

— O senhor não está empenhado, como eu, em escutar.

— Então o senhor se bateu em duelo, para ficar assim coberto de sangue? — perguntou o general, bastante emocionado, distinguindo a cor das grandes manchas com que as roupas do hóspede estavam encharcadas.

— Sim, um duelo, o senhor adivinhou — repetiu o estranho, deixando um sorriso amargo vagar pelos lábios.

Nesse momento, o som dos passos de vários cavalos a galope ressoou ao longe, mas esse ruído era fraco como as primeiras luzes da manhã. O ouvido treinado do general reconheceu a marcha dos cavalos disciplinados pelo regime do esquadrão.

— É a polícia — disse ele.

Lançou um olhar ao prisioneiro que dissiparia quaisquer dúvidas que pudessem ter sido sugeridas por sua indiscrição involuntária, pegou de volta o lampião e voltou ao salão. Assim que colocou a chave do aposento do andar de cima sobre a lareira, o ruído produzido pela cavalaria ficou mais alto e se aproximou da casa com uma rapidez que o fez estremecer. De fato, os cavalos pararam diante da entrada. Depois de trocar algumas palavras com seus companheiros, um dos cavaleiros apeou e bateu à porta com força, obrigando o general a ir abri-la. Este não pôde conter uma secreta comoção ao ver seis policiais, cujos chapéus de borda prateada brilhavam à luz da lua.

— Meu senhor — disse-lhe um cabo — por acaso não ouviu um homem correndo em direção à muralha agora há pouco?

— Em direção à muralha? Não.

— O senhor não abriu sua porta a ninguém?

— Por acaso tenho o hábito de abrir eu mesmo a porta? — Perdão, meu general, mas há um momento me pareceu que...

— Ah! — exclamou o marquês com um tom de raiva — então vocês estão querendo brincar comigo? Têm por acaso o direito...

— De forma nenhuma, meu senhor — disse o cabo, gentilmente. — O senhor deve perdoar nosso zelo. Sabemos muito bem que um nobre francês não correria o risco de receber um assassino a esta hora da noite, porém o desejo de obter algumas informações...

— Um assassino! — exclamou o general — E quem foi...?

— O senhor barão de Mauny acaba de ser retalhado a machadadas — continuou o policial. — Mas o assassino está sendo perseguido com afinco. Temos certeza de que ele está por perto e vamos encontrá-lo. Com sua licença, meu general.

O policial falava enquanto voltava a montar em seu cavalo, de modo que, felizmente, não pôde ver o rosto do general. Habituado a desconfiar de tudo e todos, o cabo poderia ter suspeitado do aspecto daquela fisionomia desprotegida em que se representavam tão fielmente os movimentos da alma.

— Já se sabe o nome do assassino? — perguntou o general.

— Não — respondeu o cavaleiro. — Ele deixou a escrivaninha cheia de ouro e notas, intocada.

— Trata-se de uma vingança, então — disse o marquês.

— Contra um velho? Não, não, esse sujeito não terá tido tempo de completar seu golpe.

E o cabo se juntou a seus companheiros, que já galopavam ao longe. O general ficou, por um momento, dominado por hesitações facilmente compreensíveis. Logo ouviu os criados retornando, discutindo calorosamente, e a voz deles ressoava na encruzilhada de Montreuil. Quando chegaram, sua raiva — que precisava de um pretexto para ser arejada — recaiu sobre eles como um raio. Sua voz fez estremecer os ecos da casa. Em seguida, subitamente se acalmou quando o mais ousado, o mais habilidoso deles, seu valete, desculpou-se pela demora, dizendo-lhe que haviam sido detidos à entrada de Montreuil por militares e policiais à procura de um assassino. O general prontamente se calou. Então, lembrado por essa palavra dos deveres de sua distinta situação, secamente lhes ordenou que fossem para a cama imediatamente, surpreendendo a todos com que facilidade aceitara a mentira do valete.

Entretanto, enquanto esses eventos aconteciam no pátio, um incidente aparentemente sem importância alterara a situação dos outros personagens que aparecem nesta história. Assim que o marquês saiu, sua esposa, lançando um olhar que ia da chave do sótão a Hélène, terminou por dizer em voz baixa, inclinando-se para a filha: — Hélène, seu pai deixou a chave sobre a lareira.

Espantada, a jovem ergueu a cabeça e olhou timidamente para a mãe, cujos olhos brilhavam de curiosidade.

— E então, mamãe? — respondeu ela, com uma voz agitada.

— Gostaria de saber o que se passa lá em cima. Se há alguém no aposento, ainda não se mexeu. Vá até lá...

— Eu? — disse a jovem com certo pavor.

— Está com medo?

— Não, senhora, mas acho que percebi passos de um homem.

— Se eu mesma pudesse ir, não lhe pediria que lá fosse, Hélène — disse a mãe com um tom de dignidade fria. — Se seu pai voltasse e não me achasse aqui, talvez fosse atrás de mim, mas não perceberia sua ausência.

— Senhora — respondeu Hélène — se me ordenar, irei; porém perderei a estima de meu pai...

— Como? — disse a marquesa com um tom de ironia. — Mas já que você leva a sério o que era apenas uma brincadeira, realmente ordeno que vá ver quem está lá em cima. Eis a chave, minha filha! Seu pai, ao lhe recomendar silêncio sobre o que acontece neste momento em sua casa, não lhe proibiu de subir àquele quarto. Vá, com a certeza de que uma mãe jamais deva ser julgada pela filha...

Depois de ter pronunciado estas últimas palavras com toda a severidade de uma mãe ofendida, a marquesa pegou a chave e a entregou a Hélène, que se levantou sem dizer uma só palavra e saiu da sala.

"Minha mãe sempre saberá como obter o perdão dele; eu, porém, estarei perdida na mente de meu pai. Ela quer, por acaso, que eu seja privada da afeição que ele tem por mim, quer que ele me expulse de sua casa?"

Tais ideias fermentaram subitamente em sua imaginação enquanto ela caminhava ao longo do corredor sem luz, em cujo fundo estava a porta para o aposento misterioso. Quando lá chegou, a confusão de seus pensamentos tinha algo de fatal. Essa espécie de reflexão desconexa serviu para fazer transbordar mil sentimentos guardados até então em seu coração. Nesse momento terrível, talvez sem acreditar mais em um futuro feliz, acabara por colocar sua vida em desespero. Tremia convulsivamente ao aproximar a chave da fechadura, e sua emoção se tornou tão forte que ela se deteve por um momento para colocar a mão sobre o coração, como se tivesse assim o poder de acalmar suas batidas profundas e sonoras. Por fim, abriu a porta. O ranger das dobradiças certamente não chegou aos ouvidos do assassino. Embora sua audição fosse bastante apurada, ele permanecia colado à parede, imóvel, como que perdido em seus pensamentos. O círculo de luz projetado pela lanterna o iluminava fracamente, e ele parecia, naquele trecho de claro-escuro, uma daquelas estátuas sombrias de cavaleiros no canto de algum túmulo escuro, na cripta de uma capela gótica. Gotas de suor frio enrugavam sua fronte larga e amarela. Uma audácia inacreditável brilhava naquele rosto fortemente contraído. Seus olhos de fogo, fixos e secos, pareciam contemplar uma luta que se estendia diante dele na escuridão. Pensamentos tumultuosos passavam rapidamente por seu rosto, cuja expressão firme e precisa indicava uma alma superior. Seu corpo, seu comportamento e suas proporções combinavam com seu gênio selvagem. Esse homem era todo força e todo poder, e enxergava a escuridão como uma imagem visível de seu futuro. Habituado a ver as figuras enérgicas dos gigantes que se reuniam ao redor de Napoleão, e preocupado por uma curiosidade moral, o general não prestara atenção às peculiaridades físicas desse extraordinário homem; mas Hélène, sujeita como todas as mulheres às impressões exteriores, foi invadida por aquela mistura de luz e sombra, de grandiosidade e paixão, por um caos poético que dava ao desconhecido a aparência do Lúcifer se reerguendo após a queda. De repente, a tormenta estampada naquele rosto cessou como em um passe de mágica, e a indefinível influência, de que o estranho era, talvez involuntariamente, a causa e o efeito, expandiu-se ao seu redor com a progressiva rapidez de uma inundação. Uma torrente de pensamentos fluiu de sua fronte no momento em que seus traços retomaram as formas naturais. Encantada, seja pela estranheza da visão, seja pelo mistério em que se metia, a jovem pôde então admirar uma fisionomia doce e cheia de interesse. Permaneceu por algum tempo em um prestigioso silêncio, nas garras de preocupações até então desconhecidas por sua jovem alma. Mas logo em seguida, seja porque Hélène deixara escapar uma exclamação, seja porque tenha feito um movimento, ou talvez porque o assassino, voltando do mundo ideal ao mundo real, tenha ouvido outra respiração além da sua, ele virou a cabeça na direção da filha do anfitrião e viu indistintamente nas sombras a sublime figura e as majestosas formas de uma criatura que deve ter confundido com um anjo, vendo-a imóvel e vaga como uma aparição.

— Senhor! — disse ela com uma voz palpitante.

O assassino estremeceu.

— Uma mulher! — ele exclamou suavemente. — Será possível? Vá embora! — continuou. — Não reconheço a ninguém o direito de vir me julgar, absolver ou condenar. Devo viver sozinho. Vá, minha menina — acrescentou com um gesto de soberano — deixaria de reconhecer o serviço que o dono desta casa me presta se deixasse qualquer uma das pessoas que aqui habitam respirar o mesmo ar que o meu. Devo me submeter às leis do mundo.

Esta última frase foi pronunciada em voz baixa. Para terminar de envolver, por sua profunda intuição, as misérias que essa ideia melancólica lhe revelara, lançou sobre Hélène um olhar enviesado, revolvendo no coração daquela moça singular um mundo de pensamentos ainda adormecidos. Era como uma luz que lhe iluminara terras desconhecidas. Sua alma foi oprimida, subjugada, sem que ela encontrasse forças para se defender contra o poder magnético daquele olhar, por mais involuntariamente que tenha sido lançado.

Envergonhada e trêmula, ela saiu e não voltou para o salão até pouco antes de o pai retornar, de modo que não pôde dizer nada à mãe.

O general, muito preocupado, caminhava em silêncio, os braços cruzados, indo a um passo uniforme das janelas voltadas para a rua às que davam para o jardim. A esposa cuidava de Abel, que dormia. Moina, repousando sobre a poltrona como um pássaro no ninho, cochilava tranquilamente. A irmã mais velha segurava um novelo de seda em uma mão, uma agulha na outra e contemplava o fogo. O silêncio profundo que reinava no salão, fora e dentro da casa, só era interrompido pelos passos arrastados dos criados, que foram se deitar-se um a um, por algumas risadas abafadas, último eco de sua alegria e da festa de núpcias; e, em seguida, pela porta de seu respectivo quarto, no momento em que a abriam, falando entre si, e quando a fecharam definitivamente. Alguns outros ruídos abafados ressoaram junto aos leitos. Uma cadeira caiu. A tosse de um velho cocheiro ressoou debilmente e se calou. Entretanto logo a sombria majestade que irrompe na natureza adormecida à meia-noite tomou conta de tudo. Só as estrelas brilhavam. O frio se apoderou da terra. Nenhuma outra criatura falava ou se mexia. Apenas o fogo murmurava, como se quisesse transmitir a profundidade do silêncio. O relógio de Montreuil soou uma hora. Nesse momento, passos extremamente leves ecoaram no andar de cima. O marquês e sua filha, certos de terem trancado o assassino do senhor de Mauny, atribuíram esses movimentos a uma das mulheres, e não se espantaram ao ouvir as portas do cômodo que antecedia o salão. Subitamente, o assassino apareceu no meio deles. O estupor em que o general mergulhou, a viva curiosidade da mãe e a surpresa da filha o fizeram avançar quase até o meio do salão e dizer ao general, com uma voz especialmente calma e melodiosa: — Meu senhor, as duas horas estão para expirar.

— O senhor, aqui! — gritou o general. — Como é possível? — e, com um olhar terrível, questionou a esposa e os filhos. Hélène ficou vermelha como o fogo. — O senhor — continuou o militar em um tom compenetrado — o senhor no meio de nós! Um assassino coberto de sangue, aqui! O senhor mancha esta cena! Saia! Saia! — acrescentou, enfurecido.

Ao ouvir a palavra assassino, a marquesa soltou um grito. Quanto a Hélène, essa palavra pareceu decidir sua vida — seu rosto não acusava o mínimo espanto. Ela parecia ter estado à espera daquele homem. Seus pensamentos tão vastos ganharam sentido. O castigo que o céu reservara a seus pecados se revelava. Julgando-se tão criminosa quanto aquele homem, a jovem olhou para ele com um olhar sereno: ela era sua companheira, sua irmã. Para ela, um mandamento de Deus se manifestou nessa circunstância. Alguns anos mais tarde, a razão não teria cedido a seus remorsos, mas, naquele momento, eles a tornavam insensata. O estranho permaneceu imóvel e frio. Um sorriso de desdém se desenhava em suas feições e em seus grandes lábios vermelhos.

— O senhor sequer reconhece a nobreza de meus modos para consigo — disse ele, lentamente. — Não queria tocar com minhas mãos o copo em que me ofereceu água para matar minha sede. Tampouco pensei em lavar minhas mãos ensanguentadas sob seu teto, e saio deixando de meu crime — a estas palavras, seus lábios se comprimiram — apenas a lembrança, ao tentar passar por aqui sem deixar rastros. Enfim, nem mesmo permiti que sua filha...

— Minha filha! — exclamou o general, lançando a Hélène um olhar de horror. — Ah, desgraçado, saia agora ou o matarei.

— As duas horas ainda não terminaram. O senhor não pode me matar nem me entregar sem perder seu próprio respeito... e o meu.

A esta última palavra, o militar estupefato tentou encarar o criminoso, mas foi obrigado a baixar os olhos, sentindo-se incapaz de contemplar o insuportável brilho de um olhar que, pela segunda vez, confundia sua alma. Teve medo de ceder mais uma vez, reconhecendo que sua vontade já se enfraquecia.

— Assassinar um velho! O senhor nunca teve uma família? — disse ele então, indicando-lhe a mulher e os filhos com um gesto paternal.

— Sim, um velho — repetiu o desconhecido, cuja fronte se contraiu levemente.

— Cortando-o em pedaços!

— Cortei-o em pedaços — retrucou o assassino, calmamente.

— Fuja! — exclamou o general, sem ousar olhar o hóspede. — Nosso pacto foi quebrado. Não vou matá-lo. Não! Jamais me tornarei o algoz do cadafalso. Mas saia, o senhor nos causa horror.

— Bem sei — respondeu o criminoso, resignado. — Não há terra na França onde eu possa pisar em segurança; mas, se a justiça soubesse, assim como Deus, julgar os casos particulares, se ela se dignasse a perguntar quem é o monstro, se o assassino ou a vítima, eu orgulhosamente permaneceria entre os homens. O senhor não imagina que um homem que acaba de ser esquartejado possa ter crimes anteriores? Tornei-me juiz e carrasco, substituí a impotente justiça humana. Adeus, meu senhor. Apesar da amargura que lançou em sua hospitalidade, guardá-lo-ei na lembrança. Ainda conservarei na alma um sentimento de gratidão por um homem no mundo, e este homem é o senhor... Mas gostaria que tivesse sido mais generoso.

Dirigiu-se à porta. Nesse momento, a jovem se inclinou para a mãe e sussurrou uma palavra em seu ouvido.

— Ah!... — o grito lançado pela esposa fez estremecer o general, como se tivesse visto Moina morta. Hélène estava de pé e o assassino se virou instintivamente, mostrando no rosto uma espécie de inquietude por aquela família.

— O que tem, minha querida? — perguntou o marquês.

— Hélène quer segui-lo — disse ela.

O assassino enrubesceu.

— Já que minha mãe traduziu tão mal uma exclamação quase involuntária — disse Hélène em voz baixa — realizarei seus desejos.

Depois de ter lançado um olhar de orgulho quase selvagem ao redor, a jovem baixou os olhos e manteve uma admirável atitude de modéstia.

— Hélène — disse o general — você subiu ao cômodo onde eu colocara...?

— Sim, meu pai.

— Hélène — perguntou ele com a voz alterada por um tremor convulsivo — é a primeira vez que você vê esse homem?

— Sim, meu pai.

— Não é natural, então, que tenha a intenção de...

— Se não é natural, ao menos é verdade, meu pai.

— Ah, minha filha... — disse a marquesa em voz baixa, mas de maneira que o marido a ouvisse. — Hélène, você quebra todos os princípios de honra, modéstia e virtude que tentei desenvolver em seu coração. Se até este momento tudo que representava era mentira, então não é digna de pena. É a perfeição moral desse desconhecido que a seduz? Seria essa a espécie de poder necessária a quem comete um crime? Estimo-a demasiado para supor...

— Ah, suponha o que quiser, minha senhora — Hélène respondeu friamente.

Mas, apesar da força de caráter que ela demonstrava naquele instante, o fogo em seus olhos mal conseguiu absorver as lágrimas que rolaram em seus olhos. O estranho decifrou a linguagem da mãe pelas lágrimas da jovem e lançou seu olhar de águia sobre a marquesa, que foi obrigada, por uma força irresistível, a fitar aquele terrível sedutor. Ora, quando o olhar dessa mulher encontrou os olhos límpidos e brilhantes daquele homem, ela sentiu na alma um calafrio semelhante à comoção que toma conta de nós quando encaramos um réptil ou tocamos em uma garrafa de Leiden[47].

— Meu amigo — gritou ela ao marido — ele é o demônio. É capaz de adivinhar tudo...

O general se levantou para puxar o cordão da sineta.

— Ele vai entregá-lo — disse Hélène ao assassino.

O desconhecido sorriu, deu um passo e deteve o braço do marquês, obrigando-o a encarar seu olhar, tomado de letargia, tirando-lhe toda a energia.

— Vou retribuir sua hospitalidade — disse ele — e ficaremos quites. Vou poupá-lo da desonra, entregando-me eu mesmo. Afinal, o que faria de minha vida agora?

---

47 A garrafa de Leiden é uma espécie primitiva de capacitor, dispositivo capaz de armazenar energia elétrica e transmitir choques quase imperceptíveis a quem a toca. (N. do T.)

— O senhor pode se arrepender — Hélène respondeu, transmitindo-lhe a esperança que só brilha nos olhos de uma jovem.

— Jamais me arrependerei — disse o assassino em voz alta, erguendo orgulhosamente a cabeça.

— Suas mãos estão manchadas de sangue — disse o pai à filha.

— Eu as limparei — respondeu ela.

— Mas — continuou o general, sem se aventurar a lhe indicar o desconhecido — você ao menos sabe se ele a quer?

O assassino avançou em direção a Hélène, cuja beleza — por mais casta e recatada que fosse — era como que iluminada por uma luz interior cujos reflexos coloriam e revelavam, por assim dizer, os menores traços e as linhas mais delicadas; então, depois de ter lançado sobre essa adorável criatura um olhar afetuoso, mas cuja chama ainda era terrível, ele disse, deixando transparecer uma intensa emoção: — Se me recusar à sua devoção, não estarei pagando as duas horas de existência que seu pai me prometeu e, ao mesmo tempo, amando-a por si mesma?

— Até o senhor me rechaça! — Hélène exclamou com um tom que dilacerou os corações. — Adeus a todos, prefiro morrer!

— O que significa isso? — seu pai e sua mãe lhe disseram ao mesmo tempo.

Ela permaneceu em silêncio e baixou os olhos depois de ter interrogado a marquesa com um olhar eloquente. A partir do momento em que o general e a esposa tentaram dissuadir pela palavra ou por ações o bizarro privilégio que o estranho assumira ao permanecer no meio deles, e desde que este lhes lançara a luz atordoante que brotava de seus olhos, eles acabaram por se submeter a um torpor inexplicável; e sua razão aturdida não os ajudava a repelir o poder sobrenatural sob o qual sucumbiam. Para eles, o ar se tornara pesado, e eles respiravam com dificuldade, sem poder acusar aquele que assim os oprimia, embora uma voz íntima não lhes deixasse ignorar que aquele homem mágico era o princípio de sua impotência. Em meio a essa agonia moral, o general percebeu que seus esforços deveriam ter como objetivo influenciar a vacilante sanidade da filha: agarrou-a então pela cintura e a carregou até o vão de uma janela, longe do assassino.

— Minha querida filha — disse ele em voz baixa — se algum estranho amor nascera de repente em seu coração, sua vida plena de inocência e sua alma pura e piedosa me deram demasiadas provas de caráter para supor que você não tenha a energia necessária para domar um acesso de loucura. Sua conduta, portanto, esconde um segredo. Pois bem, meu coração é cheio de indulgência, você pode lhe confiar qualquer coisa; mesmo que o dilacerasse, eu saberia, minha filha, silenciar meus sofrimentos e guardar um silêncio fiel à sua confissão. Vejamos então: você tem ciúmes de nosso afeto por seus irmãos ou sua irmã mais nova? Tem na alma algum mal de amor? Está infeliz aqui? Fala! Explique-me as razões que a levam a deixar sua família, a abandoná-la, a privá-la de seu maior encanto, a deixar sua mãe, seus irmãos, sua irmãzinha.

— Meu pai — respondeu ela — não tenho ciúmes nem estou apaixonada por ninguém, nem mesmo por seu amigo diplomata, o senhor de Vandenesse.

A marquesa empalideceu, e sua filha, que a observava, deteve-se.

— Não deveria, mais cedo ou mais tarde, viver sob a proteção de um homem?

— Isso é verdade.

— E por acaso sabemos — continuou ela — a que criatura vincularemos nosso destino? Eu acredito nesse homem.

— Filha — disse o general, elevando a voz — você não pensa em todos os sofrimentos que irão assaltá-la.

— Penso nos dele...

— Mas que vida! — disse o pai.

— Uma vida de mulher — respondeu a filha, sussurrando.

— Está sendo pretensiosa demais — exclamou a marquesa, recuperando a fala.

— Minha senhora, as perguntas me ditam as respostas, porém, se quiser, posso falar com mais clareza.

— Diga o que quiser, minha filha, sou mãe — nesse momento, a filha olhou para ela, e aquele olhar fez com que ela se calasse por um tempo. — Hélène, prefiro sofrer suas repreensões, caso queira fazê-las, a vê-la seguir um homem de quem todos fogem com horror.

— A senhora é capaz de perceber que, sem mim, ele estaria sozinho.

— Basta, senhora — exclamou o general — temos apenas uma filha.

— E olhou para Moina, que ainda dormia. — Vou trancá-la em um convento — acrescentou ele, voltando-se para Hélène.

— Que assim seja, meu pai — respondeu ela com uma calma desesperadora. — Lá morrerei. O senhor é responsável por minha vida e sua alma apenas perante Deus.

Um profundo silêncio se seguiu subitamente a essas palavras. Os espectadores da cena, em que tudo ofendia os sentimentos vulgares da vida social, não ousavam se olhar. De repente, o marquês viu suas pistolas, agarrou uma delas, engatilhou-a rapidamente e mirou no estranho. Ao ouvir o barulho do gatilho, o homem se virou, lançou seu olhar sereno e penetrante sobre o general, cujo braço, atingido por uma invencível fraqueza, baixou pesadamente, e a pistola caiu sobre o tapete...

— Minha filha — disse então o pai, abatido por essa terrível luta — você está livre. Beije sua mãe, se ela consentir. Quanto a mim, não quero mais vê-la nem a ouvir.

— Hélène — disse a mãe para a jovem — pense que viverá na miséria.

Uma espécie de chiado, vindo do largo peito do assassino, atraiu as atenções para ele. Uma expressão de desdém se desenhava em seu rosto.

— A hospitalidade que lhe ofereci está me custando muito caro — exclamou o general, pondo-se de pé. — Há pouco, o senhor matou um velho; aqui, mata uma família inteira. Aconteça o que acontecer, haverá infortúnio nesta casa.

— E se sua filha for feliz? — o assassino perguntou, olhando para o militar.

— Se for feliz com o senhor — respondeu o pai, fazendo um esforço incrível — não sentirei sua falta.

Hélène se ajoelhou timidamente diante do pai e disse com uma voz carinhosa: — Ó, meu pai, eu o amo e venero, quer o senhor me ofereça os tesouros de sua bondade ou os rigores da desgraça... Mas imploro que suas últimas palavras não sejam de raiva.

O general não ousou contemplar a filha. Nesse momento, o estranho se adiantou, lançando a Hélène um sorriso que tinha ao mesmo tempo algo de infernal e de celestial. — Anjo de misericórdia, que não se apavora diante de um assassino — disse ele — venha comigo, já que insiste em me confiar seu destino.

— Inconcebível! — exclamou o pai.

A marquesa lançou um olhar extraordinário para a filha, abrindo-lhe os braços. Hélène se precipitou neles chorando.

— Adeus — disse ela — adeus, minha mãe!

Corajosamente, Hélène fez um sinal ao estranho, que estremeceu. Depois de beijar a mão do pai e beijar às pressas, sem prazer, Moina e o pequeno Abel, desapareceu com o assassino.

— Para onde vão? — exclamou o general, ouvindo os passos dos dois fugitivos. — Senhora — disse, dirigindo-se à esposa — acho que estou sonhando: essa aventura me oculta algum mistério. Você deve sabê-lo.

A marquesa estremeceu.

— Já faz algum tempo — respondeu ela — sua filha se tornara extraordinariamente romântica e especialmente exaltada. Apesar de meus cuidados em combater essa tendência de seu caráter...

— Isso não torna nada claro...

Entretanto, imaginando ouvir os passos da filha e do estranho no jardim, o general se deteve para abrir rapidamente a janela.

— Hélène — gritou ele.

Essa voz se perdeu na noite como uma vã profecia. Ao pronunciar esse nome, ao qual nada mais correspondia no mundo, o general quebrou, como em um passe de mágica, o encanto a que uma força diabólica lhe submetera. Uma espécie de espírito lhe cruzou o rosto. Viu claramente a cena que acabara de acontecer e amaldiçoou sua fraqueza, algo que escapava à sua compreensão. Um arrepio quente passou de seu coração à cabeça, e depois a seus pés; tornou-se novamente o que era, terrível, sedento de vingança, e soltou um grito terrível.

— Socorro! Socorro!Correu até os cordões das sinetas, puxou-os a ponto de rompê-los, depois de ter feito ressoar estranhos tinidos. Todos os criados acordaram assustados. Ele, por sua vez, ainda gritando, abriu as janelas para a rua, chamou os policiais, encontrou suas pistolas e as disparou para acelerar a marcha da cavalaria, o despertar da criadagem e a vinda dos vizinhos. Os cães reconheceram a voz do dono e latiram, os cavalos relincharam e começaram a se agitar. Foi um tumulto medonho no meio daquela noite calma. À medida que descia as escadas para correr atrás da filha, o general viu os criados aterrorizados que chegavam de todos os lados.

— Minha filha! Hélène foi sequestrada. Corram para o jardim! Vigiem a rua! Abram as portas à polícia! Vão atrás do assassino!

E, imediatamente, em um esforço impulsionado pela raiva, quebrou a corrente que continha o grande cão de guarda.

— Hélène! Hélène! — disse-lhe.

O cachorro saltou como um leão, latindo furiosamente e correndo para o jardim com tanta velocidade que o general não conseguiu segui-lo. Nesse momento, o galope dos cavalos ressoou na rua e o general se apressou para abrir a porta ele mesmo.

— Cabo — exclamou — vá interromper a fuga do assassino do senhor de Mauny. Eles fugiram pelos meus jardins. Rápido, cerque os caminhos que levam à Colina de Picardie, vou fazer uma busca em todas as terras, jardins e casas. Vocês — disse aos criados — vigiem a rua e sigam pela muralha até Versalhes. Avante, todos!

Pegou um rifle que seu valete lhe trouxera e correu para o jardim, gritando para o cachorro: — Procure! — latidos horripilantes lhe responderam ao longe, e ele caminhou na direção de onde os rosnados do cachorro pareciam vir.

Às sete horas da manhã, as buscas da polícia, do general, de seus criados e dos vizinhos se mostraram inúteis. O cachorro não retornara. Exausto de cansaço e já envelhecido pela dor, o marquês voltou para seu salão, deserto para ele, apesar de ali estarem seus outros três filhos.

— Você foi fria demais com sua filha — disse ele, olhando para a esposa. — Eis o que nos resta dela! — acrescentou, apontando para o tear, em que via uma flor começada. — Há pouco, ela estava ali, e agora, está perdida, perdida!

Ele chorou, escondeu a cabeça entre as mãos e ficou por um momento em silêncio, sem ousar contemplar novamente aquele aposento que pouco tempo antes lhe oferecera a mais doce imagem da felicidade doméstica. Os clarões do amanhecer lutavam com os lampiões que expiravam; as velas queimavam seus festões de papel, tudo se harmonizava com o desespero desse pai.

— Isso precisará ser destruído — disse ele após um momento de silêncio, indicando o tear. — Não poderei ver mais nada que nos lembre dela...

A terrível noite de Natal, durante a qual o marquês e a mulher tiveram a infelicidade de perder a filha mais velha, sem ter podido se opor à estranha dominação exercida por seu involuntário sequestrador, foi como um aviso do destino. A falência de um corretor da bolsa do comércio arruinou o marquês. Ele hipotecou os bens da esposa para tentar uma especulação cujos lucros devolveriam à família toda a sua fortuna inicial, mas esse procedimento acabou por arruiná-lo. Levado pelo desespero a tentar qualquer coisa, o general se expatriou. Seis anos se passaram desde sua partida. Embora a família raramente recebesse notícias suas, alguns dias antes do reconhecimento da independência das repúblicas americanas pela Espanha, ele anunciou seu retorno.

 Então, em uma bela manhã, certos negociantes franceses, impacientes para retornar à terra natal com as riquezas adquiridas à custa de longos trabalhos e perigosas viagens, ora ao México, ora à Colômbia, achavam-se a algumas léguas de Bordeaux, em um navio espanhol. Um homem, envelhecido pelo cansaço ou pela dor mais do que seus anos comportavam, apoiava-se na amurada e parecia insensível ao espetáculo que se apresentava aos olhos dos passageiros reunidos no convés. Livres dos perigos da navegação e convidados pela beleza do dia, todos subiram ao tombadilho para saudar a pátria. A maior parte deles queria ver a qualquer custo, ao longe, os faróis, os edifícios da Gasconha, a torre de Cordouan, em meio às caprichosas criações de algumas poucas nuvens brancas que se elevavam no horizonte. Sem a franja prateada que brincava à frente do navio, sem o longo sulco que ele traçava em sua popa, os viajantes poderiam acreditar estar imóveis no meio do oceano, tão calmo estava o mar. O céu tinha uma pureza encantadora. A tonalidade escurecida de sua abóbada vinha, por imperceptíveis gradações, fundir-se com a cor azulada das águas, marcando o ponto de encontro por uma linha cuja claridade brilhava tão vivamente quanto a das estrelas. O sol fazia cintilar milhões de reflexos na vasta extensão do mar, de modo que as vastas planícies de água se mostravam mais luminosas do que os campos do firmamento. O navio tinha todas as velas infladas por um vento incrivelmente suave, e esses tecidos brancos como a neve, essas bandeiras amarelas ondulantes, esse labirinto de cordões se desenhavam com rigorosa precisão contra o fundo brilhante do ar, do céu e do oceano, sem receber outros matizes além das sombras projetadas pelas telas transparentes. Um belo dia, um vento fresco, a visão da pátria, um mar tranquilo, um ruído melancólico, um belo navio solitário deslizando sobre o oceano como uma mulher que se apressa para um encontro, tudo formava um quadro cheio de harmonia, uma cena da qual a alma humana podia abraçar espaços imutáveis, partindo de um ponto em que tudo era movimento. Havia uma oposição surpreendente de solidão e de vida, sem que ninguém soubesse onde estavam o ruído e a existência, o nada e o silêncio; e nenhuma voz humana rompia esse encanto celestial. O capitão espanhol, seus marujos e os franceses permaneciam sentados ou em pé, todos imersos em um êxtase religioso, tomado por lembranças. Havia certa preguiça no ar. Os rostos satisfeitos acusavam um completo esquecimento dos males do passado, e esses homens se balançavam nesse doce navio como em um sonho dourado. De tempos em tempos, porém, o velho passageiro, apoiado na amurada, olhava o horizonte com certa inquietude. Havia uma desconfiança do destino escrita em todas as suas feições, e ele parecia ter medo de não ter chegado a terras francesas rápido o suficiente. Esse homem era o marquês. A sorte não ficara surda aos gritos e esforços de seu desespero. Depois de cinco anos de tentativas e trabalhos árduos, viu-se possuidor de uma fortuna considerável. Na impaciência de ver seu país novamente e trazer felicidade para sua família, seguira o exemplo de alguns negociantes franceses em Havana, embarcando com eles em um barco espanhol com destino a Bordeaux. Ainda assim, sua imaginação, cansada de prever o mal, traçava-lhe as mais deliciosas imagens de sua felicidade passada. Vendo ao longe a linha escura descrita pela terra, pensou estar contemplando a esposa e os filhos. Estava em sua terra, no lar, e se sentia abrigado, acariciado. Imaginou Moina, linda, alta, imponente como uma jovenzinha. Quando essa cena fantástica adquiriu uma espécie de realidade, lágrimas rolaram de seus olhos; então, como para ocultar a comoção, ele olhou para o horizonte úmido, oposto à linha nebulosa que anunciava a terra.

— É ele — disse — está nos seguindo.

— O que é? — exclamou o capitão espanhol.

— Uma embarcação — respondeu o general, em voz baixa.

— Já o vira ontem — disse o capitão Gomez. Contemplou o francês como que para interrogá-lo. — Ele continua nos seguindo — sussurrou no ouvido do general.

— E não sei por que ainda não nos alcançou — continuou o velho militar — já que é um veleiro melhor do que o seu maldito Saint-Ferdinand.

— Deve ter sido avariado, algum vazamento.

— Está se aproximando — gritou o francês.

— Trata-se de um corsário colombiano — sussurrou o capitão em seu ouvido. — Ainda estamos a seis léguas da terra, e o vento está mais fraco.

— Ele não anda, voa, como se soubesse que dentro de duas horas sua presa lhe terá escapado. Que ousadia!

— Ah, é ele! — exclamou o capitão. — Seu nome não é Otelo sem razão. Recentemente, afundou uma fragata espanhola, no entanto, não possui mais de trinta canhões! Era o único corsário que eu temia, pois sabia que ele atravessava as Antilhas... Ah! Ah! — continuou depois de uma pausa, em que olhava as velas de seu navio — o vento está aumentando, chegaremos a tempo. É preciso, já que o parisiense seria implacável.

— Continua se aproximando! — respondeu o marquês.

O Otelo estava a apenas três léguas de distância. Embora a tripulação não tivesse ouvido a conversa entre o marquês e o capitão Gomez, o aparecimento daquela embarcação levara a maioria dos marujos e passageiros para onde estavam os dois interlocutores; mas quase todos, confundindo o navio com um barco comercial, viam-no se aproximar com interesse até que, de repente, um marinheiro exclamou energicamente: — Por São Tiago, estamos perdidos, eis o capitão parisiense!

Ao ouvir esse terrível nome, o terror se espalhou pelo navio e uma confusão que nada seria capaz de descrever se instaurou. O capitão espanhol transmitiu, com suas palavras, certa energia momentânea e, em meio ao perigo, querendo ganhar a terra a qualquer custo, esforçou-se por impulsionar cada uma das velas, altas e baixas, a estibordo e bombordo, para apresentar ao vento toda a superfície de tecido que revestia suas vergas. Mas com grande dificuldade eram realizadas as manobras — naturalmente careciam do admirável conjunto que tanto impressiona nos navios de guerra. Embora o Otelo voasse como uma andorinha, em razão da orientação de suas velas, aparentemente avançava tão pouco que os desafortunados franceses tiveram uma doce ilusão. De repente, no momento em que, após incríveis esforços, o Saint-Ferdinand disparara novamente, como resultado das habilidosas manobras comandadas pelo próprio Gomez com gestos e voz, o timoneiro, por um erro de condução ao leme — sem dúvida, voluntário — fez com que a embarcação se colocasse na transversal.

As velas, atingidas de lado pelo vento, agitaram-se tão bruscamente que se recolheram por completo, os mastros se romperam e o barco ficou completamente desgovernado. Uma raiva inexprimível deixou o capitão mais branco do que as velas. A um salto, ele partiu para o timoneiro, tentando atingi-lo ferozmente com seu punhal, que acabou por se precipitar no mar; então, agarrou o leme e procurou remediar a terrível desordem que girava seu bravo e corajoso navio. Lágrimas de desespero rolavam de seus olhos, pois sentimos mais tristeza por uma traição que frustra o sucesso de nossos talentos do que por uma morte iminente. Entretanto, quanto mais o capitão praguejava, menos se fazia o que era necessário. Ele mesmo disparou o canhão de alarme, na esperança de ser ouvido da costa. Nesse momento, o corsário, que se aproximava a uma velocidade desesperadora, respondeu com um tiro de canhão, cuja bala veio cair a cerca de seis braças do Saint-Ferdinand.

— Raios! — gritou o general. — Que pontaria! Eles têm canhões feitos sob medida.

— Ah, esse aí, quando fala, faz com que todos se calem — respondeu um marujo. — O parisiense não temeria sequer um navio inglês...

— Está tudo acabado — exclamou com um tom de desespero o capitão que, tendo apontado seu monóculo, não conseguia avistar nada do lado da terra. — Ainda estamos mais longe da França do que eu pensava.

— Por que se desesperar? — retrucou o general. — Todos os seus passageiros são franceses, foram eles que fretaram seu navio. Se esse corsário é parisiense, como o senhor diz, basta hastear a bandeira branca e...

— E ele nos afundará — respondeu o capitão. — Não é isso que ele faz, dependendo das circunstâncias, quando quer capturar uma rica presa?

— Ah, trata-se de um pirata!

— Pirata? — disse o marinheiro, com um tom enraivecido. — Ele está sempre dentro da lei, ou sabe muito bem se adaptar a ela.

— Pois bem — exclamou o general, erguendo os olhos para o céu — vamos nos conformar. — E ainda teve forças suficientes para conter as lágrimas.

Ao terminar de pronunciar tais palavras, um segundo tiro de canhão, mais bem dirigido, lançou uma bala ao casco do Saint-Ferdinand, atravessando-o.

— Desçam as velas — disse o capitão com tristeza.

E o marujo que defendera a honestidade do parisiense ajudou, com muita habilidade, nessa manobra desesperada. A tripulação esperou durante uma trágica meia hora, no mais profundo desalento. O Saint-Ferdinand carregava quatro milhões em piastras[48], que compunham a fortuna de cinco passageiros, além do patrimônio do general, de um milhão e cem mil francos. Enfim, o Otelo, que se encontrava à distância de dez tiros de fuzil, mostrava com distinção as bocas ameaçadoras de 12 canhões, prontos para disparar. Parecia levado por um vento que o diabo soprava propositalmente para ele; mas o olho de um marinheiro habilidoso adivinhava facilmente o segredo dessa velocidade. Bastava contemplar por um momento a impulsão do navio, sua forma alongada e estreita, a altura dos mastros, o corte das velas, a admirável leveza do encordoamento e a facilidade com que seus marujos, unidos como um só homem, orientavam perfeitamente a superfície branca do velame. Tudo indicava uma incrível segurança de poder nessa esguia criatura de madeira, tão rápida e tão inteligente quanto um corcel ou uma ave de rapina. A tripulação do corsário estava silenciosa e pronta, em caso de resistência, a devorar o pobre navio mercante, que, felizmente para ela, mantinha-se imóvel, como um estudante pego em algum delito por seu mestre.

— Temos canhões! — exclamou o general, apertando a mão do capitão espanhol.

Este lançou ao velho militar um olhar cheio de coragem e desespero, dizendo-lhe: — E homens?

O marquês olhou para a tripulação do Saint-Ferdinand e estremeceu. Os quatro negociantes estavam pálidos, tremendo, enquanto os marujos, reunidos à volta de um deles, pareciam conspirar para se juntar ao Otelo, olhando para o corsário com ávida curiosidade. O contramestre, o capitão e o marquês eram os únicos, indagando-se com olhares, a trocar pensamentos distintos.

— Ah, capitão Gomez, no passado disse adeus ao meu país e à minha família com amargura no coração; será preciso deixá-los justamente no momento em que trazia satisfação e felicidade a meus filhos? — O general se virou para lançar uma lágrima de raiva ao mar e, então, avistou o timoneiro nadando em direção ao corsário.

---

48 Moeda histórica usada em diversas regiões da atual Itália, antes de sua unificação, no século 19. (N. do T.)

— Desta vez — respondeu o capitão — o senhor certamente lhes dirá adeus de uma vez por todas.

O francês espantou o espanhol com o olhar de letargia que lhe lançou. A essa altura, os dois navios estavam quase lado a lado e, pela aparência da tripulação inimiga, o general acreditou na fatídica profecia de Gomez. Três homens se postavam junto a cada peça de artilharia. Por sua postura atlética, traços angulosos, braços nus e musculosos, seriam considerados estátuas de bronze. A morte os teria destruído sem derrubá-los. Os marujos, bem armados, altivos, ágeis e vigorosos, permaneciam imóveis. Todas essas enérgicas figuras eram intensamente escurecidas pelo sol e endurecidas pelo trabalho. Seus olhos brilhavam como pontaletes de fogo e anunciavam inteligências enérgicas, júbilos infernais. O profundo silêncio que reinava sobre aquele convés, coberto de homens e chapéus, indicava a implacável disciplina sob a qual uma poderosa vontade curvava aqueles demônios humanos. O chefe se encontrava na base do mastro principal, de braços cruzados, desarmado; tinha apenas um machado a seus pés. Trazia na cabeça, para se proteger do sol, um chapéu de feltro de abas largas, cuja sombra ocultava seu rosto. Como cães deitados diante de seu dono, artilheiros, soldados e marujos voltavam seus olhos ora para o capitão, ora para o navio mercante. Quando as duas embarcações se tocaram, o choque tirou o corsário de seu devaneio, e ele disse apenas uma frase no ouvido de um jovem oficial que estava a dois passos dele.

— Os ganchos de abordagem! — gritou o tenente.

E o Saint-Ferdinand foi enganchado pelo Otelo com uma prontidão milagrosa. Seguindo as ordens dadas em voz baixa pelo corsário e repetidas pelo tenente, os homens designados para cada serviço se dirigiam, como seminaristas a caminho da missa, ao convés da presa para amarrar as mãos dos marujos e passageiros e se apoderar dos tesouros. Em um instante, os tonéis cheios de piastras, as provisões e a tripulação do Saint-Ferdinand foram transportadas para o passadiço do Otelo. O general acreditava estar sob a influência de um sonho, ao se ver com as mãos amarradas e jogado sobre um fardo como se fosse também ele uma mercadoria. Uma reunião se estabelecera entre o corsário, seu tenente e um dos marujos que parecia exercer as funções de contramestre. Quando a discussão, que não durou muito, acabou, o marujo chamou seus homens com um assobio e, a uma ordem dada, todos saltaram para o Saint-Ferdinand, subindo nas cordas e o despojando de vergas, velas, todo seu equipamento, com a mesma agilidade com que um soldado despe um camarada morto cujos sapatos e casaco eram objeto de sua cobiça.

— Estamos perdidos — disse com frieza ao marquês o capitão espanhol, que espiara os gestos dos três chefes durante sua deliberação e os movimentos dos marujos que procediam ao costumeiro saque de seu navio.

— Como? — perguntou friamente o general.

— O que espera que eles façam conosco? — respondeu o espanhol. — Sem dúvida acabam de reconhecer que dificilmente venderiam o Saint-Ferdinand nos portos da França ou da Espanha, e vão afundá-lo para se livrar dele. Quanto a nós, acha que serão capazes de se encarregar de nossa alimentação quando não sabem em que porto atracar?

Mal o capitão terminava de pronunciar essas palavras, o general ouviu um horrível clamor, seguido do ruído surdo provocado pela queda de vários corpos no mar. Voltou-se e não viu mais os quatro negociantes. Oito artilheiros de rostos ferozes ainda tinham os braços no ar no momento em que o militar os fitou horrorizado.

— É como lhe dizia — disse o capitão espanhol friamente.

O marquês se levantou abruptamente, o mar já tinha recuperado a calma e ele sequer conseguiu ver o local onde seus infelizes companheiros acabavam de ser engolidos; naquele instante, rolavam sob as ondas com as mãos e pés atados, se é que já não haviam sido devorados pelos peixes. A alguns passos dele, o pérfido timoneiro e o marujo do Saint-Ferdinand, que há pouco enaltecera o poder do capitão parisiense, confraternizavam com os corsários e indicavam com o dedo os marujos do navio mercante que eram dignos de incorporação à tripulação do Otelo; quanto aos outros, dois grumetes lhes amarravam os pés, apesar de terríveis promessas. Feita a escolha, os oito artilheiros agarraram os condenados e os lançaram sem cerimônia ao mar. Os corsários olhavam com maliciosa curiosidade as diferentes maneiras como esses homens caíam, suas caretas, sua última tortura; mas o rosto deles não revelava nem zombaria, nem espanto, nem piedade. Para eles, era um acontecimento ordinário, ao qual pareciam acostumados. Os mais impassíveis preferiam contemplar, com um sorriso sombrio e fixo, os tonéis cheios de piastras depositados ao pé do mastro principal. O general e o capitão Gomez, sentados sobre um fardo, consultavam-se em silêncio, por meio de um olhar quase enternecedor. Logo restaram os únicos sobreviventes da tripulação do Saint-Ferdinand. Os sete marujos escolhidos dentre os espanhóis pelos dois espiões já haviam se transformado alegremente em peruanos[49].

— Que patifes monstruosos! — gritou subitamente o general, em quem uma franca e excessiva indignação silenciara a dor e a prudência.

— Eles obedecem à necessidade — respondeu friamente Gomez. — Se o senhor reencontrasse um desses homens, não lhes transpassaria o corpo com a espada?

— Capitão — disse o tenente, dirigindo-se ao espanhol — o parisiense já ouviu falar a seu respeito. Diz ele que o senhor é o único homem que conhece bem os caminhos das Antilhas e as costas do Brasil. Gostaria...

O capitão interrompeu o jovem tenente com uma exclamação de desprezo e respondeu: — Morrerei como marinheiro, como cristão fiel à Espanha. Está me entendendo?

— Ao mar! — gritou o jovem.

A essa ordem, dois artilheiros agarraram Gomez.

— Seus covardes! — gritou o general, detendo os dois corsários.

— Meu velho — disse-lhe o tenente — não se exalte tanto. Se sua insígnia vermelha impressiona nosso capitão, nada significa para mim... Em breve, também teremos uma conversinha.

Nesse momento, um ruído surdo, sem nenhuma outra queixa, indicou ao general que o bravo Gomez morrera como marinheiro.

— Minha fortuna ou a morte! — exclamou ele, em um terrível acesso de raiva.

— Ah, o senhor é razoável — respondeu-lhe o corsário em tom de zombaria. — Agora tem certeza de obter algo de nós...

Então, a um sinal do tenente, dois marujos se apressaram para amarrar os pés do francês, mas este, golpeando-os com inesperada audácia, tirou, com um gesto surpreendente, o sabre que o tenente tinha no flanco e se pôs a manejá-lo com agilidade, como um velho general de cavalaria que conhece seu ofício.

---

49 Termo pejorativo à época para designar qualquer cidadão das ex-colônias espanholas. (N. do T.)

— Ah, bandidos, não jogarão na água um antigo soldado de Napoleão como se fosse uma ostra.

Tiros de pistola, disparados quase à queima-roupa contra o obstinado francês, chamaram a atenção do parisiense, que se ocupava até então de supervisionar o transporte dos equipamentos que ordenara retirar do Saint-Ferdinand. Sem se comover, agarrou o corajoso general pela retaguarda, dominou-o rapidamente, arrastou-o até a borda e se preparava para jogá-lo na água como um mastro velho. Nesse instante, o general encontrou os olhos castanho-claros do sequestrador de sua filha. Sogro e genro se reconheceram imediatamente. O capitão, imprimindo a seu impulso um movimento contrário ao que lhe dera anteriormente, como se o marquês não pesasse nada, em vez de atirá-lo no mar, colocou-o de pé junto ao mastro principal. Um murmúrio surgiu no convés, porém o capitão lançou um único olhar a seus homens e, de repente, o mais profundo silêncio reinou.

— É o pai de Hélène — disse o capitão com a voz clara e firme. — Ai de quem não o respeitar!

Um grito de alegres aclamações ressoou no convés e se elevou ao céu como a oração de uma igreja, como o primeiro verso do "Te Deum"[50]. Os grumetes se balançavam nas cordas, os marujos jogavam os chapéus para o alto, os artilheiros batiam os pés, todos se agitavam, gritavam, assobiavam, praguejavam. Essa fanática expressão de alegria deixou o general preocupado e sombrio. Atribuindo esse sentimento a algum mistério terrível, sua primeira exclamação, ao recuperar a fala, foi: — Minha filha! Onde ela está? — O corsário lançou ao general um de seus profundos olhares que, sem que se possa adivinhar a razão, sempre perturbam as almas mais intrépidas; fê-lo emudecer, para grande satisfação dos marinheiros, felizes por ver o poder de seu líder exercido sobre todos os seres, conduziu-o por uma escada, fê-lo descer e o colocou diante da porta de uma cabine, que empurrou vivamente, dizendo: — Aí está ela.

Então desapareceu, deixando o velho militar em uma espécie de estupor ao ver a cena que se abria diante de seus olhos. Ao ouvir a porta da cabine abrir bruscamente, Hélène se levantou do divã em que descansava; viu o marquês e soltou um grito de surpresa. Estava tão mudada que eram necessários os olhos de um pai para reconhecê-la. O sol dos trópicos

---

50 Tradicional hino cristão datado do ano 387. (N. do T.)

embelezara seu rosto branco com uma tonalidade morena, de um colorido maravilhoso que lhe atribuía uma expressão de poesia; nele repousava um ar de grandeza, uma firmeza majestosa, um sentimento profundo, capazes de impressionar a alma mais rude. Seus cabelos longos e abundantes, caindo em grandes cachos sobre o pescoço pleno de nobreza, acrescentava ainda um aspecto de poder ao orgulho de seu rosto. Em sua atitude, em seus gestos, Hélène deixava transparecer a consciência que tinha de sua força. Uma satisfação triunfante inflava levemente suas narinas rosadas, e sua felicidade tranquila se indicava em todos os traços de sua beleza. Havia nela, ao mesmo tempo, certa doçura de virgem e aquela espécie de orgulho típico das bem-amadas. Escrava e soberana, ela queria obedecer porque podia governar. Estava vestida com uma magnificência plena de charme e elegância. A musseline das Índias compunha todo o seu vestuário, mas o divã e as almofadas eram de caxemira, um tapete persa revestia o piso da vasta cabine e seus quatro filhos brincavam a seus pés, construindo bizarros castelos com colares de pérolas, joias preciosas, objetos de valor. Alguns vasos de porcelana de Sèvres, pintados pela senhora Jaquotot[51], continham flores raras que espalhavam sua fragrância: eram jasmins do México, camélias entre as quais voavam pequenos pássaros americanos domesticados, parecendo-se com rubis, safiras, ouro vivo. Um piano fora instalado nesse salão e, em suas paredes de madeira, forradas com seda amarela, viam-se aqui e ali pequenas pinturas dos melhores pintores: um pôr do sol de Gudin se achava ao lado de um Terburg, uma virgem de Rafael combatia em poesia com um esboço de Girodet, um Gérard Dow eclipsava um Drolling. Sobre uma mesa de laca chinesa havia um prato dourado cheio de deliciosas frutas. Enfim, Hélène parecia ser a rainha de um grande império no meio do aposento em que seu amante coroado reunira os objetos mais elegantes do mundo. As crianças fitaram seu ancestral com uma penetrante vivacidade e, acostumados como estavam a viver em meio a combates, tempestades e tumultos, pareciam-se com aqueles pequenos romanos curiosos sobre guerra e sangue que David pintou em seu quadro de Brutus[52].

---

51 Marie-Victoire Jaquotot (1772-1855) era uma pintora em cerâmica francesa do século 19. (N. do T.)
52 *Os Litores Trazendo a Brutus os Corpos de Seus Filhos* é uma pintura a óleo do artista francês Jacques-Louis David (1748-1825), exibida pela primeira vez no Salão de Paris, em 1789. (N. do T.)

— Como isso é possível? — exclamou Hélène, agarrando o pai como para ter certeza de que aquela visão era realidade.

— Hélène!

— Meu pai!

Jogaram-se nos braços um do outro, e o abraço do velho não foi nem o mais forte, nem o mais amoroso.

— O senhor estava naquele navio?

— Sim — respondeu ele com um ar triste, sentando-se no divã e olhando para as crianças, que, reunidas à sua volta, olhavam-no com genuína atenção. — Iria morrer se...

— Se não fosse meu marido — disse ela, interrompendo-o — acredito eu.

— Ah! — exclamou o general. — Por que tenho que reencontrá-la assim, minha Hélène, você, por quem tanto chorei. Vejo que devo continuar a lamentar seu destino.

— Por quê? — perguntou ela, sorrindo. — Então não ficará contente em saber que sou a mulher mais feliz do mundo?

— Feliz? — exclamou ele, espantado com a surpresa.

— Sim, meu bom pai — retrucou ela, agarrando suas mãos, beijando-as, apertando-as contra o seio palpitante e acrescentando a essas carícias um aceno com a cabeça que seus olhos luminosos de prazer tornavam ainda mais significativo.

— Mas como? — perguntou ele, curioso para conhecer a vida da filha, esquecendo-se de tudo diante daquela expressão resplandecente.

— Ouça, meu pai — respondeu ela. — tenho por amante, por esposo, por servo, por senhor, um homem cuja alma é tão vasta quanto esse mar sem limites, tão fértil em doçura quanto o céu, um deus, enfim! Durante esses sete anos, ele jamais deixou escapar uma palavra, um sentimento, um gesto que pudesse produzir qualquer dissonância com a divina harmonia de seus discursos, de suas carícias e de seu amor. Sempre olhou para mim com um sorriso amigável nos lábios e um raio de alegria no rosto. Lá em cima, sua voz estrondosa suplanta até mesmo os uivos da tempestade ou o tumulto do combate, porém aqui é doce e melodiosa como a música de Rossini, cujas obras recebo. Obtenho tudo que o capricho de uma mulher possa inventar. Às vezes, meus desejos são até mesmo superados. Enfim, reino sobre o mar e sou obedecida como uma soberana deve ser... Ah, feliz! — disse ela, interrompendo a si mesma. — Feliz não é uma palavra capaz de exprimir o que sinto. Tenho o que querem todas as mulheres! Sentir um amor, uma imensa devoção pelo ser amado, e encontrar em seu coração um sentimento infinito, em que a alma de uma mulher se perde, para sempre. Diga-me o senhor, não é isso felicidade? Já devorei mil existências. Aqui sou a única, aqui estou no comando. Nunca uma criatura do meu sexo pôs os pés neste nobre navio, onde Victor está sempre a apenas alguns passos de mim. Ele não é capaz de ir mais longe de mim do que da popa à proa — continuou ela com uma leve expressão de malícia. — Sete anos! Um amor que resiste durante sete anos a essa alegria perpétua, a essa provação constante, não é amor? Não, ah, não, é melhor do que tudo que conheço da vida... a linguagem humana não é capaz de exprimir uma felicidade celestial.

Uma torrente de lágrimas escapou de seus olhos flamejantes. As quatro crianças soltaram então um grito de lamento, correram até ela como filhotes para a mãe, e o mais velho bateu no general, fitando-o de forma ameaçadora.

— Abel — disse ela — meu anjo, estou chorando de alegria.

Colocou-o sobre seus joelhos, a criança a acariciou com intimidade, passando os braços em volta do pescoço majestoso de Hélène, como um leãozinho que quer brincar com a leoa.

— Você não se aborrece? — exclamou o general, surpreso com a resposta exultante da filha.

— Sim — respondeu ela — quando estamos em terra; ainda assim, nunca deixei meu marido.

— Mas você gostava de festas, de bailes, de música!

— A música é sua voz; minhas festas são os adornos que invento para ele. Quando uma roupa lhe agrada, é como se toda a Terra me admirasse! Só por isso não jogo ao mar esses diamantes, esses colares, essas diademas de pedrarias, essas riquezas, essas flores, essas obras-primas das artes com que ele me presenteia, dizendo: "Hélène, já que você não vai para o mundo, quero que o mundo venha até você".

— Mas a bordo há homens, homens audaciosos, terríveis, cujas paixões...

— Eu lhe compreendo, meu pai — disse ela, sorrindo. — Tranquilize-se. Nunca uma imperatriz foi cercada de mais consideração do que eu. Essa gente é supersticiosa, acreditam que sou o gênio protetor deste navio, de seus empreendimentos, de seus sucessos. Porém é ele seu deus! Certa vez, uma única vez, um marujo me faltou ao respeito... em palavras — acrescentou ela, rindo. — Antes que Victor pudesse descobrir, os homens da tripulação o lançaram ao mar, apesar do perdão que lhe concedera. Eles me amam como seu anjo bom, cuido deles em suas doenças e tive a felicidade de salvar alguns da morte, velando-os com a perseverança de uma mulher. Esses pobres coitados são, ao mesmo tempo, gigantes e crianças.

— E quando há combates?

— Estou acostumada — respondeu ela. — Só estremeci no primeiro... Agora, minha alma se habituou a esse perigo e, além disso... bom, sou sua filha... — disse ela. — Eu o amo!

— E se ele morrer?

— Eu também morreria.

— E seus filhos?

— Eles são filhos do oceano e do perigo, compartilham a vida de seus pais... Nossa existência é uma só, indivisível. Todos vivemos a mesma vida, inscritos na mesma página, transportados pelo mesmo esquife, sabemos disso.

— Então você o ama a ponto de preferi-lo a qualquer outra coisa?

— Qualquer coisa — repetiu ela. — Mas não nos aprofundemos nesse mistério. Preste atenção nesta criança, é tal qual o pai.

E, abraçando Abel com uma força extraordinária, deu-lhe beijos ávidos nas faces, nos cabelos...

— Entretanto — exclamou o general — não posso esquecer que ele acaba de lançar nove pessoas ao mar.

— Provavelmente teve que fazê-lo — respondeu ela — pois ele é humano e generoso. Derrama o mínimo de sangue possível, apenas pela conservação e pelos interesses do pequeno mundo que protege e pela causa sagrada que defende. Diga-lhe o que considera errado e verá que ele será capaz de fazê-lo mudar de ideia.

— E seu crime? — disse o general, como se estivesse falando sozinho.

— Mas — retrucou ela com fria dignidade — e se isso fosse uma virtude? Se a justiça dos homens não fosse capaz de vingá-lo?

— Vingar-se com as próprias mãos! — exclamou o general.

— E o que é o inferno — perguntou ela — além de uma eterna vingança por alguns erros do passado?

— Ah, você está perdida. Ele a enfeitiçou, perverteu-a. Não consegue mais raciocinar.

— Fique conosco um dia, meu pai, e se souber ouvi-lo, observá-lo, acabará por amá-lo.

— Hélène — disse o general, com gravidade — estamos a poucas léguas da França...

Ela estremeceu, olhou pela escotilha da cabine e indicou o mar que ostentava suas imensas savanas de água verde.

— Eis o meu país — respondeu ela, batendo no tapete com a ponta do pé.

— Mas você não quer vir ver sua mãe, sua irmã, seus irmãos?

— Ah, sim — disse ela com a voz embargada — se ele quiser e puder vir comigo.

— Então você não possui mais nada, Hélène — retomou o militar com severidade — nem país, nem família?— Sou sua esposa — respondeu ela com um ar de orgulho e um tom cheio de nobreza. — Eis aqui, depois de sete anos, a primeira felicidade que não advém dele — acrescentou, agarrando a mão do pai e a beijando — e a primeira censura que escuto.

— E sua consciência?

— Minha consciência? Mas é ele! — nesse momento, ela estremeceu violentamente. — Lá vem ele — disse ela. — Mesmo em um combate, entre todos os passos, reconheço seu andar no convés. — E, de repente, um rubor corou suas bochechas e fez seus traços se iluminarem, seus olhos brilharam e sua tez adquiriu um tom pálido e opaco... Havia felicidade e amor em seus músculos, em suas veias azuis, em um tremor involuntário que percorria todo o seu corpo. Esse delicado movimento comoveu o general. De fato, em um instante o corsário entrou, sentou-se em uma poltrona, agarrou o filho mais velho e começou a brincar com ele. O silêncio reinou por um tempo; pois, por um momento, o general, mergulhado em um devaneio comparável ao sentimento vago de um sonho, contemplou aquela elegante cabine semelhante a um ninho de alciões[53], onde esta família navegava no oceano

---

53 Ave mitológica que faz o ninho sobre o mar calmo, considerada portadora de bons presságios. (N. do T.)

por sete anos, entre o céu e o mar, sob a fé de um homem, conduzida através dos perigos da guerra e das tempestades, como qualquer outra família é guiada por seu chefe em meio às desgraças sociais... Olhava com admiração a filha, a imagem fantástica de uma deusa dos mares, suave em beleza, rica em felicidade, fazendo empalidecer todos os tesouros que a cercavam diante dos tesouros de sua alma, dos brilhos de seus olhos e da indescritível poesia expressa em sua pessoa e em torno dela. Essa situação oferecia certa estranheza que o surpreendia, um esplendor de paixão e raciocínio que confundia as ideias vulgares. Os frios e tacanhos arranjos da sociedade morriam diante daquela cena. O velho militar sentiu todas essas sensações e compreendeu também que sua filha jamais abriria mão de uma vida tão ampla, tão fértil em contrastes, plena de tão verdadeiro amor, já que, se ela experimentara uma única vez o perigo sem se intimidar, não poderia mais retornar às pequenas cenas de um mundo mesquinho e limitado.

— Estou incomodando? — perguntou o corsário, rompendo o silêncio e olhando para a esposa.

— Não — respondeu o general. — Hélène me contou tudo. Vejo que ela está perdida para nós...

— Não... — retrucou vivamente o corsário. — Mais alguns anos e a prescrição da pena me permitirá retornar à França. Quando a consciência está limpa e despreza suas leis sociais, um homem obedece...

Calou-se então, desistindo de se justificar.

— E como o senhor pode — disse o general, interrompendo-o — não sentir remorso pelos novos assassinatos que foram cometidos diante de meus olhos?

— Não temos comida — respondeu tranquilamente o corsário.

— Mas se desembarcasse esses homens na costa...

— Iriam fazer com que algum navio interrompesse nossa partida, e não chegaríamos ao Chile.

— Apenas se, da França — disse o general, interrompendo-o novamente — avisassem o almirantado da Espanha...

— Porém a França pode achar ruim que um homem, ainda sujeito a seus tribunais, tenha confiscado um navio fretado por gente de Bordeaux. Afinal, às vezes, o senhor também não disparou muitos tiros de canhão a mais no campo de batalha?

O general, intimidado pelo olhar do corsário, calou-se; e sua filha olhou para ele com um ar que exprimia triunfo e melancolia...

— General — disse o corsário com uma voz séria — tomei como regra nunca me separar de uma pilhagem. Mas não há dúvida de que minha parte será mais considerável do que era sua fortuna. Permita-me devolvê-la em outra moeda...

Tirou então um monte de notas da gaveta do piano e, sem contar os pacotes, ofereceu um milhão ao marquês.

— O senhor há de entender — continuou ele — que não posso me divertir observando os transeuntes pela estrada de Bordeaux... Ora, a menos que o senhor seja seduzido pelos perigos de nossa vida boêmia, pelas paisagens da América meridional, por nossas noites tropicais, por nossas batalhas e pelo prazer de fazer triunfar a bandeira de uma jovem nação ou o nome de Simón Bolívar, terá que nos deixar... Um barco a remo e homens devotados estão à sua espera. Esperemos que um terceiro encontro seja mais feliz...

— Victor, gostaria de ficar com meu pai por mais um momento — disse Hélène, com um tom chateado.

— Dez minutos a mais ou a menos podem nos colocar frente a frente com uma fragata. Que seja! Nós nos divertiremos um pouco. Nossos homens estão entediados.

— Ah, então vá, meu pai — exclamou a mulher do marinheiro. — E leve à minha irmã, aos meus irmãos e à... minha mãe — acrescentou ela — esses símbolos de minha lembrança.

Pegou um punhado de pedras preciosas, colares e joias e os envolveu em caxemira, apresentando-os timidamente ao pai.

— E que lhes direi a seu respeito? — perguntou ele, parecendo impressionado com a hesitação que a filha mostrara antes de pronunciar a palavra mãe.

— Ah, o senhor pode duvidar de minha alma, mas faço orações diárias pela felicidade deles.

— Hélène — retomou o velho, olhando-a com atenção — não devo voltar a vê-la? Nunca saberei o real motivo de sua fuga?

— Esse segredo não me pertence — disse ela com um tom grave. — Teria o direito de revelá-lo ao senhor, e mesmo assim talvez não o fizesse. Sofri de males assombrosos por dez anos...

Ela não continuou e entregou ao pai os presentes que destinava à família. O general, habituado em virtude dos acontecimentos da guerra a conceitos bastante amplos em matéria de espólio, aceitou os presentes oferecidos pela filha e lhe agradou a ideia de pensar que, sob a inspiração de uma alma tão pura, tão elevada quanto a de Hélène, o capitão parisiense continuava a ser um homem honesto fazendo a guerra contra os espanhóis. Sua paixão pelos bravos prevaleceu. Pensando que seria ridículo se fazer de puritano, apertou vigorosamente a mão do corsário, beijou sua Hélène, sua única filha, com aquela efusão particular dos soldados e deixou cair uma lágrima naquele rosto cujo orgulho, cuja expressão máscula mais de uma vez lhe sorrira. O marinheiro, muito emocionado, indicou-lhe os filhos para que os abençoasse. Enfim, todos se despediram pela última vez com um longo olhar, não desprovido de ternura.

— Sejam sempre felizes! — exclamou o avô, avançando na direção do convés.

No mar, um singular espetáculo aguardava o general. O Saint-Ferdinand, entregue às chamas, ardia como um imenso palheiro. Os marujos, ocupados em afundar o navio espanhol, perceberam que ele levava a bordo uma carga de rum, bebida que abundava no Otelo, e acharam divertido acender uma grande bacia de ponche em pleno mar. Era um divertimento bastante perdoável a pessoas a quem a aparente monotonia do mar fazia com que aproveitassem todas as oportunidades de animar a vida. Descendo do navio para o bote do Saint-Ferdinand, aprontado por seis vigorosos marujos, o general involuntariamente dividia sua atenção entre o incêndio do Saint-Ferdinand e a filha apoiada no corsário, ambos de pé na popa do navio. Na presença de tantas lembranças, vendo o vestido branco de Hélène flutuando, leve como uma vela sobressalente, distinguindo em meio ao oceano aquela bela e grande figura, imponente o suficiente para dominar tudo, inclusive o mar, ele esquecera, com a tranquilidade de um militar, que navegava sobre o túmulo do bravo Gomez. Acima dele, uma imensa coluna de fumaça pairava como uma nuvem escura, e os raios do sol, atravessando-a aqui e ali, lançavam-lhe uma claridade poética. Era um segundo céu, uma cúpula sombria sob a qual brilhavam espécies de lustres, com o azul inalterável do firmamento no alto, azul que parecia mil vezes mais belo em razão dessa efêmera oposição. Os estranhos tons dessa fumaça, que variavam entre amarelo, dourado, vermelho e preto, fundiam-se sutilmente e cobriam a embarcação, que crepitava, estalava e gemia. Mordendo as cordas, as chamas sibilavam e corriam pelo navio como uma rebelião popular percorre as ruas de uma cidade. O rum produzia labaredas azuis que se contorciam, como se o gênio dos mares tivesse agitado essa furiosa bebida, assim como um estudante balançando o alegre lume do ponche em uma festa. Mas o sol, com sua luz mais poderosa, ciumento dessa insolente claridade, mal deixava as cores daquele fogo serem vistas através de seus raios. Era como uma rede, um lenço esvoaçante em meio à torrente de fogo. O Otelo se aproveitava do pouco vento que podia soprar nessa nova direção para fugir e se inclinava ora para um lado, ora para o outro, como uma pipa oscilando nos ares. Esse belo navio contornava a costa em direção ao sul, ocultando-se às vezes dos olhos do general, desaparecendo por trás da coluna reta, cuja sombra se projetava fantasticamente sobre as águas, reaparecendo com graça e, logo depois, retirando-se. Sempre que Hélène podia avistar o pai, acenava seu lenço para saudá-lo mais uma vez. Pouco tempo depois, o Saint-Ferdinand afundou, produzindo um borbulhar que foi imediatamente apagado pelo oceano. Tudo que restou então daquela cena foi uma nuvem sendo levada pela brisa. O Otelo ia longe, o barco a remo se aproximava da terra; a nuvem se colocou entre a frágil embarcação e o navio. A última vez que o general viu a filha foi através de uma fenda naquela fumaça ondulante. Que visão profética! O lenço branco e o vestido eram os únicos que se destacavam sobre um fundo marrom-escuro. Entre a água verde e o céu azul, nem mesmo o navio era visível. Hélène era apenas um ponto imperceptível, uma linha solta e graciosa, um anjo no céu, uma ideia, uma lembrança.

Depois de ter restaurado sua fortuna, o marquês faleceu de exaustão. Poucos meses depois de sua morte, em 1833, a marquesa foi obrigada a levar Moina às águas dos Pireneus. A caprichosa criança queria ver as belezas dessas montanhas. Ela voltava ao balneário e, nesse percurso, ocorreu a horrível cena que segue:

— Meu Deus — disse Moina — fizemos muito mal, minha mãe, em não ter ficado mais alguns dias nas montanhas! Estávamos bem melhor lá do que aqui. A senhora ouviu os gemidos incessantes daquela criança maldita e a tagarelice daquela infeliz mulher, que provavelmente fala alguma espécie de dialeto? Pois não entendi uma só palavra do que ela dizia. Que tipo de gente nos deram como vizinhos! Essa noite é uma das mais terríveis que já passei em minha vida.

— Não ouvi nada — respondeu a marquesa — mas, minha filha querida, vou falar com a dona da hospedagem e lhe pedirei o quarto ao lado, assim ficaremos a sós, sem nenhum barulho. Como está se sentindo esta manhã? Está cansada?

Ao dizer estas últimas frases, a marquesa se levantou para ficar junto à cama de Moina.

— Vamos ver — disse ela, pegando a mão da filha.

— Ah, deixe-me em paz, minha mãe — respondeu Moina — a senhora está fria.

Com essas palavras, a jovem rolou sobre o travesseiro, mostrando-se aborrecida, porém de forma tão graciosa que era difícil uma mãe se ofender. Nesse momento, um gemido, com um tom suave e prolongado capaz de dilacerar o coração de uma mulher, ressoou no quarto ao lado.

— Mas se você ouviu isso a noite toda, por que não me acordou? Nós teríamos... — Um gemido mais profundo do que todos os anteriores interrompeu a marquesa, que exclamou: — Alguém está morrendo! — E saiu rapidamente.

— Chame a Pauline! — gritou Moina. — Vou me vestir.

A marquesa desceu apressada e encontrou a proprietária no pátio, em meio a algumas pessoas que pareciam escutá-la com atenção.

— Senhora, a pessoa hospedada ao nosso lado parece estar sofrendo muito...

— Ah, nem me fale! — exclamou a proprietária. — Acabo de mandar chamar o prefeito. Imagine que é uma mulher, uma pobre infeliz que chegou ontem à noite, a pé; vem da Espanha, não tem passaporte nem dinheiro. Estava carregando uma criança agonizante no colo. Não pude deixar de hospedá-la. Fui eu mesma vê-la agora de manhã, já que ontem, ao chegar, causou-me enorme pena. Pobre mulher! Estava deitada com a criança, e ambas lutavam contra a morte. "Senhora", disse-me ela, tirando um anel de ouro do dedo, "possuo apenas isso, aceite-o como pagamento; será o suficiente, já que não ficarei muito tempo aqui. Pobrezinho! Vamos morrer juntos", era o que dizia, enquanto olhava para a criança. Peguei seu anel, perguntei-lhe quem era, mas ela não quis me dizer seu nome... Acabei de mandar chamar o médico e o prefeito.

— Mas então — exclamou a marquesa — dê-lhe toda a ajuda de que precisar. Meu Deus! Talvez ainda haja tempo para salvá-la. Vou lhe pagar todas as suas despesas...

— Ah, senhora, ela parece ser bastante orgulhosa, não sei se concordará.

— Vou vê-la...

E imediatamente a marquesa subiu para o quarto da desconhecida, sem pensar no mal que sua aparência, visto que ainda portava luto, poderia causar àquela mulher em um momento em que parecia estar à beira da morte. A marquesa empalideceu ao ver a moribunda. Apesar do sofrimento horrível que alterara o belo rosto de Hélène, pôde reconhecer sua filha mais velha. Diante da visão de uma mulher vestida de preto, Hélène se ergueu da cama, soltou um grito de terror e tornou a cair lentamente sobre o leito, ao reconhecer naquela mulher a própria mãe.

— Minha filha! — disse a senhora d'Aiglemont. — Do que precisa? Pauline!... Moina!...

— Não preciso de mais nada — Hélène respondeu com uma voz fraca.

— Esperava ver meu pai novamente, mas seu luto me anuncia...

Não terminou; abraçou o filho contra o coração como para aquecê-lo, beijou-o na testa e lançou à mãe um olhar em que ainda se podia ler uma censura, embora misturada ao perdão. A marquesa não quis ver tal reprovação; esqueceu-se de que Hélène era uma filha concebida em meio às lágrimas e ao desespero, a filha do dever, uma criança que havia sido a causa de seus maiores infortúnios; avançou lentamente até a filha mais velha, lembrando-se apenas de que Hélène fora a primeira a lhe fazer conhecer os prazeres da maternidade. Os olhos da mãe estavam cheios de lágrimas e, beijando a filha, exclamou: — Hélène! Minha filha...

Hélène se manteve em silêncio. Tinha acabado de aspirar o derradeiro suspiro de seu último filho.

Nesse momento, entraram Moina, sua criada Pauline, a proprietária e um médico. A marquesa segurou a mão gelada da filha nas suas e a contemplava com verdadeiro desespero. Exasperada com aquela desgraça, a viúva do marinheiro, que acabava de escapar de um naufrágio, salvando apenas um filho de toda a sua bela família, disse com uma voz horrível à mãe: — Tudo isso é obra sua! Se tivesse sido para mim o que...

— Moina, saia, saiam todos! — gritou a senhora d'Aiglemont, sufocando a voz de Hélène com seus gritos.

— Por favor, minha filha — continuou ela — não vamos renovar neste momento os tristes desentendimentos...

— Ficarei calada — respondeu Hélène, fazendo um esforço sobrenatural. — Sou mãe, sei que Moina não deve... Onde está minha criança?

Moina tornou a entrar, movida pela curiosidade.

— Minha irmã — disse a criança mimada — o médico...

— É tudo inútil — respondeu Hélène. — Ah, por que não morri aos 16 anos, quando queria me matar? A felicidade nunca se encontra fora das leis... Moina... Você...

Morreu se inclinando sobre a cabeça do filho, que ela apertara convulsivamente.

— Sua irmã seguramente queria lhe dizer, Moina — retomou a senhora d'Aiglemont, quando regressou ao quarto, onde desatou a chorar — que a felicidade nunca se encontra, para uma mulher, em uma vida de aventuras, fora da educação recebida e, sobretudo, longe de sua mãe.

## CAPÍTULO VI
# A VELHICE DE UMA MÃE CULPADA

Em um dos primeiros dias de junho de 1842, uma senhora de aproximadamente 50 anos, mas que parecia mais velha do que faria supor a idade real, caminhava sob o sol do meio-dia, ao longo de uma alameda, no jardim de uma propriedade localizada na rua Plumet, em Paris. Depois de ter contornado duas ou três vezes o caminho ligeiramente sinuoso onde permanecia para não perder de vista as janelas de um aposento que parecia atrair toda a sua atenção, aproximou-se e se sentou em um daqueles assentos rústicos, fabricados com alguns galhos de árvores jovens, ainda guarnecidos da casca. Do local onde se achava esse elegante assento, a senhora podia avistar por uma das grades da cerca tanto as trilhas internas, no meio das quais se ergue o admirável domo do Invalides, cuja cúpula dourada se revela dentre as copas de milhares de olmos, uma paisagem admirável, como o aspecto menos grandioso de seu jardim, limitado pela fachada cinza de uma das mais belas mansões do Faubourg Saint-Germain. Ali, tudo era silêncio, os jardins vizinhos, as trilhas, o Invalides, já que neste nobre distrito, o dia dificilmente começa antes do meio-dia. À exceção de algum capricho, a menos que uma jovem queira andar a cavalo ou um velho diplomata tenha algum protocolo a seguir; nessa hora, criados e senhores, todos dormem ou estão acordando.

A velha senhora tão matinal era a marquesa d'Aiglemont, mãe da senhora de Saint-Héreen, a quem essa bela propriedade pertencia. A marquesa se privara dela em favor da filha, a quem dera toda a sua fortuna, reservando-se apenas uma pensão vitalícia. A condessa Moina de Saint-Héreen era a última filha da senhora d'Aiglemont. Para casá-la com o herdeiro de uma das casas mais ilustres da França, a marquesa sacrificara tudo. Nada mais natural: ela perdera sucessivamente dois filhos; um deles, Gustave, marquês d'Aiglemont, morrera de cólera; o outro, Abel, sucumbira na batalha de La Macta[54]. Gustave deixou filhos e uma viúva. Mas a afeição tanto quanto débil que a senhora d'Aiglemont nutria pelos dois filhos ficara ainda mais enfraquecida ao passar para os netos. Ela se comportava educadamente com a jovem nora, entretanto não ia além do sentimento superficial que o bom gosto e o decoro exigem que se mostre aos familiares próximos. Com a fortuna dos filhos mortos perfeitamente resolvida, ela reservara para sua querida Moina suas economias e seus próprios bens. Moina, bela e encantadora desde a infância, sempre fora para a senhora d'Aiglemont o objeto de uma daquelas predileções inatas ou involuntárias nas mães de família; fatais simpatias que parecem inexplicáveis, mas que os observadores sabem explicar muito bem. O rosto encantador de Moina, o som da voz dessa filha querida, os modos, o andar, a fisionomia, os gestos, tudo nela despertava na marquesa as mais profundas emoções, capazes de animar, perturbar ou encantar o coração de uma mãe. A causa de sua vida presente, de sua vida futura e de sua vida passada estava no coração dessa jovem, em quem ela lançara todos os seus tesouros. Felizmente, Moina sobrevivera aos outros quatro filhos, todos mais velhos do que ela. De fato, a senhora d'Aiglemont perdera — da forma mais desafortunada, diziam as pessoas da sociedade — uma filha encantadora, cujo destino era praticamente desconhecido, e um menino, ceifado aos 5 anos por uma horrível catástrofe. A marquesa, sem dúvida, via como um presságio do céu o respeito que o destino parecia ter pela filha de seu coração e conservava apenas fracas lembranças dos filhos já arrebatados pelos caprichos da morte, permanecendo no fundo de sua alma como túmulos erguidos em um campo de batalha, quase completamente ocultos sob as flores dos campos. A sociedade poderia ter pedido à marquesa uma prestação de contas quanto à sua indiferença e predileção, mas a sociedade parisiense é varrida por uma torrente de eventos, modas e novas ideias tão grande que toda a vida da senhora d'Aiglemont devia seguramente ficar em segundo plano. Ninguém se preocupava em lhe imputar um crime de frieza, de esquecimento que não interessava a ninguém, enquanto seu grande afeto por Moina interessava muita gente, e guardava

---

54 A batalha de La Macta aconteceu em 28 de junho de 1835, entre as tropas francesas e uma coalisão de guerreiros tribais no norte da África, durante a conquista da Argélia pela França. (N. do T.)

toda a santidade de um preconceito. Além disso, a marquesa frequentava pouco a sociedade; e, para a maioria das famílias que a conhecia, parecia boa, gentil, piedosa, indulgente. Ora, não é preciso um interesse bastante vivo para ir além dessas aparências com que a sociedade se contenta? Além disso, não perdoamos os velhos quando se apagam como sombras, querendo permanecer apenas como uma lembrança? Enfim, a senhora d'Aiglemont era um modelo facilmente citado pelos filhos aos pais, pelos genros às sogras. Ela havia, antes do tempo, doado seus bens a Moina, contente com a felicidade da jovem condessa, vivendo apenas para ela e por ela. Se alguns velhos prudentes e tios sofredores culpavam sua conduta, dizendo: "A senhora d'Aiglemont talvez um dia se arrependa de se livrar de sua fortuna em favor da filha, pois se ela conhece bem o coração da senhora de Saint-Héreen, como pode ter a mesma certeza quanto à moralidade do genro?", levantava-se um clamor generalizado contra esses profetas e, de todas as partes, choviam elogios a Moina.

— É preciso fazer justiça à senhora de Saint-Héreen — dizia uma jovem — já que sua mãe não encontrou grandes mudanças ao seu redor. A senhora d'Aiglemont está admiravelmente bem alojada, tem uma carruagem à sua disposição e pode ir a qualquer parte como antes...

— Exceto à ópera — sussurrou um velho parasita, uma daquelas pessoas que pensam ter o direito de sobrecarregar os amigos com sarcasmos sob o pretexto de demonstrar independência. — A viúva não gosta de quase nada além de música, quando se trata de coisas alheias à sua filha mimada. Era tão boa musicista em sua época! Mas como o camarote da condessa está sempre tomado de jovens galanteadores, e sua presença incomodaria a filha — que já é considerada uma grande atração — a pobre mãe nunca vai à ópera.

— A senhora de Saint-Héreen — dizia uma jovem ainda por casar — organiza noites deliciosas para a mãe, um salão frequentado por toda Paris.

— Um salão onde ninguém presta atenção à marquesa — respondeu o parasita.

— O fato é que a senhora d'Aiglemont nunca está sozinha — dizia um jovem arrogante, tomando o partido das moças.

— De manhã — respondeu o velho observador, em voz baixa — de manhã, a querida Moina dorme. Às quatro horas, a querida Moina está no parque. À noite, a querida Moina vai ao baile ou a alguma opereta... Mas é verdade que a senhora d'Aiglemont tem a possibilidade de ver sua querida filha enquanto ela se veste ou durante o jantar, quando, às vezes, janta com a querida mãe.

— Ainda não faz nem oito dias, meu senhor — disse o parasita, tomando pelo braço um tímido professor, recém-chegado à casa onde estavam — vi essa pobre mãe triste e sozinha junto à lareira. "O que tem a senhora?", perguntei-lhe. A marquesa me fitou sorridente, mas com certeza havia chorado. "Pensava", disse-me ela, "que é bastante estranho me achar sozinha, depois de ter tido cinco filhos; mas isso está em nosso destino! Além disso, fico feliz em saber que Moina está se divertindo! Ela podia se confidenciar comigo, já que conheci o passado de seu marido." Era um pobre coitado e teve muita sorte de tê-la como esposa; certamente é graças a ela que obteve seu título no Pariato e o cargo na corte de Carlos X.

Contudo se insinuam tantos erros nas conversas da sociedade, nelas males tão profundos são levianamente contemplados, que o historiador dos costumes é obrigado a pesar sabiamente as afirmações feitas descuidadamente por tanta gente imprudente. Enfim, talvez nunca devêssemos pronunciar quem está certo ou errado, se a filha ou a mãe. Entre esses dois corações, há apenas um juiz possível. Esse juiz é Deus! O mesmo Deus que, muitas vezes, assenta sua vingança no seio das famílias e usa eternamente filhos contra mães, pais contra filhos, povos contra reis, príncipes contra nações, tudo contra tudo, substituindo na sociedade moral certos sentimentos por outros, assim como as folhas novas ficam no lugar das anteriores na primavera; agindo de acordo com uma ordem imutável, com um objetivo conhecido só dele. Indubitavelmente, cada coisa tem seu lugar ou, melhor ainda, para lá retorna.

Esses pensamentos religiosos, tão naturais ao coração dos velhos, espalhavam-se pela alma da senhora d'Aiglemont; ali repousavam, ora brilhando à meia-luz, ora despedaçados, ora completamente ordenados, como flores castigadas na superfície das águas durante uma tempestade. Ela se sentara, cansada, debilitada por uma longa meditação, por um daqueles devaneios em meio aos quais a vida inteira se apresenta, desenrolando-se diante dos olhos de quem pressente a morte.

Essa mulher, envelhecida antes do tempo, teria sido, para algum poeta que passasse pelo caminho, um quadro curioso. Ao vê-la sentada à sombra esguia de uma acácia — a sombra de uma acácia ao meio-dia — qualquer um teria podido ler um dos milhares de coisas escritas naquele rosto pálido e frio, mesmo sob os raios quentes do sol. Seu rosto expressivo representava algo ainda mais grave do que apenas uma vida em declínio ou mais profundo do que uma alma recurvada pela experiência. Ela representava um tipo de pessoa que, entre inúmeros rostos desprezados por serem destituídos de personalidade, detém-nos por um instante, fazendo-nos pensar; assim como, dentre os variados quadros de um museu, ficamos intensamente comovidos, seja pela sublime figura em que Murillo[55] pintou a dor materna, seja pelo rosto de Beatrice Cenci, em que Guido[56] soube ilustrar a inocência mais comovente em meio ao crime mais pavoroso, seja pela sombria face de Felipe II, em que Velázquez[57] imprimiu para sempre o majestoso terror que a realeza deve inspirar. Certas figuras humanas são imagens despóticas que falam conosco, questionando-nos, respondendo a nossos pensamentos secretos, representando por vezes poemas inteiros. O rosto gélido da senhora d'Aiglemont era um desses terríveis poemas, uma daquelas faces espalhadas aos milhares na *Divina Comédia*, de Dante Alighieri.

Durante o breve período em que a mulher permanece florescente, as características de sua beleza servem admiravelmente bem à dissimulação à qual sua fraqueza natural e nossas leis sociais a condenam. Sob o rico colorido de seu rosto jovem, sob o fogo de seus olhos, sob a graciosa trama de seus traços finíssimos, tantas são as linhas multiplicadas, curvas ou retas, porém sempre puras e perfeitamente imóveis, que todas as suas emoções podem permanecer em segredo: o rubor, então, nada revela, pois apenas acentua cores já tão vivas; todos os recônditos íntimos se misturam tão bem à luz daqueles olhos resplandecentes de vida que a chama fugaz de um sofrimento aparenta ser apenas um encanto a mais. Por isso, nada é tão discreto quanto um rosto jovem, porque nada é mais imóvel. O rosto de uma jovem mulher tem a calma, a polidez, o frescor da superfície de um lago. A fisionomia da mulher só começa aos trinta anos. Até essa idade, o

---

55 Bartolomé Murillo (1617-1682) foi um pintor barroco espanhol. (N. do T.)
56 Guido Reni (1575-1642) foi um pintor barroco italiano. Beatrice Cenci (1577-1599) foi uma jovem nobre romana que assassinou o pai abusivo, o conde Francesco Cenci. Seu subsequente julgamento, pelo qual foi condenada e decapitada, deu origem a uma célebre lenda a seu respeito. (N. do T.)
57 Diego Velázquez (1599-1660) foi um pintor espanhol e principal artista da corte do rei Felipe IV. (N. do T.)

pintor só encontra em seu rosto as cores rosa e branca, sorrisos e expressões que repetem um mesmo pensamento, um pensamento de juventude e amor, um pensamento uniforme e sem profundidade; entretanto, na velhice da mulher, tudo se exprime, as paixões estão incrustadas em seu rosto; ela foi amante, esposa, mãe; as mais violentas expressões da alegria e da dor acabam por maquiar e martirizar seus traços, imprimindo-lhes mil rugas, cada uma com sua linguagem; e o rosto de uma mulher se torna então sublime no horror, belo na melancolia ou magnífico na tranquilidade; se me é permitido continuar com essa estranha metáfora, o lago ressecado revela então os vestígios de todas as tempestades que por ele passaram; o rosto de uma velha já não pertence nem à sociedade — que, fútil, teme ver nele a destruição de todas as ideias de elegância a que se habituou — nem aos artistas vulgares, incapazes de nele desvendar algo; e sim aos verdadeiros poetas, àqueles que têm o sentimento de uma beleza independente de quaisquer convenções, em que repousam tantos preconceitos em termos de arte e beleza.

Embora a senhora d'Aiglemont usasse um chapéu da moda sobre a cabeça, era fácil notar que seus cabelos, pretos no passado, já tinham sido embranquecidos por emoções cruéis; mas a maneira como ela os separava em duas tranças denunciava seu bom gosto, os hábitos graciosos de uma mulher elegante, e delineava perfeitamente sua fronte franzida, enrugada, em cuja forma ainda eram encontrados alguns vestígios de seu antigo brilho. O perfil de seu rosto, a regularidade de seus traços, dava uma ideia, ainda que fraca, da beleza da qual ela devia ter se orgulhado, porém esses sinais revelavam ainda mais suas dores, que haviam sido fortes o suficiente para escavar aquela fisionomia, ressecar as têmporas, aprofundar as faces, devastar as pálpebras, rareando os cílios, essa elegância do olhar. Tudo era silêncio nessa mulher — seu andar e seus movimentos tinham a lentidão séria e controlada que imprime respeito. Sua modéstia, transformada em timidez, parecia ser resultado do hábito, que ela adquirira nos últimos anos, de se apagar diante da filha; além disso, suas palavras eram raras, gentis, como acontece com qualquer pessoa forçada a refletir, a se concentrar para viver em si mesma. Essa atitude e esse semblante inspiravam um sentimento indefinível, que não era nem temor, nem compaixão, mas fundia misteriosamente todas as ideias que despertam esses diversos males. Enfim, a natureza de suas rugas, o modo como seu rosto se franzia, a palidez de seu olhar dolorido, tudo testemunhava eloquentemente aquelas lágrimas que, devoradas pelo coração, jamais chegam a ser vertidas. Os infelizes acostumados a contemplar o céu, e culpá-lo pelos males de sua vida, teriam facilmente reconhecido nos olhos dessa mãe os hábitos cruéis de uma oração feita a cada instante do dia, os leves vestígios daquelas mágoas secretas que acabam por destruir as flores da alma e até mesmo o sentimento da maternidade. Os pintores têm cores para esses retratos, contudo as ideias e palavras são impotentes para traduzi-las com fidelidade; encontram-se nos tons da pele, no aspecto do rosto, fenômenos inexplicáveis que a alma apreende com a visão, mas o relato dos acontecimentos que causaram tão terríveis reviravoltas da fisionomia é o único recurso que resta ao poeta para torná-los compreensíveis. Esse rosto anunciava uma tempestade calma e fria, um combate secreto entre o heroísmo da dor materna e a enfermidade de nossos sentimentos, que são finitos como nós e em que nada é infinito. Esses sofrimentos reprimidos incessantemente produziram, a longo prazo, algo de mórbido nessa mulher. Sem dúvida, algumas emoções violentas demais alteraram fisicamente esse coração materno, e alguma doença, um aneurisma talvez, ameaçava lentamente essa mulher sem que ela o soubesse. As verdadeiras angústias parecem tão tranquilas no leito profundo que produziram, quase como se dormissem, mas continuam a corroer a alma como o espantoso ácido que perfura o cristal! Nesse momento, duas lágrimas sulcaram as faces da marquesa e ela se levantou como se alguma reflexão mais excruciante do que todas as outras a tivesse ferido profundamente. Certamente ela considerava o futuro de Moina. Ora, ao prever as dores que espreitavam a filha, todos os infortúnios de sua vida lhe recaíram sobre o coração.

A situação dessa mãe será compreendida ao se explicar a situação da filha.

O conde de Saint-Héreen partira por cerca de seis meses para cumprir uma missão política. Durante sua ausência, Moina, a quem todas as vaidades de jovem dama se somavam os desejos caprichosos de criança mimada, divertira-se, por leviandade ou para obedecer aos flertes da mulher — ou simplesmente para testar seu poder — brincando com a paixão de um homem astuto, mas sem coração, dizendo-se inebriado de amor, daquele amor que mistura as pequenas ambições sociais e vãs dos arrogantes. A senhora d'Aiglemont, a quem uma longa experiência ensinara a conhecer a vida, julgar os homens e temer a sociedade, observara o progresso dessa intriga e previra a perda da filha, vendo-a cair nas mãos de um homem para quem nada era sagrado. Não era assustador para ela reconhecer um libertino naquele homem a quem Moina ouvia com prazer? Sua filha amada estava, portanto, à beira de um abismo. Tinha uma terrível certeza disso e não ousou detê-la, pois estremecia diante da condessa. Ela sabia de antemão que Moina não daria atenção a nenhum de seus sábios avisos; ela não tinha nenhum poder sobre aquela alma, dura com ela e completamente suave para com os outros. Sua ternura a levaria a se interessar pelos infortúnios de uma paixão justificada pelas nobres qualidades do sedutor, porém a filha se encantava apenas pelo flerte; e a marquesa desprezava o conde Alfred de Vandenesse, sabendo que era um homem que considerava sua luta com Moina como uma partida de xadrez. Embora Alfred de Vandenesse horrorizasse essa mãe infeliz, ela se viu obrigada a enterrar no fundo do coração as razões cruciais para tal aversão. Era intimamente ligada ao marquês de Vandenesse, pai de Alfred, e essa amizade, respeitável aos olhos da sociedade, autorizava o jovem rapaz a frequentar a casa da senhora de Saint-Héreen, por quem fingia uma paixão concebida desde a infância. Além disso, a senhora d'Aiglemont teria decidido, em vão, revelar uma terrível história entre a filha e Alfred de Vandenesse para separá-los; tinha certeza de que não teria sucesso, apesar da força dessa revelação, e ficaria desonrada aos olhos da filha. Alfred era indecente demais, e Moina inteligente demais, para acreditar nessa revelação, e a jovem viscondessa a teria rechaçado, acreditando se tratar de um ardil materno. A senhora d'Aiglemont construíra uma masmorra com suas mãos e nela se encerrara para morrer vendo se perder a bela vida de Moina, essa vida que se tornara sua glória, sua felicidade e seu consolo, mil vezes mais estimada do que sua própria existência. Que sofrimentos horríveis, inacreditáveis, inomináveis! Que abismos sem fundo!

Aguardava impacientemente que a filha despertasse, no entanto, temia esse despertar, assim como o infeliz condenado à morte que gostaria de acabar com a vida e se apavora ao pensar no carrasco. A marquesa resolvera fazer um último esforço, mas talvez temesse menos fracassar em sua tentativa do que sofrer mais uma daquelas feridas tão dolorosas para o coração que já haviam exaurido sua coragem. Seu amor materno chegara a isso: amar a filha, temê-la, assimilar uma punhalada e seguir em frente. O sentimento maternal é tão amplo no coração de quem ama que, antes de se tornar indiferente, uma mãe deve morrer ou se apoiar em alguma grande força, a religião ou o amor. Desde que se levantara, a fatídica memória da marquesa reconstituíra vários desses fatos, pequenos na aparência, mas grandes acontecimentos na vida moral. Com efeito, às vezes um gesto encerra todo um drama, o tom de uma palavra dilacera uma vida inteira, a indiferença de um olhar mata a paixão mais feliz. Infelizmente, a marquesa d'Aiglemont vira muitos desses gestos, ouvira muitas dessas palavras, recebera muitos desses olhares assustadores para a alma, para que suas memórias lhe dessem alguma esperança. Tudo lhe evidenciava que Alfred a fizera perder o coração da filha, no qual ela, a mãe, permanecia menos como um prazer do que como um dever. Milhares de coisas, mesmo as insignificantes, atestavam o comportamento detestável da condessa para com ela, uma ingratidão que a marquesa talvez considerasse um castigo. Procurava justificativas para a filha nos desígnios da providência, para poder continuar adorando a mão que a golpeava. Naquela manhã, lembrou-se de tudo, e tudo voltou a lhe bater com tanta força no coração que sua taça, repleta de mágoas, teria transbordado se a mais leve aflição fosse nela lançada. Um olhar frio seria capaz de matar a marquesa. É difícil descrever esses fatos domésticos, porém alguns deles já serão suficientes para indicar todos. Assim, a marquesa, estando um pouco surda, nunca conseguiu fazer com que Moina lhe elevasse um pouco a voz; e, no dia em que, na ingenuidade do ser que sofre, pediu à filha que repetisse uma frase que não compreendera, a condessa obedeceu com um ar de má vontade que impossibilitou à senhora d'Aiglemont reiterar seu modesto pedido. Desde aquele dia, quando Moina contava um acontecimento ou falava, a marquesa tinha o cuidado de se aproximar mais dela, mas com frequência a condessa parecia aborrecida com a enfermidade que, irrefletidamente, censurava à mãe. Esse exemplo, entre milhares de outros, só poderia afligir o coração materno. Todas essas coisas talvez escapassem a um observador, pois eram insensíveis nuances a olhos que não pertencessem a uma mulher. Ao dizer certo dia à filha que a princesa de Cadignan viera vê-la, Moina simplesmente exclamou: "O quê? Ela veio por sua causa?". A maneira como essas palavras foram ditas, o tom que a condessa lhes imprimiu, por meio de sutis matizes, um espanto, um desprezo elegante, faria os corações sempre jovens e viçosos acharem filantrópico o costume dos selvagens de matar seus velhos quando não são mais capazes de se segurar nos galhos de uma árvore intensamente sacudida. A senhora d'Aiglemont se levantou, sorriu e foi chorar em segredo. As pessoas bem-educadas, sobretudo as mulheres, não revelam seus sentimentos a não ser por traços imperceptíveis, mas que, ainda assim, deixam adivinhar as vibrações de seu coração a quem for capaz de reconhecer em sua vida situações semelhantes à dessa mãe sofrida. Oprimida por suas memórias, a senhora d'Aiglemont reconheceu em um desses fatos microscópicos tão excruciantes, tão cruéis, o desprezo atroz escondido sob os sorrisos. Entretanto suas lágrimas secaram ao ouvir as persianas do quarto onde sua filha repousava se abrindo. Dirigiu-se apressada às janelas pelo caminho que passava ao longo do gradil diante do qual estivera há pouco sentada. Enquanto caminhava, notou o cuidado especial com que o jardineiro varrera a areia da trilha, bastante mal-conservado nos últimos tempos. Quando a senhora d'Aiglemont chegou aos pés da janela da filha, as persianas voltaram a se fechar bruscamente.

— Moina — disse ela.

Nenhuma resposta.

— A senhora condessa está na saleta — disse a criada de Moina quando a marquesa, entrando na casa, perguntou se a filha tinha acordado.

A senhora d'Aiglemont tinha o coração sobrecarregado e a cabeça profundamente aflita para refletir naquele momento sobre circunstâncias tão levianas; passou imediatamente à saleta, onde encontrou a condessa de penhoar, com uma touca negligentemente colocada sobre os cabelos desgrenhados, os pés em suas pantufas, a chave do quarto presa à cintura e o rosto marcado por pensamentos quase tempestuosos e cores vivas. Ela estava sentada em um divã e parecia refletir.

— Quem vem lá? — disse ela com uma voz áspera. — Ah, é a senhora, minha mãe — continuou, distraída, após ter-se interrompido.

— Sim, minha filha, é sua mãe...

O tom com que a senhora d'Aiglemont pronunciou tais palavras demonstrava um coração efusivo e uma emoção íntima difíceis de descrever sem empregar a palavra santidade. De fato, ela se revestira tão bem da personalidade sagrada de uma mãe que sua filha ficou impressionada, voltando-se para ela com um movimento que exprimia ao mesmo tempo respeito, inquietude e remorso. A marquesa fechou a porta da saleta, onde ninguém podia entrar sem fazer barulho nos cômodos precedentes. Esse afastamento as protegeria de qualquer indiscrição.

— Minha filha — disse a marquesa — é meu dever lhe esclarecer uma das crises mais importantes da nossa vida de mulher, que você está vivendo sem que talvez o saiba, e sobre a qual venho lhe falar, menos como mãe do que como amiga. Ao se casar, você se tornou livre para fazer o que quiser, devendo prestar contas apenas ao seu marido; porém fiz com que você sentisse tão pouco a autoridade materna – e talvez tenha errado nisso — que acredito ter o direito de fazer com que me ouça, ao menos uma vez, diante de uma grave situação em que seguramente necessitará de conselhos. Considere, Moina, que lhe casei com um homem de elevada capacidade, de quem você pode se orgulhar, que...

— Minha mãe — exclamou Moina com um ar de rebeldia, interrompendo-a — sei o que a senhora veio me dizer... Vai me fazer sermões a respeito de Alfred...

— Não poderia ter adivinhado melhor, Moina — respondeu a marquesa gravemente, tentando conter as lágrimas — se não sentisse...

— O quê? — disse ela com um ar quase arrogante. — Mas, minha mãe, francamente...

— Moina — exclamou a senhora d'Aiglemont, fazendo um esforço extraordinário — você deve ouvir com atenção o que tenho a lhe dizer...

— Estou ouvindo — disse a condessa, cruzando os braços e fingindo uma obediência inconveniente. — Permita-me, minha mãe — disse ela com incrível sangue-frio — chamar Pauline para lhe dar uma ordem...

Tocou a sineta.

— Minha querida filha, Pauline não deve estar ouvindo...

— Mamãe — retomou a condessa, com um ar sério que deve ter parecido extraordinário à mãe — eu devo... — calou-se, a criada chegara. — Pauline, vá pessoalmente à casa de Baudran para descobrir por que meu chapéu ainda não está pronto...

Tornou a se sentar e olhou atentamente para a mãe. A marquesa tinha o coração saturado, mas os olhos secos; sentia então uma dessas emoções cuja dor só pode ser compreendida pelas mães e retomou a palavra para informar a Moina o perigo que ela corria. Entretanto, seja porque a condessa se sentisse ofendida pelas suspeitas que a mãe concebia sobre o filho do marquês de Vandenesse, seja porque estivesse dominada por uma dessas loucuras incompreensíveis cujo segredo repousa na inexperiência de toda a juventude, ela aproveitou uma pausa da mãe para lhe dizer, com um riso forçado: — Mamãe, achava que a senhora só tinha ciúmes do pai...

Ao ouvir essas palavras, a senhora d'Aiglemont fechou os olhos, abaixou a cabeça e soltou o mais leve dos suspiros. Olhou para o alto, como para obedecer ao sentimento invencível que nos faz invocar Deus nas grandes crises da vida e depois dirigiu à filha um olhar tomado de uma terrível magnificência, mas também marcado por uma profunda dor.

— Minha filha — disse ela, com uma voz gravemente alterada — você tem sido mais impiedosa com sua mãe do que foi o homem por ela ofendido, talvez mais até do que será Deus.

A senhora d'Aiglemont se levantou, mas, ao chegar à porta, virou-se, e vendo apenas surpresa nos olhos da filha, saiu e foi capaz de ir até o jardim, onde suas forças a abandonaram. Ali, sentindo fortes dores no coração, caiu sobre um banco. Seus olhos, que vagavam sobre a areia, perceberam a marca recente das pegadas de um homem cujas botas haviam deixado vestígios bastante conhecidos. Sem dúvida nenhuma, sua filha estava perdida, e ela acredita ter compreendido então o motivo da ordem dada a Pauline. Essa ideia cruel foi acompanhada por uma revelação ainda mais odiosa do que qualquer outra coisa. Ela supôs que o filho do marquês de Vandenesse destruíra no coração de Moina o respeito devido por uma filha à sua mãe. Sua dor aumentou, aos poucos ela perdeu os sentidos e ficou como que adormecida. A jovem condessa achou que a mãe resolvera a censurar com mais rigor e pensou que, à noite, um carinho ou um pouco mais de atenção seriam suficientes para que se reconciliassem. Ao ouvir um grito de mulher no jardim, ela se recostava negligentemente, no mesmo momento em que Pauline, que ainda não saíra, chamava por socorro, segurando a marquesa nos braços.

— Não assuste minha filha — foi a última palavra que pronunciou essa mãe.

Moina viu a mãe ser carregada, pálida, inanimada, respirando com dificuldade, porém agitando os braços, como se quisesse lutar ou falar. Aterrorizada com o espetáculo, Moina acompanhou a mãe, ajudando silenciosamente a deitá-la e despi-la. Sua culpa a oprimia. Nesse momento absoluto, compreendeu a mãe e nada mais podia reparar. Quis ficar a sós com ela e, quando não havia mais ninguém no quarto, quando sentiu o frio daquela mão sempre carinhosa para com ela, desatou a chorar. Despertada por essas lágrimas, a marquesa ainda pôde olhar para sua querida Moina; então, ao som de seus soluços, que pareciam querer romper aquele seio delicado e em desordem, contemplou a filha, sorrindo. Esse sorriso provava à jovem parricida que o coração de uma mãe é um abismo em cujo fundo há sempre perdão. Assim que a condição da marquesa se tornou conhecida, homens a cavalo foram enviados para buscar o médico, o cirurgião e os netos da senhora d'Aiglemont. A jovem marquesa e seus filhos chegaram ao mesmo tempo que os senhores do ofício e formaram uma assembleia bastante imponente, silenciosa, inquieta, à qual se juntavam os criados. A jovem marquesa, que não ouvia nenhum ruído, bateu levemente à porta do quarto. A este sinal, Moina, certamente resgatada de sua dor, empurrou bruscamente as duas portadas, lançou um olhar abatido sobre aquela assembleia familiar e se mostrou em uma desordem tal que falava mais alto do que qualquer palavra. À visão desse intenso remorso, todos emudeceram. Podia-se ver os pés rígidos da marquesa, contorcendo-se em seu leito de morte. Moina se encostou na porta, olhou para os parentes e disse, com uma voz vazia: — Perdi minha mãe!

Paris, 1828-1842.